The Places in Between

Rory Stewart

寻路阿富汗

在历史与现实之间

[英]罗瑞·斯图尔特 / 著
沈一鸣 / 译

北京大学出版社
PEKING UNIVERSITY PRESS

著作权合同登记号 图字：01-2016-4367
图书在版编目（CIP）数据

寻路阿富汗：在历史与现实之间/（英）罗瑞·斯图尔特（Rory Stewart）著；沈一鸣译. —北京：北京大学出版社，2017.8
ISBN 978-7-301-27784-3

Ⅰ. ①寻… Ⅱ. ①罗… ②沈… Ⅲ. ①游记—作品集—英国—现代 Ⅳ. ① I561.65

中国版本图书馆 CIP 数据核字（2016）第 282726 号

书　名	寻路阿富汗 —— 在历史与现实之间 Xun Lu Afuhan
著作责任者	[英] 罗瑞·斯图尔特 著　沈一鸣 译
责任编辑	王晨玉　田炜
标准书号	ISBN 978-7-301-27784-3
出版发行	北京大学出版社
地　址	北京市海淀区成府路 205 号　100871
网　址	http://www.pup.cn　新浪微博：@ 北京大学出版社
电子信箱	pkuwsz@126.com
电　话	邮购部 62752015　发行部 62750672　编辑部 62752025
印 刷 者	北京中科印刷有限公司
经 销 者	新华书店
	650 毫米 ×980 毫米　A5　11.125 印张　255 千字
	2017 年 8 月第 1 版　2017 年 8 月第 1 次印刷
	2021 年 10 月第 2 次印刷
定　价	68.00 元

精彩评论选摘

这是一次非凡的旅程，作者穿越了世界上最动荡不安的国家——在景色变化极缓的广袤地域中，作者与不同的人相遇，见证了战争带来的悲剧和幸存者的乐观，以及阿富汗人民日常生活的点点滴滴，这一切都将我们的目光引向了世界上那个鲜为人知的角落。——《星期日泰晤士报》

他对现实的观察细致入微，描写生动具体，犹如他在书中所描绘的精美插画一般。——《卫报》

叙述简洁又无比动人，他的这次徒步穿越是一次英雄主义式的壮举。——《每日电讯报》

如今再难有这样的旅行，《寻路阿富汗》可被归入世界顶级旅行文学的行列。——《漫游者旅行杂志》

在众多书写美军入侵之后的阿富汗的作品里，这一本大为不同……情节跌宕起伏……他捕捉到了众多媒体与作家所遗漏的阿富汗的真实面目。作者将思考注入行动，因此，这次旅行不仅是一次徒步穿越，也是一次深刻的沉思。——《远东经济评论》

独一无二的精彩旅程。——《纽约先驱报》

继罗伯特·拜伦《前往阿姆河之乡》后，关于那个难以想象的国家的又一部令人振奋、内容丰富的作品。——《乡村生活杂志》

不可思议的故事。——《旅行家杂志》

最出色的旅行文学写作。——《环球杂志》

罗瑞以感人至深的散文诗风格，生动地复原了那些被遗忘的群山帝国。——《城市生活杂志》

很少有人能把自己的经历转化为如此优美的散文，他在写作上天赋极高，正如他很擅长求生……高山寒泉般质感的文字，明快清晰，发人深省。——《公民杂志》

他对这个国家观察之深入无人能及。——《新政治家杂志》

他有钢铁般的决心，但他仍能像天使般写作。——吉尔斯·佛登（评论家）

罗瑞是如此与众不同……而这部极富感染力的游记就像在伟大的探险时代中一处失落已久的遗迹。——《卫报》

一项了不起的成就，一次独一无二的勇气之旅。——考林·萨布伦（评论家）

斯图尔特在阿富汗的经历是神奇的、感人的、惊险的，但又是无比真实的；他用成熟、理智、具有启发性的笔触，描绘了这个迷人又充满不幸的国度。——《每日电讯报》

本书献给伊朗、阿富汗、巴基斯坦、印度和尼泊尔的人民。他们为我指路、给我食粮、保护我、收留我，让这次行走成为可能。他们并不都是圣人，尽管其中有些是。有一些人贪婪、懒惰、愚昧、虚伪、木讷、狡诈、无知、无情；有一些人抢劫或杀人；他们中的许多人恐吓我，并向我乞讨。但是，在我二十一个月的旅行中，没有一个人曾经试图绑架或者杀死我。我是一个孤独而陌生的旅行者，行走在偏远地区；我代表的文化，恰恰是他们许多人所痛恨的；我携带的钱，足够让他们来拯救或至少改变自己的生活。在五百多座村舍里，我被比我更贫穷、更饥饿、更虚弱甚至更脆弱的人们所迁就、喂养、照顾和保护。我遇到的几乎所有族群：逊尼派库尔德人、什叶派哈扎拉人、旁遮普的天主教徒、锡克教徒、凯达尔纳特的婆罗门、加瓦尔的贱民、尼瓦里的佛教徒，都款待我而不求任何回报。

这次旅行，还有我的生命，都全靠了他们。

目 录

前 言

我并不想过多解释为什么我徒步横穿了阿富汗。可能这是一次冒险，但这是我穿越亚洲旅行中最有意思的篇章。塔利班曾经禁止张贴海报、放映电影，但我在塔利班撤退六周后到达那里，看到赫拉特的拱廊街道上悬挂着北印度电影明星赫里尼克·罗斯汉的海报。夕阳下的赫里尼克站在悬崖边，蓬松的头发被晚风吹得有些凌乱。大院里，在过去基地组织的男人们聚在一起用乌尔都语交谈的地方，现在学生们等着与战地记者们交谈以便练习英语。我在手推车上的一叠 DVD 中发现了电影《铁面人》。这部电影为了阿富汗市场而有所改动，比如莱昂纳多·迪卡普里奥扮演的路易十四，身着 17 世纪服饰，却挥舞着一把九毫米口径的勃朗宁手枪。赫拉特——这个曾经的中国、土耳其和波斯商品的老式大市场——如今正在销售中国造的闹钟，土耳其造的太阳镜，以及伊朗造的苹果汁。

时值 2002 年初。我刚刚花了十六个月时间徒步穿越了伊朗、巴基斯坦、印度和尼泊尔，每天行走二十到二十五英里。我原计划在一年前穿越阿富汗，想在旅途中完全步行。但是在 2000 年 12 月，伊朗政府注销了我的签证。他们可能发现我曾是一名英国外交官，从而怀疑我的动机。之后，塔利班禁止我进入阿富汗，而巴基斯坦政府不许我进入俾路支斯坦。结果，我不得不在伊朗之旅和下一程的旅行间留下一段空缺，而从巴基斯坦的木尔坦启程，继续不间断的旅程，直至尼泊尔东部。

2001 年圣诞节前，我到达尼泊尔东部的一个小镇时，听说塔利班倒台了。我决定乘车返回阿富汗，然后从赫拉特步行至喀布尔，这样就可以将我在伊朗与巴基斯坦的行走连接起来。我选择了一条直线路径，穿越中央山脉，从赫拉特走到喀布尔。通常的曲线路程，即经过坎大哈的道路会更平坦、易行，而且能避开暴风雪，但是这条线路也更长，并且沿途部分地区仍被塔利班控制。

这个国家已经经历了二十五年的战争，新政府建立仅仅两周，从赫拉特到喀布尔之间不通电，没有电视，也见不到有人穿T恤衫。沿途的村庄将中世纪礼仪和新的政治意识形态结合在一起。在许多房子里，唯一的外国科技产品是卡拉什尼科夫枪，而唯一的全球标志是伊斯兰。那些让阿富汗看起来滞后、边缘化和落伍的所有一切，如今让此地成为了世界关注的焦点。

引　子

这个国家被黑暗所笼罩，外面的人看不见里面的任何东西；因恐惧黑暗，也没有人敢于走进去。然而，在这个国家周边居住的人们说，他们有时能听到人声、马嘶以及公鸡的鸣叫，因此肯定有一些人生活在那里，但是不知道他们是什么样子的。

——《曼德维尔爵士旅行记》，约1360年，第28章

新公务员

我看到两个男人走进成功酒店的大堂。

大部分阿富汗人身后都拖着如同威尼斯斗篷一般的长袍，看上去就像是在大堂中央的楼梯上滑行。只有这两人身穿西式夹克，安静地走着，然后停在楼梯扶手处。我感到有一只手搭在我的肩上，是酒店经理。

“跟上他们。”他从没和我说过话。

“不好意思，不必了。”我说，“我很忙。”

“快跟上。他们是政府的人。”

我跟着酒店经理来到某层楼的一间房里，这层楼我从不知其存在，然后他让我脱掉鞋子，仅穿着袜子，自己进去。刚才的两个男人正坐在一张笨重的黑色木沙发上，旁边是一个铝制的痰盂。他们还穿着鞋子。我朝他们笑了笑。他们却面无表情。花边窗帘拉着，城里没有电，房间里一片昏暗。

“您做什么的？”问话的人穿着黑色西装和伊朗式无领T恤。我等待他站起来，像通常那样，握手，然后祝我平安。但他坐着不动。

“祝您平安。”我说着坐了下来。

“也祝您平安，您做什么的？”他平静地重复着，身体后仰，修剪整齐的肥大的手摩挲着沙发的紫色棉布扶手。他那蓬松的头发和山羊胡子修剪得很整洁。我才意识到我已经八周没有剃须了。

“我已经向外交部的尤素非阁下解释过无数遍我在做什么。”我说，“有人通知我现在又要去见他。我要迟到了。”

我脖子上的脉搏跳得非常厉害，我试着放慢呼吸。大家沉默着。过了一小会儿，我把目光转向别处。

瘦一点的男人取出一台崭新的小对讲机，对着它讲了几句，然后整了整套在他传统T恤外的笔挺的夹克。不用看这些人身上的挂肩枪套，我已经猜到他们是安全部门的工作人员。他们不在意我说什么，或者我如何看待他们。他们通过布置在卧室、审讯室以及刑场里的隐形摄像头观察他人。他们知道，无论我以什么样的身份出现，他们都可以控制住我。但是他们为什么决定审问我？在沉默中，我听到一辆汽车在大院里倒车，接着是礼拜宣礼的第一声旋律。

“我们走吧。”穿黑色西服的人说。他让我走在前面。在楼梯上，我经过一个曾经攀谈过的侍应，他转过脸没理我。我被带到停在前院泥地上的一辆小型日本车上。这辆车新喷了油漆，刚刚被清洗过。他们让我坐在后座上。座椅后背的储物袋和地板上没有任何东西，看起来就像是一辆刚出厂的新车。他们一言不发，将车开上了干道。

2002年的1月，美国为首的盟军结束了对托拉博拉洞穴群（“9·11”前本·拉登的老巢）的轰炸；奥萨马·本·拉登和毛拉·穆罕默德·欧迈尔逃走了；在加德兹的清剿行动拉开了帷幕。新政权接替塔利班已两周。禁止电视和女性受教育的法令也已经废除；政治犯得到释放，难民返回家园；一些女人不戴面纱走出了家门。联合国和美国军队掌管了基础设施，负责食物供给。边境上没有守卫，我没有签证就进入了这个国家。阿富汗政府于我而言几乎不存在，但眼前的这两人很明显训练有素。

汽车驶进了外交部，门卫敬礼并后退。我爬上楼梯时，感到自己的脚步出奇地快，那两人也注意到了这点。一名秘书没有敲门，直接把我们带进尤素非先生的办公室。尤素非从他的桌后盯着我们看了一会儿，然后站起来，整了整他那宽松的细直条纹夹克，领这两人走到房间里最尊贵的位置。他们在油毡地面上缓步行走，我打量着尤素非已组装好的家具，因为他刚得到了一间空出来的办公室：裂开的桌子，四只大小不同、颜色深浅不一橄榄绿档案橱柜，以及一个让整间房充满呛鼻汽油味的火炉。

我认识尤素非的那一周是他进入外交部工作的第二个星期。两周前，他还在巴基斯坦。一天前，他还为我斟茶，并给我一颗硬糖，告诉我，他欣赏我的旅行，笑话我父亲穿着苏格兰短裙的照片，与我讨论波斯诗歌。这一次，他没有欢迎我，而是坐在椅子上，面对我问道："什么事?"

在我应答之前，山羊胡子男人抢着说道："这个外国人在这里做什么?"

"这些人来自安全部门。"尤素非说。

我点头。我注意到尤素非双手紧握，并且他的双手，像我一样，在轻微地颤抖。

"我来翻译，保证你能明白他们在问什么。"尤素非继续道，"告诉他们你的目的，就是你告诉我的那些。"

我看着我左边那个人的眼睛："我计划徒步穿越阿富汗，从赫拉特到喀布尔，步行。"由于没有深吸一口气，我差点没说完这些话，但很惊讶他们没有打断我，"我在追随巴布尔的足迹，他是印度莫卧尔王朝的第一位君主。我想避开干道。新闻记者、救援人员、游客大多乘车旅行，但我——"

“没有游客。”穿笔挺夹克的男人开口道，之前他一直没有说话，“你是阿富汗的第一位游客。现在是仲冬：在中央山脉的高地，路上的雪有三米厚，有狼群，而且还在战争时期。你会死的，我敢保证。你想死吗?”

“非常感谢你的建议，我注意到了这三点。”我从他的语气猜测这些建议就是命令。“但我已经和内阁说过了”，我说。我把与一位阿富汗社会福利大臣的年轻秘书的简短会面添油加醋了一番，“我必须完成这趟旅行”。

“用一年的时间完成。”穿黑西服的男人说。

他已经从尤素非那里获得了我行走南亚的零碎证据，正在研究一张来自尼泊尔西部报纸上的剪报：“斯图尔特先生是一位为了和平的朝圣者”；一封来自印度喜马偕尔邦林业部门第二森林带管理员的信件：“斯图尔特先生，苏格兰人，对环境感兴趣”；一封来自旁遮普地区官员、喜马拉雅州内政秘书和巴基斯坦灌溉部门总工程师的信，请求“所有在巴利低地的行政工程师协助斯图尔特先生，他将开启一段徒步旅行以研究运河系统的历史”。

“我已经解释过这些。”我补充道，“向埃米尔阁下之子，即社会福利部部长。他当时也给我了一封介绍信。”

“从米尔·瓦伊斯阁下那里?”

“你看这里。”我将一张从部长秘书那里获得的有抬头的文件递了过去，“斯图尔特先生是一位对赫拉特人类学感兴趣的中世纪文物研究者。”

“但是上面没有签名。”

“尤素非先生把有签名的那张弄丢了。”

正盯着地板的尤素非轻轻地点点头。

这两人互相交谈了几分钟。我没有关注他们说了什么。然而，我注意到他们用的是伊朗波斯语，而不是阿富汗波斯语。这一点，以及他们的穿着和举止让我意识到他们曾经与伊朗情报部门打过很长时间的交道。我曾经被伊朗人审问过，他们似乎怀疑我是一个间谍。我不想被他们再一次审问。

穿笔挺夹克的男人说："我们允许他走到恰赫恰兰，但是我们的武装人员将会全程陪同。"恰赫恰兰是从赫拉特到喀布尔的中间点，我大约需要两周时间到达那里。

我想要留宿的当地村民们可能会被这些陪同的秘密警察吓坏，这很有可能。尽管他们可以驱逐我，但是他们究竟为什么还让我完成这趟旅行？我猜测他们是否想要钱。"非常感谢你们关心我的安危。"我说，"但是，我很乐意冒险。我已经独自一人走过了亚洲的其他国家，没有出任何问题。"

"你要带着陪同人员。"尤素非说，这是他第一次打断我，"这是不容商量的。"

"但是我有给地方指挥官的介绍信。拿着它们，我将会比与赫拉特人同路更安全。"

"你必须和我们的人一起走。"他重复道。

"我雇不起一名陪同，我没有钱。"

"我们没想要你的钱。"穿笔挺夹克的人说道。

"这是不容商量的。"尤素非重复道。他那宽大的膝盖开始上下抖动："如果你拒绝，你将会被驱逐出这个国家。他们想要知道你打算带几个保镖。"

"如果必须得带的话，就一个吧。"

"两个……带着武器。"穿黑色西服的人说，"而且你明天就出发。"

这两人站起来，离开了房间。他们向尤素非道别，但没有向我。

嵌在手杖上的坦克

离开尤素非办公室后，我从一家糕点店的玻璃柜台里买了一些果酱饼干。刚刚与我面谈的人并不是这项工作的新手，酒店工作人员的反应说明他们在赫拉特很有名。他们可能曾为克格勃培养的卡德（阿富汗情报机构）效力。我所困惑的是他们已经在诞生仅两周的政府部门里高效地运转了，并且纳闷他们是如何找到我的。我很快吃完了三十块饼干，碎屑落在了我的围巾上。我走在路牙下的灰尘里，靴子在驴蹄、车轮和他人鞋子的痕迹里踢踏。我担心这些人不允许我徒步旅行，又觉得自己中了圈套。我想继续走，去看看赫拉特与喀布尔之间的那些地方。

那天早晨的赫拉特就像一个伊朗的贫民窟，一切都是近期仓促建成的。在修建了一半的购物商场的平坦房顶上，裸露的横梁丛集在一起，就像死昆虫的腿，而墙壁的颜色类似于路边的沙堆。这是政治性伊斯兰式建筑，是用土黄色的苏联式砖块砌就的马克思主义和清教徒神学的结合体。大多数男人的穿着像是伊朗的乡下人，衣服上带有污点，是黑色或者褪色的棕色。我不喜欢这座城市。为了消磨时间，我走向巴扎想去买一根手杖。

我曾经带着一根很理想的手杖穿越了巴基斯坦。它有五英尺长，是一根打磨过的竹子，头尾都包着铁；我带着它走了九个月，但是没有带它进入阿富汗。它被称作“档格”。在20世纪中叶以前旁遮普的农耕阶层种姓贾特人曾使用它们，有时用以自卫，巴基斯坦和印度旁遮普的许多人家中仍旧保存着他们祖父的手杖。那里的年轻人喜欢玩我的手杖，拿着它在身体周围旋转舞动，将杖头反过来，划出一个加大的弧度，敲打在假想敌的头上。有一个人告诉我，他的曾祖父曾经用档格杀死了旁遮普的最后一头狮子。我喜欢拄着我的档格行走：每四步敲打一次地面，让我的行进充满节奏。爬山的时候它很有用，分担了我左膝的负担。但是现在没有任何人使用它们，除了暴力警察。“档格”这个词带有一种古典意味，我说出它的时候，人们会嘲笑我。

阿富汗学生们正坐在赫拉特星期五清真寺的一口中世纪的大铜锅旁，盯着廊柱上歪歪扭扭的古尔铭文。

我问其中的一个学生，在哪里可以买到一根结实的手杖。

他咯咯地笑了：“像老头用的那种？”

“是的。”

“可是你还年轻，为什么需要手杖？”

“因为我要走到喀布尔。”

“还是坐公共汽车吧。”他们都笑了。

“或者飞机……”另一个说。他们笑得更欢了。

“那么你们不知道上哪儿可以买到一根手杖？”

“这儿都没有。我们阿富汗有汽车。”

“你们的老人都是在哪里弄到手杖的呢？”

“他们自己做的。”

我在老巴扎残存的拱顶下继续前进，罗伯特·拜伦当年见过的那个巴扎大部分已经毁于1933年。我不确定手杖该怎么说。在这个人人说波斯语的地方，用旁遮普单词“档格”显然是浪费时间。但是无论我用了什么词，人们都表示没听说过任何类似的东西，所以我改问人们哪里能找到扫帚把，然后被指引到了一家车轮匠的店铺。这家店铺的墙边环绕着一篮篮指甲花和干杏子，墙上倚着几十根松木棍棒。它们比我在旁遮普使用的竹子重很多，但是在巴扎里找不到竹子。我选了一根大约五英尺长，相对比较直，重心也比较居中的。

现在我需要铁。我循着一片黑色烟雾沿着主街行走，找到一个面庞漆黑的铁匠，他正在一个烧得通红的炉子边工作。在南亚，铁匠可能是低种姓人，贱民。但是这个人，哈吉·拉姆尊，则因为曾经去过麦加而受到尊敬。我向他解释了我的徒步旅行，以及我对于棍子改造的设想。他提议给棍子底部安一段旧管子，顶部装一个大螺帽，把它们都漆成天蓝色，并向我要六天的工钱。我只好继续寻找下一家。

我拐进了皮牙子·付卢士大街，意为“洋葱街”，但是这里挤满了售卖小织毯和黄金的商人。我走进一个大院里，一头驴躺在大院中央睡觉。五个男人坐在小织毯上一起吃午餐。我画了手杖的设计草图，其中一个叫作瓦奇勒·阿玛的男人说他能帮上忙。他领我来到他的小屋里，那里有一块固定在粗糙厚木板上的铁砧，一群年轻的男孩聚拢过来围观他。他拿出一片从俄国装甲兵运输车上收集的绿色金属片，在一台小型切割机上切出了一片三角形，把它掰成圆锥体，焊上接口；接着，把圆锥体浸到水里，然后拿出来打了一个洞将它压在这根木棍上，穿过洞口钉了一根钉子，最后切掉了钉帽。这一切他做得迅速而沉稳，很快就完工了。但这尖头太锋利，更像是一杆长矛，而不是手杖。

我解释道，我在巴基斯坦的手杖是一个圆头而不是尖头。他耸耸肩。我问他这里是否有金属球。

“没有。”

“其他人有吗?”

“侯赛因可能有。”一位年长的围观者说道。

周围响起了更多的嘈杂声，然后每一个人都望向我。

“真的?”我问道。

“我们没有球。”瓦奇勒·阿玛说。

“那侯赛因呢?”我提议道。

瓦奇勒·阿玛又耸了耸肩：“侯赛因可能有。”

“谁能给我带路？我现在就想去那儿。”

瓦奇勒·阿玛对着一个年轻男孩大吼，让他给我带路。这个男孩跑开了，嬉笑着，我只好跟着他。我们飞快地穿过了一扇昏暗的拱门，进入一个大天井里，然后拐入另一条街，停在一家旧货商店门口。在人行道上有一个破旧的锡铁托盘，里面放着一个廉价闹钟的钟面、一个防空炮弹的弹壳和一个铅球。

我们回到铁匠铺。瓦奇勒·阿玛拿到球，嘴里咕哝着，将它焊接到手杖的尖头上，然后把它浸入水里冷却，将另一条坦克金属条缠在木棍的底部。金属条很钝，接缝处挂着毛刺般难处理的焊接点。但是现在，我拥有了一根牢固而匀称的手杖，重约三磅。瓦奇勒·阿玛满意地笑了。他很不情愿地同意接受报酬，让我自己随意给点，然后他给我斟了些茶。

一位长者

我走出门的时候，一位有着浓

密白胡子的长者盯着我的手杖。

“你带着这个是为了防狼，我猜。”他说。

“还有人类。”

他点点头。

“您怎么称呼这类手杖?”我问道。

“档格。”他说。

是不是在亚洲的尽头

我已经告诉安全部门，我在追随印度莫卧尔王朝第一位君主巴布尔的足迹穿越阿富汗，但这只是说辞。其实，一开始我就决定选择从赫拉特到喀布尔的中央大道，因为这条路短一些，也因为塔利班当时仍在南部干道上打仗。我计划在 1 月份开始我的行程，因为我不想花五个月的时间等待大雪融化。做出决定之后，我才发现巴布尔也曾经在 1 月徒步穿越中央大道，并把旅程记录在他的日记里。

我原本没兴趣阅读巴布尔的日记。我不喜欢中世纪的文字，尽是些关于含混的神学和被遗忘的王公贵人的记录。我想要专注于现代阿富汗，而不是其历史，我看不出关心一个与阿兹特克同时代的人有何意义。

《巴布尔日记》的开头和我预料的一样糟糕：

> 奥什位于安集延东南，但更靠东方，距离安集延的路程有四法尔桑格[1]……尤努斯汗的母亲是谢赫·努鲁丁伯克的女儿或者孙女，谢赫·努鲁丁伯克是一位钦察异密，而且曾经被泰木尔伯克带在身边。

[1] 长度单位，一法尔桑格为步行一日的距离。——译者注

然而继续读下去中，地理和族谱渐渐减弱，故事得以浮现。巴布尔生于1483年，是乌兹别克斯坦的一个贫穷而偏远的王国的王子。20岁的时候，他已经失去了在中亚的所有领土，与少量的随从躲藏在深山里。他们大部分人都没有马骑，武器也只有棍棒。但在22岁时，巴布尔东山再起，征服了喀布尔。那一年他访问了当时伊斯兰世界最发达的城市赫拉特。他经中央大道从赫拉特返回喀布尔，路上的风雪几乎要了他的命。后来他东进征服了德里，建立了莫卧尔王朝。临死时，他统治着一个世界上最辽阔富庶的帝国。

他对自己冒险故事的讲述，有一种令人难忘的质朴风格。他的经历都是充满危险的，但他从不强调这一面。相反，他专注于他所遇到的人，通过对具体个人的摹画以展示社会整体。比起传说或古代历史，他更关心当前的世界，而且他是一个细心的观察者。他提到宿醉、农业技术、诗歌、经济、鸡奸和园林设计时，带着一种经历丰富者特有的幽默感，他可是一个战斗过、旅行过并且统治过的人。他从不渲染奇闻异事，不把故事修饰得更匀称、更有趣、更富于人物性格或更具有象征性。跟绝大多数旅行记写作者不同，他很诚实。

有时，他的故事中唯一缺失的，似乎正是他本人。他从不解释是什么驱动他投入如此不寻常的人生，何以甘冒如此之大、如此之多的风险。他不写自己的感情，这使得他在重述人生往事时，似乎是站在离往昔的自己很远的地方。越是写到死亡或那些试图杀死他的人，他的文笔就越显得冷静和不带个人色彩。然而这种节制恰恰凸显了他丰富阅历的非凡品质。下文描述了他21岁时保卫阿黑昔的一场战斗：

> 我的坐骑中了一支箭，受伤了。它挣脱缰绳跃到一边，把我甩到地上，进了敌人的包围中。我一跃而起，射出一箭。我的

> 随从卡希耳正骑着一匹驽马，他跳下马，把它让给了我……我对易卜拉欣伯克说："现在该怎么办?"也许因为他受了点轻伤，又或者被吓着了，他没有给我一个明确的答案……有人向我射了一箭，击中了我的腋窝，刺穿了两片卡尔梅克盔甲，还震碎了它们。我朝他回射了一箭，用剑尖刺中了一个路过的骑兵的太阳穴……我还有大约二十支箭。我在犹豫是否要下马坚守阵地，直到把箭用完，但是我决定奔向山上。

巴布尔待朋友非常宽容和友善，但是对自己却很苛刻，志向远大。他对于勇气、宗教虔诚和智慧的赞美，哪怕在日记最短的段落中都表现得很含蓄。对和他一起横穿阿富汗的老搭档、"分裂者"哈斯木，他有如下描写：

> 他以华丽的弯刀刀法而卓然不群，是个虔诚的、笃信的、忠诚的穆斯林，小心地避免食用任何可疑的肉类。他的判断和天赋不同寻常地优秀，又很诙谐。他既不会读也不会写，但是他有一个机智而一流的头脑。

巴布尔没有隐瞒自己贫困的出身，没有掩饰他的失败、难堪以及单相思。他了解自己的荒谬、自欺欺人以及弱点，而且并没有整个地为自己开脱。他吹嘘他的诗歌，而不是他的勇气或者足智多谋。他怀疑权威和宗教，对于世界或他自己都很少觉得理所当然。

尽管如此，这些日记改变了我对15世纪亚洲的看法，它们同现代阿富汗几乎无关。巴布尔是一个中世纪的人。他的世界观的形成源自于他是成吉思汗和帖木儿直系的王室后裔，源自于他同15世纪波斯文明和伊斯兰文化的接触，也源自于他从来没有到过的赫拉特以西地区。他在1504年所描述的绚丽的赫拉特，完全不能等同于今天这座城市的样子——破败的水泥墙、盗版DVD和粗野的乡下习俗的氛围：

> 赫拉特是一座精致优雅的城市，完美地具备了各种提高愉悦和快乐的方法；所有的娱乐设施和刺激手段都带有一种令人放纵的诱惑……侯赛因·米尔扎[统治者]身穿艳丽的红绿羊毛服。在节日里，他戴上一块缠了三匝的小头巾，宽大醒目，上面插着一根摇曳的羽毛就这样前去礼拜……他有作诗的天性……他有孩子般的喜好，如饲养斗羊、放飞鸽子和玩斗鸡……他对美酒和美色着迷。他创立了一个宫廷，里面满是拥有无与伦比才华的杰出人士，每一个人都让自己的目标和抱负达到了最高的完美，为艺术奉献出自己的一生。
>
> 那里有禽肉、鹅肉烤串，真正的各色美食……当酒力发作，一个男人开始跳舞，他跳得极其出色……然后另一个人开始唱歌，但他极糟糕地用了一种高亢、粗野而刺耳的音调……一旁等待的斟酒者开始为宴会上所有的人提供纯酿，他们开怀畅饮就如同品尝的是生命之水。[1]

巴布尔描述的几乎每一个活动——赌博、舞蹈、多彩的装扮、狂欢、歌唱以及饮酒——在塔利班时期都是非法的，在伊斯梅尔汗的新政府时期也仍然是非法的，或者是不被鼓励的。

---

[1] 巴布尔描述了在赫拉特的几十位人物，以及他们的绘画、神学、舞蹈、诗歌才能，他们中的大多数人都饮酒。其中有一些人不同寻常，例如，“那个毛拉创作了一部波斯韵律学，里面遗漏了许多有用而艰涩的主题，而把一些显而易见的题目写得事无巨细。他的不同寻常在于他的力量，这种力量似乎是他挥舞拳头重重的击打出来的”。

巴布尔仅待了二十天就决定离开赫拉特，尽管他的堂兄弟们恳求他帮忙抵御一个乌兹别克军阀。巴布尔声称他要离开是因为对冬季准备不充分，但是既然他待在这个城市最富有、最有教养的人的宫殿里，这个说法显然并不成立。更可能的是他和他的文盲大臣卡西姆在乡下出生，受到了久经世故的宫廷社会的威胁。卡西姆仅仅勉强地让巴布尔在谒见厅避免了一次很危险的失态，还阻止了他第一次饮用酒精。卡西姆可能想要在他更进一步被腐蚀或者羞辱之前，带着他的随从离开。此外，他们在喀布尔的新王国也在遭受威胁，而巴布尔为此常常寝食难安。无论是什么决定因素，巴布尔一定强烈地想要离开这座城市。他在仲冬离开，对于在中央大道旅行来说这是一个非常糟糕的时间点。

巴布尔画像

第一部分

赫拉特……十字路口警察吹的哨子足以恐吓芝加哥的黑社会。

——罗伯特·拜伦:《前往阿姆河之乡》,1933年

赫拉特……警察用哨子指挥细细的车流,如同裁判般脾气暴躁。

——艾瑞克·纽比:《走过兴都库什山》,1952年

赫拉特……一位矮小而孤单的警察站在已经荒芜的广场中心,指挥着两头驴和一辆自行车,其威严和凶悍更适合香榭丽舍大街。

——彼得·列维:《天使王的光明园》,1970年

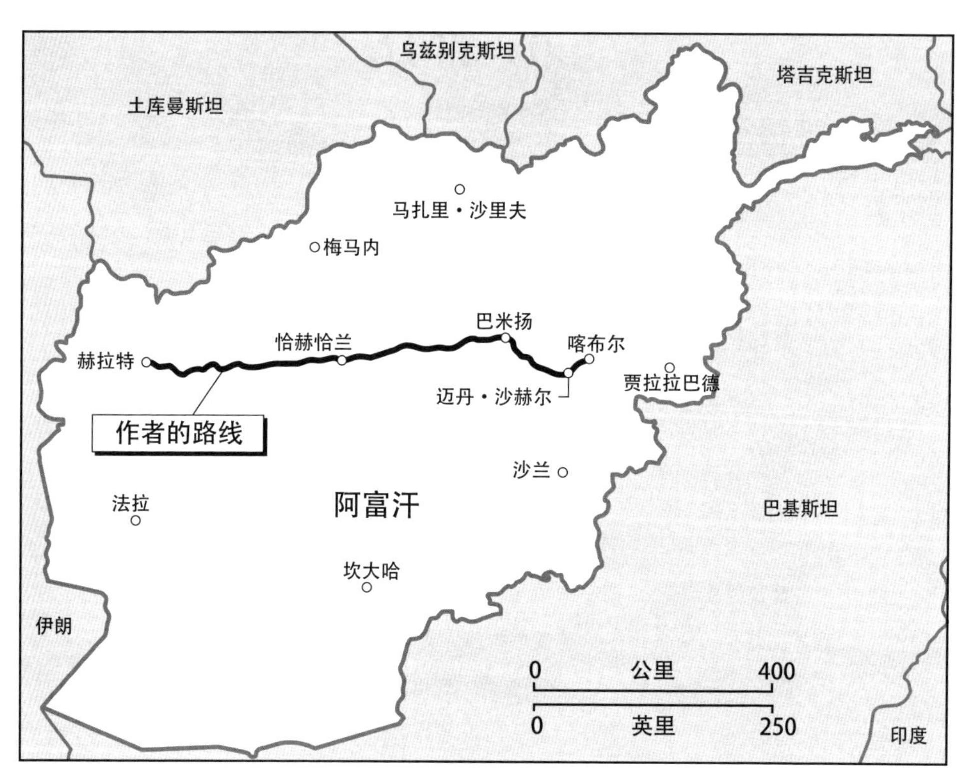

作者在阿富汗行走的路线

芝加哥和巴黎

在赫拉特的最后一个早晨，我很不情愿地起了床。尽管用了尼泊尔睡袋，可还是很冷，而且我知道要前往的山区更冷。穿上我的徒步服：一件很长的传统长衫裤上衣，肥大的裤子和一顶吉德拉尔帽子，肩上裹着一条棕色的山羊毛毯子。我走进餐厅吃早餐。除了成功旅馆，任何旅馆都禁止留宿外国人。回想一下，应该是为了让安全部门更方便地监视我们。上一周，战地记者们占据了大部分餐桌，我和他们在一起消磨了很多时光。我注意到我喜欢的马特·麦卡里斯特和莫伊塞斯·萨玛都还没有出现。他们昨晚在联合国的酒吧喝了土库曼的香槟，为莫伊塞斯庆生。

法国电视二台带来了他们自己的咖啡壶和一包拉瓦扎咖啡，还去巴扎买了新鲜的果汁。前一天，我听到他们讨论的主题是中国的圣陵、宣礼塔和工厂烟囱的相似点，以及从巴拉堡追赶他们的士兵。现在，他们在讨论是参观一家手工吹玻璃商店呢，还是难民营。其中一人正指着窗外的交通警察。七十年来这景象一直吸引着在赫拉特的外国人。我读到过五位不同的旅行作家提到交通警察。他们突兀的尖顶帽和震撼着游客的哨声，在阿富汗巴扎的吵闹中显得尤为不协调。我自己也想要写写他们。

我坐在艾利克斯身旁，他是《每日电讯报》的通讯作者，我在雅加达认识了他，还有沃恩·史密斯。在成为一名自由摄影师之前，沃恩曾经是英国近卫军第一团的军官。十年来，他一直在阿富汗摄影。

“你今天上午走吗？”沃恩问道。

“我希望如此。”

“你真的准备经过古尔前往喀布尔？”

“是的。”

沃恩笑了。“祝你好运。”他说，然后把他的煎鸡蛋让给我。我吃了六个鸡蛋以储存蛋白质，随后我拿起手杖和背包，说了声再见，走上了大街。一阵凛冽的寒风将沙子卷到空中，我不得不眯起眼睛。

在街角，我看到男人们在卸载来自中国的桌布和伊朗的人字拖鞋，上面印着“拉尔夫·劳伦之耐克系列”。一辆装载着货物的卡车，在柴油尾汽的烟雾中，从大不里士的多车道高速路上驶下来。这条道路至今仍被伊朗政府称为丝绸之路。这就是历史上亚历山大大帝追踪一名波斯对手的路线。那个波斯人经过中央大道逃到山区，亚历山大没有去跟踪他，而是选取了更安全的坎大哈路线到达喀布尔。一张来自伊斯法罕的水果包装纸飘飞在亚历山大的足迹上，我则沿着那个波斯人的方向前行，这时一个有一条假腿的男人走上前，我曾经见过他。

水烟

“你准备去古尔省吗？”他嚷道。

“是的。”

“你是准备进坟墓呀，”他回应道。我和他握握手，继续赶路。他不断重复着这一句双关语“你要去古尔（Ghor）……你要去坟墓（ghabr）”，哈哈大笑。

胡　玛

我走进他的办公室时，尤素非微笑着站起身，慢慢地紧了紧他那身双排扣夹克，绕过大办公桌拥抱了我。我刚一坐下，十来个人从门外冲进来。我认出他们是住在酒店的《华尔街日报》《卫报》《德意志总汇报》的记者，但他们没有一人认识我。年轻的喀布尔翻译官们穿着起皱的皮夹克和宽大的裤子排成一列。记者们凑近尤素非的桌子，一声盖过一声地用英语叫道："我们能见他吗?""我们能预约和他见面吗?""但是阁下说了……""没有更高的机构了。""不用文件?""如果这样该怎么办?"这就像是一出滑稽戏，尤素非用厚重的男低音温和地打断道："还不知道……别担心……一切都会好的……"

记者们要求接触一位塔利班囚徒，尤素非许诺会考虑安排。这一幕已经出现过很多回了。一些记者已经在城里待了两周还没有进入监狱。现在，面对着尤素非充满耐心的含混态度，他们只好斥责翻译。这些翻译远离喀布尔，和记者们一样摸不着头脑。最终，尤素非还在说着话的时候，他们都调转方向鱼贯而出，连再见都没有说，只留下我和门口的一队农民。

尤素非微笑着。他原打算为我找一些介绍信，这是我在喀布尔要求而没有获得的。我期待他说已经找到了，然而并没有。他说道："我昨晚一直在想你的事，罗瑞。你就像一位中世纪云游四方的苏非。"

他把我比作阿塔尔，一位生活在12世纪古尔王朝的苏非诗人。成吉思汗入侵的时候，阿塔尔因为开了一个玩笑而被处决。阿塔尔曾在鲁米还是婴儿时善待他，鲁米后来去了土耳其，并建立了旋转舞蹈的苏非教团。

“你一路上将看到的是，”他继续道，“现今我们是一个国家，就像我们在12世纪的古尔王朝、阿塔尔的年代曾是一个统一的国家一样。”

我笑了。尽管新政府正在学习后现代国家那套行话术语，尤素非仍然保留着阿富汗作为一个国家的更古老的看法，他认为阿富汗就像由中世纪诗歌所定义的那样拥有一种单一的民族认同、自然疆界、派驻各国的使节以及同一种文化。安全部门把我的徒步旅行只看作是达到伊斯梅尔汗的势力范围边界的旅行，哈扎拉地区对他们来说，就像是伊朗一样的外国。但是在尤素非看来，我的徒步是一次穿越一个统一国家的旅行。也许，这就是为什么他是仅有的那些认为这次徒步旅行可行的人之一。

“我，”尤素非叹口气道，“很想和你一起走，但我就像那些拒绝加入追寻神圣的鸟儿们。”随后他背诵了一些诗歌，可能是阿塔尔笔下的那些留在家里的鸟儿们的借口：

猫头鹰爱惜废墟中的家园，
胡玛沉醉于称大王，
猎鹰不会离开国王的手臂，
而鹡鸰推脱说身体虚弱。[1]

---

[1] 神秘的胡玛鸟从来不落在地上，而是一直在飞翔。它们吃骨头。雌鸟在空中下蛋，她的雏鸟在蛋坠落过程中孵化，在掉落地面之前逃了出来。任何比胡玛鸟飞得高的人都将成为国王，这是波斯和印度神话的一部分，并且被印度诗人和穆斯林苏非诗人如阿塔尔和鲁米等赞颂。在失落的古尔王朝的首都绿松石山城的城墙上，曾经绘有两只巨大的金色胡玛鸟。巴布尔甚至引用了一句关于胡玛鸟的诗歌，被他的一位大臣记录了下来。

后来，一个士兵走了进来，右手放在胸部，说道："祝您平安。您怎么样？您的灵魂健康吗？您好吗？您健康吗？您良好吗？您的家庭兴旺吗？祝您长寿。"合起来其实就是我们平常说的一句话："Hello。"

他是一个矮小的男人，大约四十多岁，罗圈腿，有着纤细的栗褐色胡须和皱缩的紫色面颊。他背着的编织袋中有一个军用电台，这是他与总部联系的工具；一支钢笔，表明他识字；一小包药片，说明他能够买得起抗生素；还有一卷粉红色的厕纸，更加微妙地暗示了他的身份。

尤素非没有起身迎接他，而是挪了挪他那沉重的木质办公桌上的三份文件，然后在第九个问候时方才应声。在办公室远处的墙那边，四个阿富汗村民不自在地端坐在塑料椅子上，他们的橡胶鞋端正地放在油毡地板上。在他们磨损的长裤下，纤细的棕色脚踝上布满了白色发丝般的裂口和疤痕。为了和尤素非说上话，他们已经等了几个小时。

"我是赛义德·卡西姆，"这个士兵继续道，强调着他的称谓"赛义德"，意思是先知的后人，"来自情报和安全部门。"

"确实。赛义德·卡西姆，我是尤素非阁下。"赛义德·尤素非，同样也是一位赛义德，答道，"这位是罗瑞阁下，我们唯一的游客。他准备好了和你一起走。"

我的同伴没有看向我这边。

"祝您平安。"我说。

"也祝您平安。"矮小的男人答道，转而面向尤素非，"好的，阁下，我们在外面有一辆陆地巡洋舰。"

"请您理解。"我打断道，"我要走到恰赫恰兰。"

"走到恰赫恰兰？不。"赛义德·卡西姆站直身体，斩钉截铁地说。其实他在这间办公室里看起来很不自在，正在不停地环顾四周。他的眼睛又小又蓝，眼皮浮肿。

“不只是到恰赫恰兰，”尤素非说道，“是到喀布尔。”

“他会被杀死的。这个外国人想要干什么?”

“我是一名历史学教授。”我说道。

卡西姆斜眼看到我破旧的衣服，皱了皱眉。

门开了，一个年轻一些的士兵走进来敬礼。他大约六英尺高——几乎比卡西姆高出七英寸——肩膀也比卡西姆宽很多。与来自农村地区的阿富汗人不一样的是，他剃了络腮胡子，只留下弯弯的小胡子，看起来像一个墨西哥大盗。在他随身的编织袋中，可以看到五个备用弹匣、三颗手榴弹、一包香烟，也有一捆粉色的卫生纸。卡西姆介绍说他叫阿卜杜·哈克。

正在浏览两份文件的尤素非现在抬起头，终于开口和他们说话了。转向我的时候他补充道：“我告诉这两人你已经见过了埃米尔阁下伊斯梅尔汗，并且他祝你一路顺风。他们会按照你的要求去做，你要记下他们的坏行径。你的旅程现在开始了。”他从办公桌后站起来，郑重地握紧我的手：“请在你的书中写下我。就如同波斯诗人所说，‘人的生命短暂易逝，文学长久永存’。”

他微笑着说：“祝你好运，马可·波罗。”

贾姆宣礼塔

启　程

我们走过长廊，推开仍旧等待着向政府官员递交请愿书的人群。我们走上大街时，并没有向西走向饭店，而是向东走向荒漠和群山。太阳已经出来了，刺目的明亮光线照射在沙砖上，让人的影子轮廓更显分明，那是些推着手推车的疲劳的人们。我一边走，一边调整背包带，琢磨着我忘了买什么，以及如果没有这些东西在接下来的两个月该怎么办。一种熟悉的不平衡感在我左脚靴子的内底蔓延，拉扯着我的脚趾，一步接着一步。我的同伴们只背着自动步枪和睡袋，没有带任何食物和厚衣服。

我觉得我的阿富汗服饰有些滑稽，于是耸了耸沉重背包下的肩膀。卡西姆，那个年长一点的人，穿着整洁的紧身迷彩裤，这是给大个子做的。他收拢皮带下宽松的裤腰，束出不少褶子，但是大腿上的口袋都快拖到小腿中间了。尽管卡西姆的地位较高，但是看起来比阿卜杜·哈克更不自在。他低着头，那长满痤疮的红色的脸一直朝下，眼睛紧张地眨着，就好像在期待什么东西从路面上喷出来。阿卜杜·哈克站姿笔直，在卡西姆身边显得非常高。卡西姆每走三步他只迈两步。

街上甚至没有人看我们一眼，卡西姆和阿卜杜·哈克也没有看我。他们不会说英语。我猜他们对前方的路只有一个模糊的概念，他们之前可能从来没有和一个外国人打过交道，而他们的级别也相对较低。因为他们的制服看起来像是刚从来自美国的物资包中拆出来的，我估摸着这两人刚刚入职。但是他们对武器的使用却很自如。我们并肩走着，或者说几乎这样，因为街上很拥挤，阿卜杜·哈克不时停下调整他的卡拉什尼科夫枪上的弹匣。粗糙的柏油路上的沙子开始变厚，而人群变得稀少了。

我端详着一只落在墙头上的乌鸦，它的眼神茫然，在它身下，一间古董店把古董摆在托盘上。在一把19世纪加德纳牌茶壶和两杆手柄裂开的李－恩菲尔德步枪旁边，摆着一块来自穆萨拉建筑群的瓷砖、一尊犍陀罗式的佛头，以及一只用粘土塑造的神鸟——这些来自于巴布尔笔下的赫拉特以及巴米扬和古尔文明的宝贝，裸露摆放在尘土中，等待淘宝者。我怀疑乌鸦比卖家更加在意这些物品。我们经过了饼干店和药店，以及成箱的沾满灰尘的水果，最后是加油站。

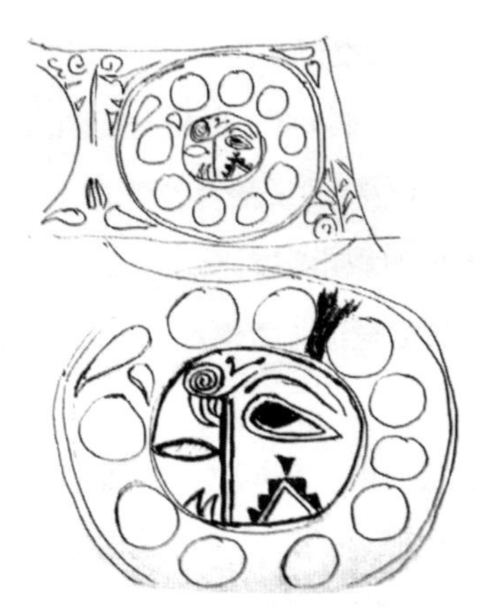

古尔文明时期的一个古老花瓶的碎片

最后，阿卜杜·哈克用他的黑眼睛看着我，问道：“你不是记者，对吗?”

“不是。”

“太遗憾了，不然你可以写个关于我们的故事。”

❧

在城市的边缘，我们坐在街边的一张桌子旁吃午饭。我们选了鸡蛋、馕和酸奶。我那天已经吃了太多的鸡蛋了。卡西姆伸直腿，站了起来，小心地接过我那碗酸奶，他瘦小的手指沾了一下，在传给我之前吮了一下。看起来他在试毒，以表示对客人安危的担心。下毒在中世纪宫廷中很常见。巴布尔有一次为此把一个厨子开膛破肚。不管怎么说，卡西姆的行为是一种礼貌。我向他表示感谢，微微一笑。破天荒地，他回给了我一个微笑。

在我们的小吃摊对面，耸立着几座精心设计的中世纪土砖塔，用来喂养鸽子，因为它们的粪便可以给葡萄园施肥。塔利班曾烧光了葡萄园，并且禁止饲养鸟类。鸽子塔上装饰华丽的阳台即将塌落，鸽子也已绝迹。在过去，饲养鸽子也是为了消遣。巴布尔的父亲侯赛因・米尔扎是15世纪赫拉特的统治者，他有一些训练有素的鸽子，可以在空中翻筋斗。当他的城市被入侵，濒临崩溃时，他爬上了伫立在悬崖边的鸽子塔。巴布尔写道，大地颤动，悬崖崩塌，“鸽子和我的父亲一起飞向了另一个世界”。

午饭后，我们继续前进。在城郊，经过了丝绸之路上的一个有着悠久历史的岔路口。在那里，商队的路线向北通向中国，向南通向印度：这也是1970年代嬉皮士们走过的路线。继续向东，这才开始感觉到我已经离开了赫拉特，开始了旅行。这时，一辆吉普车咔嗒一声停在了我们身边。这是来自《洛杉矶时报》的大卫。他已经用完了他的

赫拉特城堡往北眺望宣礼塔

素材，想要知道能否采访我。

我很喜欢大卫。他曾经让我用他的卫星电话给我父母打电话。这是一个优待，因为在接下来六个星期的行走中将没有电话机。现在他问我为什么要徒步穿越阿富汗。

我告诉他，阿富汗是我的徒步旅行中所缺的一环。从荒漠到喜马拉雅，从波斯、希腊到印度文化，从伊斯兰教到佛教，从神秘主义的伊斯兰到军事组织的伊斯兰，阿富汗是这其间的一片土地。我想要看看这些文化互相融合或者触及全球的地方。

我讲述了在苏格兰的一个下午散步时我是如何思考的：为什么我不一直走下去呢？我说，一定有某种魔力，才能让我在亚洲大地上留下一长串脚印。

他问我是否考虑过我正在做的事情很危险。我从来不曾找到一个听起来不那么笨拙、虚假或者荒谬的回答。“你当然可以理解。”我说，“那个男人的沉默，我是指卡西姆；普鲁士蓝的天空，我是指这里的空气。这看起来像是一种恩赐。所有的一切，”我说，激动地对我的主题越发兴致盎然，“突然间变得有意义。我感到自己的一生都在为行走这件事做准备。”

但是他没有记下一个字。相反，当他的摄影师卢米斯在一个壕沟里为我拍照时，他显然是潦草地写着：“每天20至27英里——靠馕生存——‘饥饿带’。巴布尔在风雪中损失了人和马。只有一套替换衣服，瘦弱，留着纤细的胡子。”当卢米斯给我一个塑料包装的手炉时，我试图解释物质方面对我来说无关紧要，我更在乎通过行走来观察阿富汗，以及成就我自己。

卢米斯点点头：“你读过《荒野生存》……那本书描写了一位富有的年轻美国人到阿拉斯加的荒原去寻找自我，最后在风雪中独自死去……这是一篇很棒的新闻报道。”

大卫和卢米斯返回了赫拉特，而我们继续前行。阿卜杜·哈克把他的棒球帽檐转到后脑勺，捋了捋他那长长的墨西哥小胡须，耸耸肩，将他的美国迷彩夹克甩到肩上，走在我前面大约五码的地方。他身体向前倾斜得太多，以至于不得不走得飞快以保持平衡。杏黄色的沙土在他的靴子四周翻腾，混合着从他的烟卷里飘出的灰色烟雾。香烟藏在了大腿外侧，这是执勤士兵的传统做法。在我身边，卡西姆迈着细碎、沉重的步伐，他的脚后跟在道路的边缘印下深深的足迹。

我们的影子在碎石路上被拉长：阿卜杜·哈克的影子最大，卡西姆的最小，我的则因为背包而像个驼背。荒漠逐渐包围我们，我们三人渐渐缩小。我一直在想，大卫的文章也许会被曲解为讣告。我花了一些时间热身，以找回之前行走时的熟悉节奏。我赶上阿卜杜·哈克时，他闪过一丝微笑，将枪管插入沙土中，做了一个小幅度的撑竿跳动作，落地时喊道“真主伟大”。卡西姆怒视着这个比他年轻的人。我怀疑他对自己的副手有多少控制力。

除了在尼泊尔西部的极左主义地区的几周，我已经习惯行走在相对和平的地方。尽管我每天走大约四十公里，却很少遇到人，而在时速五公里的时候，风景的变化也很缓慢。我习惯于关注细节：旁遮普的黄檀木，丛林低地上豹子的足迹，喜马拉雅地区淡绿色的包叶雪莲花。我曾记录了村庄客房里所有的物件。在伊朗，我调查过层架式养鸡场和载重货车停车场；在尼泊尔，我观看过人们用白色的牛耕田，用连枷击打打谷场，阳光下腾起谷壳云。我记录了沙特阿拉伯体力劳动者的经历和他们的美国阴谋论，试图揭开印度－尼泊尔边界上古代历史的轨迹：寻踪一排刻着骑兵和太阳神的破损石头，猜测这是古老的末罗帝国[1]的痕迹。

突然一阵爆炸声传来，我们脚下的大地颤栗着，刺鼻的黑烟从我们左边的田野里翻滚过来。我从未想象过一个地雷能有多响。但其他两人连头都没转一下。

我们走在一片向路两边平坦铺开直至远处低山的戈壁滩上，没有树，所以看不出颜色和高度的变化，戈壁与沙漠四季如一。在伊朗的沙漠地带，总会点缀些犁出的土壤，突兀的高压线铁架，电线上沉闷

[1] 末罗是一个中世纪尼泊尔王朝，占领了印度喜马拉雅的大部分地区。我的行走沿着帝国的版图，从甘戈里开始，经过凯达尔纳特镇和乔西莫斯，到达尼泊尔的贾姆拉。

的鹰，以及飘散的塑料袋等垃圾物。而在阿富汗，由于干旱和贫穷，甚至连这种显示人类活动的痕迹也渺不可见。

道路平坦，天气清冷，我的脚很舒服，感觉背包并不沉。双腿的速度开始转换成呼吸和思想的节奏，尽管我仍旧感到不同寻常的紧张。我怀疑在徒步穿越亚洲十五个月后，好运是否已经用光。我曾经向母亲保证这将是最后一次旅行，当我安全地抵达喀布尔后，就会回家。

我开始迈出更长更快的步伐，在土路上半跑起来。焦虑渐渐消失，我沉醉于肌肉的运动，想起四十天后这次行走也许就将结束。我已经将赫拉特的办公室和采访抛在脑后，又一次向东方进发。看到卵石在我脚下闪过，感到脚跟每一次与地面的撞击都是在丈量阿富汗，我想要用双脚去最大可能地触碰这个国家，想起为何曾经想要走遍世界。

两个小时后，我们到达了一个巴扎，叫作赫拉特·沙埃德，位于赫拉特以外八公里处，在泥土路的两旁，泥土建成的商店组成一条很短的街。

“就这儿，”卡西姆说，“这是我们今晚的休息地。”

“可是白天还有三个小时，我们还能再走十五公里。”

“前面就只有荒漠。我们晚上必须在这儿停留，明天再穿过沙漠。”

以这样的速度我可能六个月都到不了喀布尔。但是我没有携带地图，没办法反驳他，而且我不想在第一天就开始争吵，因此不情愿地同意了。卡西姆把他的睡袋递给阿卜杜·哈克，整了整自己的迷彩夹克表面的褶皱，然后走向一座泥房子。我跟着他。我们在门槛处脱了靴子，在拱门处弯下腰，走进一间昏暗的屋子。我刚刚能辨认出有二十个穿着迷彩制服的男人坐在地毯上，他们都站起来欢迎卡西姆。背着包的我笨拙地从这群人中挤过去，将包放在角落，然后接受正式的欢迎："祝您平安。您怎么样？您好吗？您很好……"我坐下来和他们一起喝茶。这真是一个令人不快的短暂的一天，真希望能尽快摆脱我的同伴们。

当人们开始聊天的时候，我把卡西姆叫到一边，在他手中放了两百美金，让他用这些钱去给我们买食物。对一些阿富汗人来说，这是六个月的工资，但是我想拉拢卡西姆。我告诉他我会给他更多，希望他让我一个人继续行走。他什么都没说，只是把钞票折起来，放在了胸前的口袋里。这时，一个眯着眼、脸庞暗黑，有着凌乱胡须的男人闯进了房间。他甚至比卡西姆还要矮小，他叫阿齐兹，是卡西姆的妹夫。卡西姆告诉我，阿齐兹想要与我们同行。我们现在是四人组了。

从左到右：作者、卡西姆、阿齐兹、阿卜杜·哈克

这些靴子

半个小时后，卡西姆提议和我一起去巴扎转转，他想要买靴子。我跟着他走进街头的一间小屋，倾颓的泥墙上钉着硬木隔板，上面放着一双白色小山羊皮、顶部有皮毛的靴子。卡西姆让店主把它们取下来，然后他坐在地上，使劲儿套上去。他觉得靴子和他的迷彩裤很搭，但还是太小了，即便他的脚已经很小了。随后，他和店主在药片、大米、香烟和电池中翻看，找出了一双红色人造革靴子。这双很大。作为交换，卡西姆将他磨损的战斗靴交给了店主。店主看起来做了一笔亏本生意。战斗靴哪里都有，美国中央情报局免费提供。然而，我估计店主可能指望以后通过卡西姆还有他的关系弄到些物品。其实我更担心卡西姆，新靴子看起来百分之百会撕裂他的脚。

卡西姆很高兴。他拉着店主的手，跨过一托盘洋葱，走上阳光照耀的街头，向路过的人们大喊道："祝您平安。"人们叫道："你也一样。"他们拥抱、亲吻，然后卡西姆仍旧拉着店主的手，开始了一连串冗长的正式问候。卡西姆显然已经把我忘了。我被独自留在了商店前面，望着街上。

这样的景致让我想起了一幅维多利亚时期描绘东方的版画。向北望去，在残破的泥土建筑之外，成群的绵羊在戈壁上移动，在深蓝色天空的映衬下，荒漠呈现出灰色和绿色的线条。向东望去，那是我的目的地，远处覆盖在帕勒帕迈塞斯山顶上的白雪，在苍白光线的照射下已有些融化。戴着黑色头巾、留着浓密的白色胡须的男人们在巴扎街头蹒跚而行，念珠从他们的手上垂下来，而长袍的袖子在挟裹着白尘的疾风中被撩起。低悬的太阳照亮了两个在路边摔跤的年轻男人礼拜帽上的小亮片，也照在他们身边的一包伊朗产的薄脆饼干上。一辆白色小卡车飞驰过高低不平的路面，挡风玻璃上嵌着一张大卡片，上面写着："为沙菲克先生运送，从喀布尔到阿联酋，免税。"在敞篷车厢上站着一个带黑色头巾的男人，扶着架起来的俄制防空炮。

我走出阴凉地，走向街头。一群人在观看一名警察和公车司机的争吵，公车司机叫嚷着在新政府时期哪怕警察也应该付钱乘车。突然，这两人握了握手，分开了，笑起来。可能因为巴扎挤满了陌生人，所以似乎没有人注意到穿着阿富汗衣服的我。我慢慢地游荡，带着傍晚热度的阳光照在我脸上。

赫拉特一直阴冷，但是这儿的白天还很暖和。空气清新，沙漠荒芜。我望着商店正面柔和的曲线，清晰的光线被墙上烤干的泥土所吸收。我很欣慰来到这里。但是这一切同样也是贫穷的象征。30 年前，也就是战乱之前，巴扎上应该有更多的水泥和塑料。甚至这片荒漠也

休息的人们

是新的：它是在最近的干旱中出现的。我漫步在没有女人的街上，听到失业毛拉的大声抱怨、不识字的持枪者在讨论表亲婚姻。没有人买任何东西。所有的一切，看起来都是物物交换，或者赠予。每个人都互相认识。两个年轻男人在谈论我，英格兰在哪里，外国人吃什么、带什么、玩什么。他们在进行一系列不需要我参与的简单推测。

“他可能比看起来更强壮，”其中一人在我经过时说道，“但我不认为他了解自己在干什么。”他们对我微笑，我咧嘴回应。

半个小时后，卡西姆、阿卜杜·哈克带着另一个士兵出现了，他们建议参观巴扎外的一个花园。大约走了一公里后，沿着一条把我们和村庄隔开的柏树林荫道往上走，我们转到了一处墓地。那里的人都带着枪，卡西姆的新朋友不知什么原因带着一把无鞘的刺刀。我仍旧在试着了解阿富汗，就像我对其他国家所做的那样，关注它的风景、历史和建筑。然而这是一个处于战争中的国家，而我甚至无法掌控身旁的这几位枪手。我仍旧不相信安全部门有兴趣免费保护我，也不相信如果他们认为我是一名间谍，还会让我徒步穿越各省。有可能他们只是告诉卡西姆和阿卜杜·哈克带我到城外，然后杀掉我。战争中没有人会注意到谁被杀掉。我想，如果行程开始仅八公里就被杀掉，应该会很滑稽，并且我不是第一次担心，自己被杀之后会被看作是个莽夫。

但是这些士兵们并不想杀我，只是想要带我看其他人的墓地。他们离开我，爬上一幢废弃建筑的屋顶，抽起了大麻。

“这是圣人尤利娅的圣陵和墓地。”卡西姆从上面向下喊道，“他是一位非常重要的人物；他有‘十英尺高’。”这是一块大小恰当的墓地。

我接着看风景，前面是一堵两百英尺长的土墙，墙上有扇门。走进去后，在黑暗的隧道里继续走了大约30英尺时，左边出现了一个大院。下沉的地面上，鼓出了20英尺高的土层，形成了台阶、屋顶、墙壁和庭院。我看到影子在嬉戏，阳光折射在弯曲的土墙、木质的支架、花岗岩的拱顶石和蜂窝状的圆屋顶上。在一扇小窗户里，一双年轻的眼睛在面纱后一闪而过。地板上散落着秋天收获时的谷壳，门框被烟熏得斑驳。我爬了几级台阶来到屋顶，发现一个用枯死的树枝搭成的坡顶屋被当作厨房，里面铺着两张褪色的机织地毯，一盏防风灯，和一条绘有清真寺的擦拭杯盘的抹布。

“这就是这个家庭所拥有的一切。”卡西姆朝上面喊道，和其他人一起出现了，“这楼里住了一百个人。”我不能理解这座中世纪的公寓楼：一个村庄的人都住在这样一幢有着环形楼梯、阁楼和不完整通道的建筑中。

“他们太穷了。”我说。

“在这里战乱持续了二十四年。没有水……”他回答道。我不需要听他说完，因为我从来自赫拉特和喀布尔的人们那里一字不变地听过这些：“战争已经持续了二十四年。没有水。村民们很穷，没有文化，愚昧并且危险。阿富汗被毁了。”在这段标准式的分析中，伊斯兰和种族划分都不是关键因素，暴力是野蛮的乡村文盲们的产物。这意味着，一点点教育、金钱和援助就有可能恢复阿富汗“被毁”之前的黄金年代。但是我不知道这个口号的具体措辞是如何确定下来的，或者有哪一家媒体参与其中。这些话没有告诉我有关这个社群的任何信息。

我们返回花园。林荫道的另一头，在干涸的混凝土水池中央，有一座泥土干裂、形状方正的花坛，其中的玫瑰已经枯萎。尽管经过了二十四年的战争和四年的干旱，草仍是绿的，并且刚被割过。我仍旧希望把阿富汗看成是一个末日的贫乏之地，有着被危险与心理创伤所裹挟的荒芜的田野与破碎的社会。我本没有期待见到巴扎的热情微笑，抑或是碎石沙漠边缘这座精致花园的宁静和美丽。

巴布尔造访赫拉特时，这里的许多花园种满了花：

> 在赫拉特，我看了阿利·失儿伯克的花园，公众的娱乐场所集中于伽祖尔·噶赫林荫道、乌鸦花园、新花园、祖拜德花园、白花园和城镇花园。

巴布尔有一种极度的嗜好，他希望在喀布尔王国的干旱土地上创建出被水灌溉的乐园。这是1504年他在日记的开篇所写的：

> 在[喀布尔西面]的群山中，土地上装点了各式各样的郁金香。我曾经下令清点，他们取回了三十二或三十三种不同种类的郁金香。有一种的香味有些像玫瑰……花园外遍布高大而美丽的悬铃木，它们的枝叶伸展，树荫青翠喜人……我下令建造了这个由石头围成的喷泉……当紫荆花开始绽放的时候，我不知道世界上还有什么地方可以和这儿媲美。

荆棘修长的阴影就好像锯齿状的库法字体（古阿拉伯文书法体）映在新砌的泥墙上。视线之外，即墙的另一边，是我们即将行进的荒漠，那里一览平川。我们站起身，阿卜杜·哈克摘下一朵粉红的花放在我的帽子里。东边升起一轮硕大的满月，万籁俱寂，斜坡顶部的雪清晰可见，一轮低沉的橘红色太阳如被尘土蒙住般在西方落下。我拿着装有粉色小花的帽子，与三个士兵一起，沿着柏树林荫道，大步流星走进晚霞中。

一群品种稀有的鸽子——也许是巴布尔父亲养的那种——飞进果树林中。阿卜杜·哈克取下他弹药已上膛的卡拉什尼科夫枪递给我。很沉。

“来吧。”他说，右手抚摸着他下垂的小胡子。

“干什么?”

“打鸟。”他指着最后一只鸽子，它收起了翅膀，正要落在无水的池子中。

“不，谢谢。”

“别担心！来吧。这是政府的弹药，不是我的。”

第二部分

赫拉特……坐落于一片肥沃的平原上。一条河流（哈里河）灌溉着这片沃土，平原上村庄密集，玉米地广袤绵延。赫拉特周边乡村中的居民绝大多数是塔吉克人……一个温和、质朴、勤勉的族群。

——蒙特斯图亚特·埃尔芬斯通：
《喀布尔王国及其属地》，1815 年

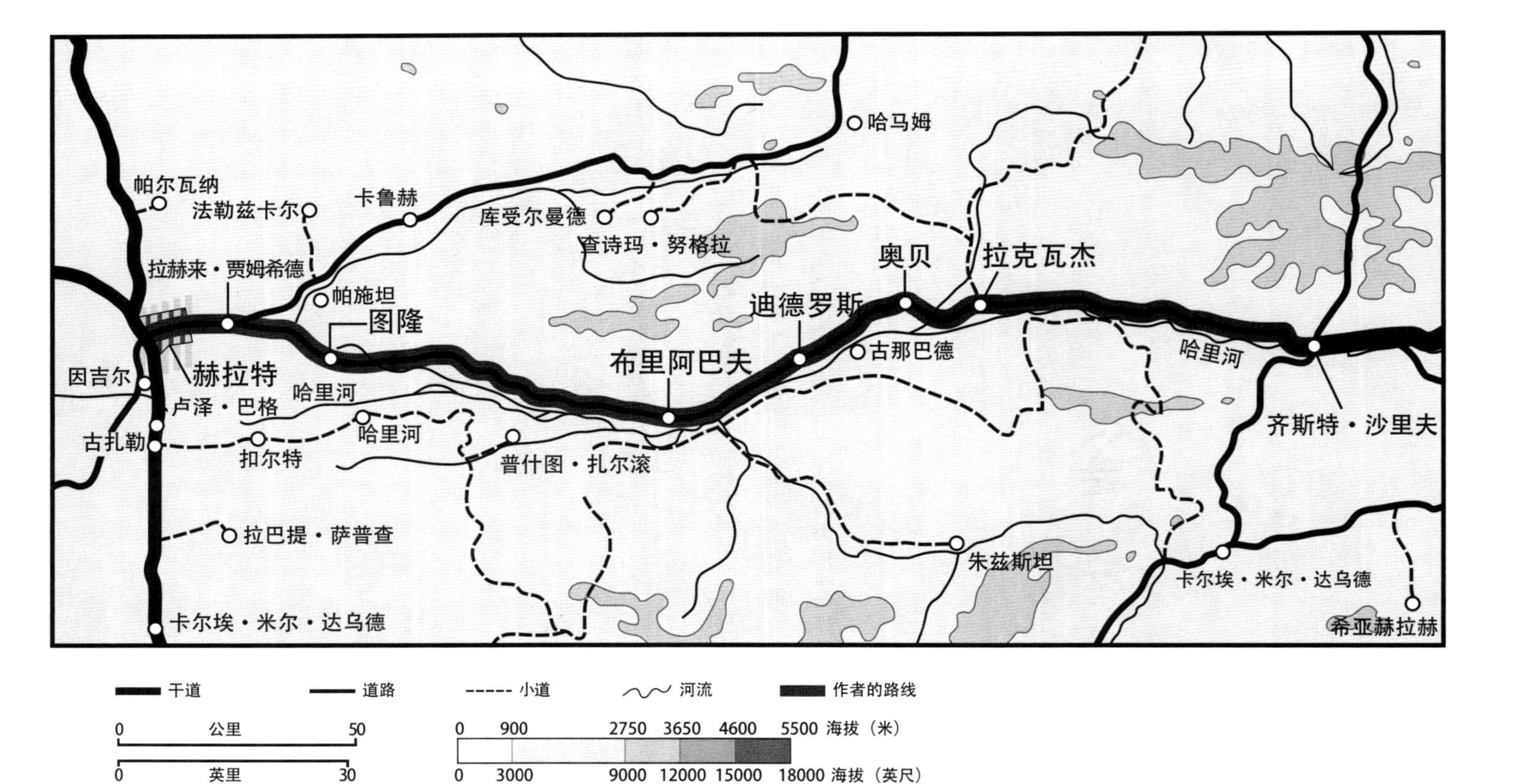

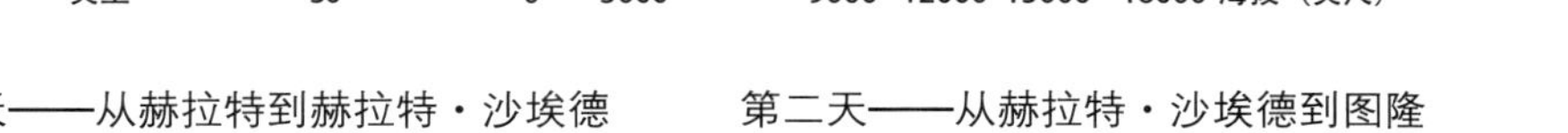

第一天——从赫拉特到赫拉特·沙埃德

第二天——从赫拉特·沙埃德到图隆

第三天——从图隆到布里阿巴夫

第四天——从布里阿巴夫到迪德罗斯

第五天——从迪德罗斯到拉克瓦杰

第六天——从拉克瓦杰到齐斯特·沙里夫

卡西姆

那天晚上，我们留宿在村子头领哈吉·蒙塔兹家。第二天早上，早饭吃完干馕和甜茶后，我们上路出发。

阿卜杜·哈克迈着干瘦的长腿，冲着一个收不到信号却发出静电轰鸣声的电台大吼。阳光刚刚照射了两个小时，就已经很热了。汗水浸湿了我的背包肩带，在吉德拉尔羊毛帽子下的额头上聚集。我把沉重的手杖从一只手换到另一只手，希望能够缓解左膝的疼痛。在我身后，卡西姆冲着阿齐兹吼叫。他们俩都有些跛，可能是因为水泡。阿齐兹在咳嗽。他调整一下围在脖子上的黑白色围巾。卡西姆看着我，微微一笑，然后继续呵斥阿齐兹。我听不懂他在说什么，但是注意到阿齐兹，尽管他是这三人中最瘦小且明显是最虚弱的人，却背着其他人的睡袋和卡西姆的枪。

我对于同伴仍旧知之甚少，但是在前一晚已经了解到卡西姆的大致地位，当时哈吉·蒙塔兹在他的大院门口迎接我们，然后邀请我们留宿。我们接受了。哈吉请我们在他之前进门，我们拒绝了。他恳请，我们试图推他进去，他挣扎着推辞，笑着。最后，卡西姆第一个走进去，后面跟着哈吉·蒙塔兹、阿卜杜·哈克、阿齐兹，然后是我。我们被领到一个小泥房子的门口，然后又开始相互推让：

“请，您是我的主人。”

“请，您是我的客人。”

这次又是卡西姆第一个进去。地上铺着来自伊朗的红色地毯，几个床垫堆在墙角，屋里没有家具或者装饰。有三个男人站着迎接我们：

“不，不——请坐……不要为我们站着。”

“当然，我们必须要站着——坐我的位置吧。请您一定要就座。”

我们自己坐在了地上，卡西姆坐在离门最远的地方。在短暂的沉默之后，一位陌生人转向卡西姆，把手放在胸部，说道：

“祝您平安，希望您别累着。我希望您的家庭健康，愿您长寿。”

卡西姆同时回答道：“也祝您……您的身体健康……您身体强壮……我希望您的一家都好。”

卡西姆说完，这人转向阿卜杜·哈克：“祝您平安……希望您别累着。”阿卜杜·哈克回复了同样的祝福。这个人像这样依次问候了房间里的每一位之后，我们也绕着房间，轮流向屋里的人一一表达了相同的祝愿。随后我们的主人拿起了茶壶。

“不，不，”阿卜杜·哈克说，“我来倒茶。”

“我来吧——您是客人。”

阿卜杜·哈克抓住壶柄；哈吉·蒙塔兹又抢过去。

这是一种礼仪，我在穿越伊朗的几乎每个晚上都会经历一番。这个村子在过去的两千年里，大部分时间属于以波斯为中心的帝国的一部分。在伊朗和阿富汗，人们进门、落座、问候、饮用、盥洗和就餐的顺序标志着他们的地位、规矩以及他们对同伴的态度。如果一个军阀和我们在一起，他应该会被视为最尊贵的人，第一个进门，坐在离门最远的位置，双手由他人清洗，被优先招待，享用餐饮。[1] 人

---

[1] 事实上，伊斯梅尔汗非常不喜欢正式场合的礼仪。他不会让人们向他鞠躬。16 世纪的礼仪甚至更复杂，当时一个人的地位还通过他在房间里站在多靠前的位置来衡量。（转下页）

们会站起来欢迎他，而他一般不需要站起来迎接他人。但是我们不是军阀，而且我们最好拒绝这种礼仪：尤其是因为没有谁的地位是清楚的。地位不仅仅通过年龄、血统、财富和职业来判断，还视一个人是否是客人、是否有第三人在场以及客人是否认识其他人的情况而定。

卡西姆在接受最尊贵的位置前没有多做推辞。他可能认为作为圣裔、在场最年长的客人和最资深的现职公务员，这是他应得的。但是他本应该更加努力地推辞。我们的主人哈吉·蒙塔兹，对卡西姆表现得十分殷勤，展示出他的风度。他越是这样表现，就越能够提醒我们他曾去过麦加朝圣，是村子的首领，比卡西姆这个爱出风头的客人年长二十岁，也比他更富有。

阿卜杜·哈克独自坐在资历浅的人的位置上，将长腿蜷在身下，面带自然而轻松的微笑。阿齐兹的贫穷体现在他骨瘦如柴的身躯、未经修剪的胡子和极不合身的衣服上。他能和我们一起行走，是因为他娶了卡西姆的妹妹。他走向房间的尽头，带着戒备的愁容。只有我尊重阿齐兹，但是我在这些人中也非常低微：明显很年轻，衣衫褴褛，徒步行走，而且，虽然他们可能并不知道，我不是穆斯林。但或许因为我是一名外国客人，而且有埃米尔的介绍信，在一段漫长的争论后我的地位得到了提升，被安排坐在蒙塔兹身边。当村里其他有资历的人进来时，我们都起身以示敬意。但是当仆人们送来食物的时候，我是唯一一个抬头看的人。仆人们，如同女人和孩子，在社交场合是隐

(接上页) 下面是巴布尔出席赫拉特的宫廷盛会的记录：

当我一走进国家大厅，就一直不停地鞠躬，前去拜见君主，他相当缓慢地站起来迎接我。哈斯木伯克敏锐地意识到我身份尊贵，将我视为与他同等重要的人物，他抓住我的腰带，拉了我一下；我立刻会意，从容不迫地向前走，在安排好的地点与君主拥抱。

形的。

卡西姆靠着墙，他的胳膊垂在膝盖上，将过大的毡帽拉到后脑勺。他用蓝色水润的眼睛看着我，我认为他的微笑表明了我们之间的一种和谐，承认我们截然不同的人生，在交流上的诸多困难，以及共同经历的这段旅程。他有我父亲那么大的年纪，在他饱经风霜的脸上有一种慈父般的感觉。

“罗瑞阁下，”卡西姆说，相当缓慢地念着我的名字，“你来自哪里?”

“苏格兰。”我说。沉默了一会儿。

“哈吉·蒙塔兹，您是做什么的?”我问道。

在他的回答中我所能理解的是“在去恰赫恰兰的路上陷进三米深的雪中”。

因为徒步穿越伊朗，我懂一些波斯语，而他们说的达利语，是一种流行于阿富汗北部的波斯方言。但是我已经说了一年的乌尔都语和尼泊尔语，挣扎着在恢复我的波斯语。我猜测他的卡车陷在了雪里。“三米深的雪，不得了呀。”我含糊地说。

“哈吉·蒙塔兹对我非常尊重，”卡西姆打断道，“这是因为他是一位宗教人士，而且他知道我是赛义德——赛义德·卡西姆。”

“没错。”蒙塔兹说。

“当然啦，卡西姆，您是赛义德，”我说，“穆罕默德的后代。”

“先知的后裔，愿他平安。”

“先知的后裔，愿他平安。”我迅速地附和。

又一阵沉默。卡西姆把他的手放到我的膝盖上，就好像他比以前更了解我。只见他一吸鼻子：“我是一个非常穷的人，阿富汗是一个非常穷的国家，我们没有钱。哈吉·蒙塔兹没有钱。我没有钱。”我不相信他；这看着像一户富裕的人家。

一位仆人在我们之间簇新的地毯上铺上了桌布，桌布展开，露出几张又厚又圆的馕。谈话中断了。一碗碗汤和一盘盘米饭—— 加了盐煮得软烂的羊肉块在米饭堆里若隐若现——端了进来。席间没有人说话。我们飞快地用手抓着吃。只有我把米粒洒在地毯上。

长者们吃完后，把剩下的传给房间尽头的人们，他们都比哈吉·蒙塔兹年轻瘦小。阿齐兹已经吃完三大盘米饭，但他仍在吃，直到捡干净两个大托盘上的所有米粒，才打了一个赞赏的饱嗝。一盘盘核桃、苹果和橙子摆了上来，茶水也续上了。一顿完全安静的晚餐后，谈话又开始继续。

在伊朗的库尔德地区时，冬天没有蔬菜、肉类和水果，早餐我通常吃没有发酵的面包，午餐和晚餐是面包和白色的山羊奶酪。在巴基斯坦和印度北部的村庄里，我靠着面包和扁豆咖喱度日。在尼泊尔，他们早上 10 点或者 11 点吃饭，下一顿就是晚饭了。这不符合我的起居安排，所以我带着廉价的饼干，吃点米饭和扁豆，有些晚上还加一点黑色的小米面包。这顿阿富汗的晚餐，在这样贫穷而饥饿的国家里是一场令人印象深刻的盛宴。

“我们的客人来自哪里，赛义德司令官?”蒙塔兹问道。

“来自乌克兰。”卡西姆很自信地说。

“那他是共产党员吧，赛义德司令官?”

卡西姆停顿了一下。

“不，我不是。”我用波斯语说。

“不，他不是。”卡西姆重复道。

“那他是穆斯林吗?”

“是的。”卡西姆说。事实上我并不是。卡西姆条件反射般地应答。

他不想承认他对我知之甚少，且对我的国家一无所知。以他的地位而言，他想表现出他不是在为一位衣衫褴褛的年轻外国人服务，而是对一名有趣而重要的人士负责。我也怀疑，像许多伊朗的村民一样，卡西姆以让人们相信一些荒谬的故事为乐。

当蒙塔兹被叫到外面去的时候，我对卡西姆说："我不是来自乌克兰——我来自苏格兰。乌克兰是苏联的一部分，他会认为我是一个俄罗斯人。"

"他不会的。连我都不知道乌克兰在哪里。"

蒙塔兹进来，问道，"他会说俄语吗，赛义德司令官？"

"是的，说得很好。"卡西姆说。其实我不会。

"他在做什么？"

"我们在和他旅行，因为埃米尔命令我们照顾他，与他一同走到恰赫恰兰。"

"不好意思，哈吉·蒙塔兹，"我打断道，"我们可以在前面的哪些村庄停留过夜？"

"我知道，"卡西姆说，"明早我会告诉你。"

"还有，哈吉·蒙塔兹，"我坚持道，"你怎么看前面的路？"

"嗯，我想会途经沙埃德、图隆、马瓦尔·巴扎、萨雷·普尔、奥贝。"

这些大概是塔吉克逊尼派的村庄，但是我对即将遇到什么一点概念都没有。

"看这个。"卡西姆对哈吉·蒙塔兹说。他把脚弯过来，脚跟上露出一个紫黑色的充满脓液的水泡。我们只走了不到三个小时。我希望他的新靴子会比旧的舒服些。

"你确定你能做到？"蒙塔兹问。

“当然能。我们是圣战者，但是他……我不知道……”

“我认为我可以。”我插嘴道，“我已经完成了很多徒步旅行。”

“在伊拉克、印度、俄国和日本，”卡西姆不耐烦地编造着国家，“哪里都走。”

“那他的工作是什么？”

卡西姆停住了。我也愣了一下。

“我是一名历史学家。”我说。

“他为联合国工作。”卡西姆说。

“他是医生吗？”

“是的。”

“不。”我说。

“好吧，”蒙塔兹说道，“我的胸口疼痛，你会怎么帮我呢？”

“我可以看看。”我说着，打开了我的背包。

卡西姆冲我又喊了一遍问题，就好像他在翻译而不是重复：“哈吉·蒙塔兹的胸口疼，你会怎么帮他？”他对待我，就好像我是他选来为酋长表演的一只异域动物一样——是一只来自巴巴里的猿猴在丝绸之路上跳个不停。他很享受用他那专横的大嗓门来谈论我，很得意地看我为他的朋友表演戏法、奉上钱和药品。但他不乐意我为自己说话。在整个过程中，阿卜杜·哈克保持沉默，自顾自地笑着，偶尔换个姿势伸展一下他的长腿。

“他说达利语；你会说英语吗？”蒙塔兹问卡西姆。

“会啊。”他答道。

当我将止痉挛的药片递过去之后，哈吉·蒙塔兹的儿子们铺开堆在房间墙角的床垫和毯子，我们躺在地上睡觉。哈吉·蒙塔兹和他的儿子们跟我们一起躺下，以示对客人的尊重。我很累，但是感到很难入睡。阿卜杜·哈克整晚一直开着他的电台。他所能接收到的只是一种嘈杂而持续的嘶嘶声，但是这告诉所有人，他有一部电台。

客厅里的长辈

无人称代词

离开哈吉·蒙塔兹，在我与士兵们同行的第二天，出发半个小时后我加快了步伐，立刻超过了阿卜杜·哈克，向着逐渐升起的朝阳走去。晨雾中远山依稀有点影子，我看不见、也听不见我的三个同伴，只顾倾身前行，任由背包压着我向前迈步。我使劲眨眼把汗水挤出眼眶，每一步都迈得更远，手杖包铁的尖头砸穿路边的冰层，脚步踏出了一种朦朦胧胧的韵律。我的思想紧紧跟随着我，参与了我的每一步行走。戈壁滩向四方伸展，可以看到山上的积雪了。一条融雪形成的小溪穿透冰壳喷涌而出，深蓝色的激流把冰块推到两岸的干土上。难以相信我竟被准许这么走。尽管对前路和同伴尚存有疑虑，我感觉自己简直是收获了一份大礼。两个小时内，我完全沉浸在行走中，感到自信、兴奋和自由。后来背包的带子一直蹭着我的臀部，或许因为已经有一个月没有锻炼了，我感到有些疲劳。

为了让其他人赶上，我放慢了速度。我们四人排成一列，无声地走了一会儿。没有一丝风。我们踩在紧实的砾石与沙地上，走得飞快，因为阳光强烈，大家都稍稍眯着眼睛。阿卜杜·哈克把他那满是尘土的武器扛在肩上，抓着枪管。我开始明白阿卜杜·哈克的枪是他最钟爱的财产，比他的手榴弹，还要多受宠一些。当他无聊的时候，我曾经见他将这枪当作戏剧道具、手杖，还可作一种即兴的烟火表演。

阿卜杜·哈克与他最钟爱的财产

天际线那里的一个人影渐渐变大，是一个骑着毛驴的老人。当我们相遇时，才注意到那头动物是那么的矮小，以至于这位老人超大的长筒橡胶靴都拖到了沙土里。我朝他笑了笑。阿齐兹气呼呼地问他要去哪里。老人温和地回答，然后继续骑行。当我转身的时候，他又变成了一幅微缩画，逐渐消失在广阔的沙漠中。我看着自己的影子移动。卡西姆的小步子比之前更短了，他穿着新的红色人造革靴子踮着脚尖走路，我猜他脚上的水泡恶化了。

过了一段时间，我们能看到热霾中有座小村庄在我们前方。我们抵达那里，来到一个小的路边手推车摊位，坐下。我们已经连续走了四个小时，我很乐意放下背包。摊位的主人给我们端上了牛肉汤和米饭，还从一个有着厚水垢的俄式茶壶里倒了些热腾腾的茶水。

他们三人在这里遇见了一个朋友，没有意愿再站起来。我向后靠在角落里，面前放着一小壶茶，然后拿出了我的伊朗语练习本。练习本背面有张课程表，正面画有一幅海鸥。我在日记里写道，我想不出有什么比早上的徒步更好的了。但是，我的直觉告诉自己，我正在经历一场在战争中的任性冒险。我发现很难书写下死亡的风险。我用“一个人”（one）来代替“我”（I），就好像我在逃避我自己。“……奇妙的是，徒步让一个人感到拥有了更充实的人生……”

第二天：在赫拉特·沙埃德附近，一位老人骑在毛驴上

当我在构思这篇晦涩的文章时，阿卜杜·哈克和卡西姆相互传递着治疗水泡的止痛片。我很高兴卡西姆站起来了，只见他左右扭了扭头来伸展他的脖子，然后我说我们该走了。我想要在重新写作之前再多走一段。

巴布尔终生都后悔选择从这条路进入群山，也许他还为此责怪了他那年长的大臣哈斯木。

> 我们已经商量过哪条是去往喀布尔最好的路：我和其他一些人提议，鉴于这是冬天，我们应该走坎大哈的路，因为尽管路程更长，但旅行可能没有风险或者麻烦，而山路则艰难且危险。哈

> 斯木伯克说那条路太远了，而这条 [途经恰赫恰兰的中央大道] 是直线，他如此固执地坚持，最终我们决定尝试这条捷径。

鉴于巴布尔出发的季节和环境，他的许多大臣拒绝与他同行这件事一点儿也不令人惊讶。一些人随后选择了其他路线；其余的人也许沉浸在这个城市的纸醉金迷中，再也没有离开赫拉特：

> 我的几个追随者留在了赫拉特……包括赛伊迪姆，他为这儿的统治者服务。赛伊迪姆骁勇善战……他举止优雅，能说会道，特别讨人喜欢，而且活泼幽默。他的最大毛病是沉溺于鸡奸……[两年后] 赛伊迪姆被处死，并被扔到了赫尔曼德河里。

巴布尔没有带补给，一路上依靠村庄给他提供水、食物和牲口的饲料。有时候他付钱买饲料，但是更多的时候依赖于当地人好客的传统。尽管他经常住在帐篷里，但似乎他把帐篷留在了巴米扬。在之后的旅行中，他的随从被迫睡在马背上，而他则在侦察员发现山洞前，什么都没有遮盖地躺在雪堆里。这一晚的惨状意味着他在其后的时间里应该都像我一样睡在村庄的屋子里。

巴布尔旅行经过的土地之后曾被赫拉特的君主，一个叫作祖尔奴·阿鲁浑的人所统治。奥贝和恰赫恰兰有行政中心，雅卡·乌兰和巴米扬有大型定居点，但是在这之间的地域却人烟稀少。这种状况五百年来几乎没有变化。这片地区仍旧非常荒凉，而奥贝、恰赫恰兰、雅卡·乌兰和巴米扬仍旧是这条路上少数几个我知道能找到类似政府组织的地点。从奥贝到恰赫恰兰这一区域，稀疏地居住着被称作艾马克的半游牧塔吉克族人；而从恰赫恰兰到巴米扬这一区域则住着哈扎拉人。今昔如一，这片地区包含了四个不同的民族（塔吉克、艾马克、哈扎拉和普什图)、两种主要语言（达利语和普什图语）和两种不同的伊斯兰教派（什叶派和逊尼派）。这里的山地风景保存着失落的文明、宗教与王朝的点点踪迹。[1]

发现于古尔山区的双耳陶罐上的“女性头像”，前伊斯兰时代

[1]　巴布尔可能曾面临巨大的语言问题。尽管那时，像现在一样，每个人都说波斯语的方言，但是方言之间存在极大的差异。巴布尔说在他那时喀布尔有七种语言，其中一些已经消失了，或者仅局限于一些很小的社群里使用。

一个塔吉克村庄

下午步行了两小时之后，我们在一座村庄停下休息。卡西姆、阿齐兹和我坐在一位老人身旁，背靠着清真寺的墙。阿卜杜·哈克在荒漠上来回踱步，想要通过电台与总部联络。他一直大声喊着自己的代号“安萨里”——一位葬在赫拉特的11世纪苏非贤者的名字。我们身边的这位老人完全静止不动，坐在脚后跟上，双膝翘起，披着宽松的衣衫，裹着一块毯子和一条头巾。他的双手静放在膝盖上，看起来因太阳光的长年曝晒而变得黝黑，因冬日田野里的辛勤劳作而浮肿。只有他的眼睛在动。他打量着阿卜杜·哈克，估摸他的年龄和身高，审视着他的美国衣服、剃干净的下巴和中国制棒球帽。因为留在这个村中的男人都蓄着胡须，戴着头巾。

村里的许多房子都是空的。大多数男人，如果没有带着家人去难民营，就是在伊朗工作。这里没有通电，没有电视，没有诊所，也没有孩子们的学校。街上也看不到妇女，唯一的一幢重要的公共建筑是我们身后的清真寺。而这也不是新的伊朗风格，那种有水泥墙、卫生间瓷砖和一个明亮的铝制拱顶的风格。这是用泥砖砌成的。这就是阿卜杜·哈克成长于其中的那一类村庄。

“你在这儿干什么？”阿卜杜·哈克尖叫道。

“等着下午的礼拜。”老人说。

“我是来自安全部门的阿卜杜·哈克，”他说着，卷舌发出音节，并且重读，就好像在说夸张的阿拉伯语。阿卜杜·哈克这个名字字面意思是“真理的仆人”，正像卡西姆的意思是“分割者”。[1]“我和我的弟兄口渴了。”古怪的是，这一次是阿卜杜·哈克在发号施令，但是卡西姆已经闭上了眼睛，看起来懒得管。老人站了起来，缓缓地走向他的屋子，过了一会儿带回来一个托盘。他在我们面前铺开一块桌布。里面有几块厚馕。然后他放下两壶茶，一壶是绿茶，一壶是红茶，以及五个玻璃杯。

老人身穿传统服饰，安静且相当礼貌，为我们斟好茶后，又向后靠在清真寺的墙壁上，盯着阿卜杜·哈克。这些士兵代表着他所见到的新政府的一切。他会从这个带着外国武器和混乱过往、并且看起来焦躁不安、半摩登的阿卜杜·哈克身上，得到对新政府怎样的印象呢？

阿卜杜·哈克在我们身边坐下，自己拿起一块馕。“这里有一些坏人，”他对我耳语。他拉着我的手，拙劣地模仿我的波斯语口音，补充道：“我是一个外国人。”然后，他站起来，用枪筒敲击沙土地面，表演撑竿跳，用左脚跳了两次，咧嘴笑了。老人一直面无表情，但后来笑了。

这个村子里年长的村民不用交税，也不从国家索取什么。政府仅仅意味着赫拉特和喀布尔那些宏伟而布满弹坑的大楼。在那里，在塔利班倒台后的第三周，像尤素非这样的公务员，在需要签证、持怀疑态度的众战地记者面前，重又演绎收取费用和填写三联表格的仪式。安全部门又开始把人们投进没有标记的汽车里。城市之外，只有阿卜杜·哈克、卡西姆和阿齐兹，迈着笨拙的步伐，将新文化带进阿富汗的乡村，恰似当代的亚历山大大帝。而理论上控制这一切的是赫拉特的统治者——伊斯梅尔汗。

[1] 前者指的是真主的属性，后者是先知的一个名字。

西部的埃米尔

伊斯梅尔汗是一个有魅力的人……他有思想，知分寸，自信……我可以告诉你我们谈了什么，但是我不准备这么做。

——美国国防部部长罗纳德·拉姆斯菲尔德

访问赫拉特，2002 年 4 月 29 日

伊斯梅尔汗是阿富汗西部最有影响力的人物。两天前，在赫拉特的最后一个下午，我曾与他见面，希望他的支持可以为我提供一些保护，以对抗安全部门。在金色廊柱支撑的宾客接见厅，枝形吊灯上还剩一些灯泡在发着光。阴暗的角落里，阿富汗村民睡在连排座椅之下。他们在等着向伊斯梅尔汗请愿。

我加入旁边房间的外国记者行列中。他们抬头瞥了我一眼，但是没有人欢迎我。他们看起来心事重重。我注意到他们大多数人都留着胡子，有可能为了让自己看起来像阿富汗人，或者因为他们所住的房间里没有热水，没有办法刮胡子。这样的描述对于法国电视二台美丽的通讯记者并不准确，但即使是她，看起来也筋疲力尽。有半个小时什么都没有发生，我加入了闲聊。每个人似乎都感冒了，而且为了这次采访已经等了一周。

这些都是头脑灵活、甘于奉献的记者。大部分欧洲和美国的公众就是通过他们了解阿富汗。但这对他们来说并不容易，从他们的表情

中就可以看出压力。他们不会说阿富汗的任何语言，害怕离开他们的汽车，对食物不习惯，睡得很糟。此时距离 2001 年 9 月 11 日已经过去了三个半月，他们的编辑不停地催要越来越多的文字，并且要求了解他们为什么错过了“秘密追踪奥萨马·本·拉登”的故事。一个月之前，他们中有四个人在贾拉拉巴德郊外的路上，被人从吉普车里拖出来杀害了。事发后不久，当我穿过那条两边耸立黑色岩壁的狭长峡谷，看到那个偏僻的事发地点时，我明白了为什么记者们再也不想走那条路了。在过去的两个月里，已有十二位外国战地记者在阿富汗惨遭杀害。

尤素非一边扣着他那宽大的细条纹西服，一边走了进来。他看起来也很疲惫。一位日本摄影师问他省长什么时候来。

“快了。”他说。

然后尤素非看到了我，冲我一笑，把手放到我的肩膀上。“我很高兴你来了。”他轻声说，“在媒体会的最后我会点到你——你就快速地介绍一下你自己，告诉省长你的旅行。”

尤素非走出去，随后又陪同一名身材魁梧的男人走了进来。这位男子留着浓密的白胡子，戴着整洁的黑色丝绸头巾，身穿宽大的灰色大衣。房间很小，他们不得不从我们身边挤过去。当这个男人坐在主座并祝我们平安的时候，我方才意识到这就是省长伊斯梅尔汗。闪光灯在闪烁，BBC 记者因还没有打开设备而咒骂着。照相结束后，伊斯梅尔汗收起笑容，对着尤素非嘀咕了几句。这位省长坐在一把紧靠墙边的矮椅子上。其他省长要在一大队武装人员的护送下通过一扇单独的门进屋，但是陪同伊斯梅尔汗进来的只有尤素非。他不喜欢繁文缛节，甚至不允许追随者亲吻他的手。

伊斯梅尔汗于 2001 年 11 月 13 日从塔利班手里夺取了赫拉特，就在我见他的六周之前。1997 年他曾发动阿富汗的对俄战争，杀死上百个俄国顾问和他们的家人。在过去二十一年中，他一直都与俄罗斯人和塔利班作斗争，期间因当赫拉特的省长、进监狱或者流亡伊朗而中断过。这次他担任省长已经两周了。

要评价这个人很难。我曾经见识过他的安全部门，他们仍旧使用手持的电击设备拷打反对者。传闻他每天从海关税收那里获得近一百万美元，但是没有向中央政府上缴一分钱。他的人权纪录却比喀布尔的许多部长都要好，他也没有将关税收入中饱私囊，而是投入了援建农村的项目上。许多赫拉特人乐意见到一个谦逊而虔诚的当地人帮他们打理事务。然而，喀布尔的权力层担心伊斯梅尔汗正试图建立一个由伊朗支持的独立王国。据说他接受了“西部的埃米尔”的称号。

我需要设法告诉别人我曾经见过伊斯梅尔汗。接下来的一个月，我徒步旅行遇到的每一个人，其身份都由他们与伊斯梅尔汗的关系来界定。他已经任命了所有邻近省份的长官，方圆两百公里内所有的地区司令官现在都是他的同盟，尽管以前曾与他敌对。

“如果你们自己的翻译员愿意翻译也可以。”尤素非说着，用英语开始了会议，“但是我会再译一遍。”伊斯梅尔汗点头，他会说流利的英语，但是在这次会议上只说达利语。他正面对着 BBC, CBS 和法国电视台的电视摄像机，以及来自世界最大的几家报纸的记者。这可能是他或者尤素非首次同时面对如此多的外国记者。伊斯梅尔汗也许希望通过尤素非的重译来为自己争取准备答案的时间。“请在你们的提问中，”尤素非继续道，“只称呼‘阁下’‘阁下您’，不能用‘你’。”

这六周里，伊斯梅尔汗一定学会了一种思考和说话的新方式。过去的二十年间，伊朗的教士和美国的情报官员跟他大谈政治化的伊斯兰和反共产主义，奖励他杀死俄国人或者塔利班。但是现在，美国情报官员向他灌输的则是“国际恐怖主义、毒品、有组织的犯罪和大规模杀伤性武器的扩散”。外交官和穿制服的军人力推新的政治和安全体系。联合国以及救援和发展机构根据世界银行推动的“需求评估进程”和“阿富汗重建快速见效项目”，给他现金和粮食。他似乎总能给见过他的人以深刻的印象。

尤素非不再试图寻找这个新术语所对应的波斯语词，而直接将英文短语插入他的华美句式：“你认为互联网宽带接入是好的。”[1]

“请说您的问题。”尤素非指着一名说英语的法国记者。

“我想知道先生是否从伊朗获得了任何军事援助……”

尤素非打断道：“阁下，不是先生。”

“我想说，” 伊斯梅尔汗说道，“在我们来之前这儿没有家具——塔利班反对使用家具。我们在过去的两周内购买了这里所有的家具。”

伊斯梅尔汗反对塔利班，更多是因为他们不买家具等方面，而不是他们对待伊斯兰的态度。他相信圣战，并且痛恨不信教的外国人干涉阿富汗。他曾经鼓励女性重返学校，但是认为她们应该遮盖好自己，并且不应该同不相干的男人说话。他命令新的“恶行与善行”小组突击搜查我曾经见过的拱廊街道，并焚烧了DVD。他已经实施了要求女性戴头巾、禁止男性系领带的法律。那些同没有亲属关系的男性会面的女性会被强制拉到医院，接受近期是否发生过性关系的检查。[2]

---

[1] 原文的“互联网宽带接入”为英语。——译者注

[2] 在伊斯梅尔汗统治下的赫拉特，如果人们犯下诸如饮酒这样的“邪恶罪行”，会被剃光头发，或者在电视上被公开谴责。女性不能单独与没有血缘关系的男性一起走路或乘车，甚至是出租车司机。政府专门安排了一个警察特别行动小组在赫拉特市内巡逻，逮捕那些被怀疑没有直系亲属关系或者没有结婚而在一起的男女，将男人投进监狱，带妇女和女孩去医院接受强制性的医疗检查。

但我不知道这个房间里有多少人理解他对伊斯兰国家的看法。他肯定不准备在法国电视二台的女记者面前分享他关于女性的观点，因为这位女士她没有遮挡自己的金色头发。

“现在，斯图尔特先生。”尤素非说。我从记事本上抬起头来，刚才本打算在本子上潦草地写下我想要说的话。在我开口前，那位女记者插嘴道：“我能否打断一下，”她微笑着说，“我们能进行一次私人来访吗?”

伊斯梅尔汗看着她，然后说道：“当然，为什么不？明天来吧。”

其他记者们开始低语，他们也曾要求采访但被拒绝了。

“斯图尔特先生……”

我倾身向前。“伊斯梅尔汗省长”，我开口道，然后停顿了一下，我想要说波斯语，但是在翻译面前又感到难为情，所以我用英语继续，“我是一名英国作家，研究阿富汗历史和文化。”尤素非点头以示鼓励。“我正准备徒步走到喀布尔，经过巴米扬，不乘坐汽车。我想要谢谢尤素非阁下对我的支持。”我看了一眼伊斯梅尔汗，他正望着墙上的一条古兰经铭文。我省略了几句话，“我在追随巴布尔大帝的路线，他在 1506 年的冬天完成了那次旅行。我希望能够向我的同胞展示阿富汗是一个多么令人赞叹的国家。”

接着是一段长时间的冷场。记者们盯着我。伊斯梅尔汗转向正在窃窃私语的尤素非，然后看看我：“这是我想要支持的一次伟大的旅行。请告诉我有什么可以帮你的。但是……”他停了一下，似乎有些困惑，“这个旅行在冬天是不可能完成的。我很了解。因为我曾于冬季在这一地区打过仗。”

我想知道能否请他下令让安全部门放过我，但尤素非举起手示意我别再问了。“谢谢，”我说。伊斯梅尔汗满面笑容，会见结束了。

尤素非坚持让我坐他的面包车回酒店，因为已经是宵禁时分了。“你很幸运，”他说，“省长说的比你知道的更重要——我会写一个备注，说明你得到了他的保护。现在有安全部门的加持你就会更强大了。”尤素非看起来因为记者招待会的顺利进行而放松了许多。我告诉他，我觉得他的工作一定很艰难。

“啊，罗瑞，你真是理解我啊，”他笑着说，“今早从纽约的一家报社来的一位女士……”

“我的朋友，来自《纽约时报》的卡洛塔？”

“可能。她说她来自于‘世界上最重要的报纸’，让我必须为她安排一次与伊斯梅尔汗阁下的私人访谈。我几乎相信了她，但是另一个女士进来了，来自于CNN。很显然那也是‘世界上最重要的’。我该信谁？现在，我已经把采访全都推掉了，并让她们去参加记者招待会，与……”他停顿了一下，“《每日新闻》《基督教科学箴言报》一起。我做的对吗？”

我还没来得及回答，只见三个男人走到路中央，用自动步枪指着面包车的挡风玻璃。他们是宵禁警卫。尤素非下车去解释我们是谁后，才被允许缓慢前行。“有这样大的影响力一定令人满足。”我说。

“对我来说不是这样。尽管我欣赏省长阁下，但我更愿去英格兰读一个硕士学位，然后在海外当一名大使。”尤素非说。他看着窗外。电被切断了，赫拉特陷入一片黑暗。另一组警察拦下了我们。在和他们说话之前，尤素非停顿了一下。“赫拉特什么都没变，”他说。

商队客栈大门

在沙漠中行进两天后，尤素非、记者们和伊斯梅尔汗似乎都成了遥远的回忆。卡西姆和阿齐兹感到行走越来越困难。卡西姆一直说我们应该乘坐公共汽车旅行。

黄昏时分，我们看到平原上一座南向的带有防御工事的建筑，它的旁边是一个村落。因为没有帐篷，我提议去找个睡觉的地方。卡西姆回答说村子里有坏人，不会接纳我们。我说我过去经常在没有人邀请的情况下走进村庄。阿卜杜·哈克耸耸肩，调整路线，大步穿过荒漠走向那幢建筑。有一阵子我考虑踩着阿卜杜·哈克的脚印来避开地雷，但是让他一个人承担风险令我感到很尴尬，所以我和他并肩而行。

“你明白我在说什么吗?”卡西姆在阿卜杜·哈克身后叫道，“我已经做了二十二年的圣战战士了。走路的时候你必须走在干道上，不要走在田野里。”

“但这是一条捷径。”阿卜杜·哈克回答道。

“拜托你！我们必须走在干道上。”

“不要这么说话，”阿卜杜·哈克说，“我们的客人会对我们失去信心的。”

“别担心，他不明白我们在说什么。”

阿卜杜·哈克开始在沙土中走正步，右胳膊在胸前摆动，脚后跟踢起尘土。他唱起一首游击队歌，开头是这样的："欢迎，伊斯梅尔汗，欢迎，司令。"在接下来的十分钟里，他反复唱着对他能够想到的每个伙伴的欢迎词。他刚刚唱道"欢迎，卡西姆，欢迎，司令"时，我们来到了一条小路上。在那里遇见了一个男人，他确认我们可以住在这幢建筑里。"有人会带你们进去的，"他说，"这里有三十户人家。"

当我们走近这幢有着高高的泥墙和一座独立角楼的建筑时，我认出这是一个中世纪的商队旅馆——丝绸之路上的商人客栈。商队旅馆往往修建在徒步一天的路程上供人留宿，我在穿越阿拉克和伊斯法罕之间的伊朗沙漠时都于此借宿。这栋建筑的四周环绕着一条浅浅的壕沟。一座宽阔的木桥通向一个有三个拱顶的门廊，宽到足以通过一匹载货的骆驼。阿卜杜·哈克敲着木门，等人开门的时候，我拍下了他们三人的照片。阿卜杜·哈克的咧嘴笑容一闪而过。傍晚，一圈深色的阴影在咖啡色的砖墙上迅速升起。我们都累坏了，为找到一个落脚处而欣慰。

五年前，当我开始产生在亚洲徒步行走的想法时，丝绸之路上类似这样的遗址令我着迷。这里可能曾有天青石，运至西方，就成为中世纪锡耶纳画派画布上的蓝色；从波罗的海的树木化石上切下的琥珀，被运到东方，镶在了藏族的项链上。此外，还有更神秘的物件在这条贸易之路上传递着：让你能变成国王的钻石；桦树皮卷轴上的佛教经文，虽然上面的文字已经无法释读；令梵蒂冈迷惑不解的中国星盘。但是现在的行走，让我很难对丝绸之路产生兴趣。那些事物对于现代阿富汗而言毫无意义，而且我怀疑住在这幢建筑里的人们是否清楚地了解这里的过去。

一个长相清秀的八岁男孩出现在门口，说房子里没人。卡西姆让他再去看一眼。几分钟后他又出现了。太阳已经落山，我们开始感到寒冷。那个男孩用他那目光坚定的黑眼睛看着我们，说："不，这儿没有人。"

卡西姆厉声道："别撒谎，男孩。有人教你这么说吧。我知道里面有人在。再去看看。"另一个孩子出现了。他稍年幼一些，头发又黑又直，穿着褪色的红色传统长衫裤。

"告诉他们我是一位客人，一个旅行者，"卡西姆继续道，"穆斯林是不可以拒绝客人的。我们是政府的人。我们有权进去。"

第一个男孩盯着卡西姆，然后是我们，说："不。这儿没有人。"

一阵沉默后，阿卜杜·哈克突然一把抓住男孩的衣领，开始推着他穿过中世纪的拱顶进入大院。

卡西姆叫："慢着，别进那里。那是基地组织的地盘。你们会被射死的。"

阿卜杜·哈克弯下腰，看着那个男孩的眼睛，粗鲁地推开他。男孩打了个趔趄后退了几步，但没有摔倒。"现在告诉他们，我们要进来了。" 阿卜杜·哈克说。

"这里没人。"男孩重复道。

阿卜杜·哈克看看其他两人，然后转身和他们从横跨壕沟的木桥上返回。我跟在后面。当我们到达桥尾的时候，阿卜杜·哈克向阿齐兹点点头，一个转身，单膝跪地，然后把枪架在肩膀上，瞄准男孩们。阿齐兹做了同样的动作。

第一个男孩闪到门后。另一个六神无主地站在拱道上大哭起来，等着被枪击。

我停顿了一下，然后走向阿卜杜·哈克。他看了我一眼，我把手放在了枪的瞄准器上，笑着说："别。"第一个男孩跑出来，拽着他的同伴，把他推到了门后。一阵沉默后，我将手移开。阿卜杜·哈克笑了笑，我们离开了村庄。我落在后面，不想和这些人一起走。

在村子的外围，他们找到一个蜷缩在一堵墙后面的男人，可能正是为了躲开我们。他站起身，鞠躬，抓住阿卜杜·哈克和卡西姆的手，对我视而不见。卡西姆经受了一系列繁复的问候后，问他我们可以留宿在哪里。

“那儿。”

“给我们带路。”卡西姆尖叫道。

“不，”这人回答道，转过身说，“我真的不行……”

阿卜杜·哈克抓住他的手腕，阿齐兹用来复枪顶着他的胸膛，只听他说道：“好吧，好吧，我和你们一起走。”

我们走进村庄，看到三个年老的男人和他们的孙子们坐在清真寺旁边的平台上。一个白色胡须的男人满面笑容地走上前来。卡西姆开始了解为什么这里的每个人都很紧张，他的问候变得特别地客气和冗长，说道：“别害怕。我们只想知道哪里能找到面包，还有睡觉的地方。我们不会要你们为我们杀一只羊。”

“噢，好的。”那个老人说道，“好的。恐怕很遗憾，我们其实一无所有。”他的微笑甚至更灿烂了，“什么都没有。”

“只要一点点。”卡西姆说道，回复了一个微笑。

“我很抱歉，”老人说道，“我希望我能帮上忙。”

“好吧，”阿卜杜·哈克叫道，“要是这样的话。我们就要睡在沙漠里了。这就是你们穆斯林的好客……你们是怎么对待客人的……我现在知道了。如果我们打算杀了你，你肯定会死。看你们这些傻瓜。你这个愚蠢的，老……傻瓜。看！”他用自己的枪指着对方。他们都退后几步，那个老人不笑了，“嘭，”阿卜杜·哈克咆哮着，模仿着武器的声音和冲击肩膀的后坐力，“嘭，嘭……”然后他走开了。

“不，不，请回来。”那个老人说道，“留下来吧。”

“我不会碰你们的面包。”

“请。”第一个人叫道，“请留下来。”

“我不会留在这个村子里。你们这些人既不好客，也不知道羞耻……”

“就是因为武器，”那个老人说道，“我们刚才只是有点害怕。您不明白吗？许多人在这个地方被杀了。”

卡西姆突然走上前，抓住那个年轻一些的男人的胳膊，平和地跟他说话，试图控制他，说服他。另一个村民愿意提供自己的屋子，我们走向他的家门。在门口，阿卜杜·哈克指着我，叫道：“看看这个人。他是一个外国人。看看你们刚才对他的态度，真令人恶心。”

在屋里，我们坐在地板上，把腿伸进低矮的古尔西桌子下。在桌下有一个炭火盆，桌面上铺了一条很厚的毡毯。我们把毯子在膝盖边压紧，不让热气散去。阿卜杜·哈克摘下他的棒球帽，理了理头发，也许担心遭到下午被他欺负的人们的报复，他拿出了手雷，张扬地拧着转针。卡西姆将卡拉什尼科夫枪的弹药盒整齐地摞在身边，取出他藏在衣领里的两颗子弹。阿齐兹蜷缩在角落里睡着了。我们的主人不发一语，眼睛盯着那些武器。我习惯于独自行走，观察地形的精妙变化和古代历史的碎片。村民们通常很乐意带我去他们家。因此我对刚才发生的这些事或者这些人感到不理解。

墙上有一幅彩印的海报，画着先知穆罕默德的表弟及女婿阿里，他死于7世纪。这幅海报让阿里看起来像是一名好莱坞演员，有着闪亮的浅色眼睛。阿里还活着的时候，阿富汗的这一地区曾经被阿拉伯人占领。但伊斯兰教又花了四百年的时间才传播到向东步行一星期路程的古尔。这是逊尼派的地盘，海报却说明我们的主人是一个什叶派穆斯林。阿卜杜·哈克开始取笑主人是个什叶派，卡西姆也跟着一起嘲笑，但主人并没有回应，于是他们放弃了。

晚餐后，卡西姆告诉我们，他曾经在赫拉特处决了五个塔利班，但是他似乎对于叙述这个故事感到有点儿无聊了，可能是因为已经说过很多遍，因此讲得不太好。阿卜杜·哈克说进攻赫拉特的时候，他曾经与伊斯梅尔汗并肩作战。

“那你可是一个大人物。”卡西姆说道。他们都笑了。

阿卜杜·哈克看着我，微笑着，用手搂着我：“你是我的兄弟。没有我，你会死的。你啊，像我，是个斗士。”他说，“其他人不喜欢你，因为你不是穆斯林，但是我不在乎。我能从你的眼睛里看出来。我们都是有尊严的人，有着同样的生活，我们是一样的。”

我走到房间的一角去铺床。我在背包外套上了一个塑料米袋子，使它看起来更像是村民才背着的东西，但这样也就不容易从背包的口袋里拿东西了。我从背包的一侧掏出了一个塑料口袋，里面有一条柔软的黄色小毛巾和牙刷。主隔层里装着厚衣服、一条睡袋和一个黄色的军用速食配给包，上面标记着“来自美国人民，禁止转卖”。这可能是用作空投的紧急物资，是我的朋友彼得·儒弗内从喀布尔的巴扎买来送给我的，以备我困在雪里时救急。另一个口袋装着治疗痢疾和感染的抗生素，这是我从已走过的五个亚洲国家在没有药方的情况下收集来的，还有吗啡药片，以防万一摔断了腿。我把睡袋铺在墙角，用展开的白色棉布头巾当枕头。

最后，我从背包里摸到了一个防潮容器，是一个用胶条封口的小米袋。里面装着我的护照，一本《古兰经》翻译本，还有一段《巴布尔日记》的摘录。我拿出四张照片给我的主人看。其中一张上面有一位坐在长凳上的白发男子，身后站着两个女人和一个唐氏综合征的女孩，女孩的笑容比其他人更加灿烂。这是我的父亲和我的三个姐妹，尽管尼泊尔人猜测其中一个姐妹是我的母亲。伊朗人认为第二张里我父亲穿苏格兰短裙的照片特别有趣；印度人喜欢第三张里我父亲的勒车犬，而沙赫萨瓦尔的一家突厥人很肯定地告诉我，第四张中我母亲所骑的双峰驼是他们家的——无论在哪里他们都可以把它认出来。其实，骆驼的照片拍摄于中国的长城。

我的主人瞥了一眼照片，然后指着挂在墙上的一张他儿子的照片，相框的四周围了一圈塑料假花。七年前他被坦克炮弹炸死了。

在视而不见者的眼中

我躺下回顾这第一个全天步行的旅程：脚下的砂石、卡西姆的谎言、我们主人已逝的儿子、仔细打量阿卜杜·哈克的老人、吓坏了的男孩。这些唐突的情节和似懂非懂的对话已经展示出一个社会，它是一个由礼节、幽默和极端残暴构成的不可预知的复合体。我打着盹儿，想起阿卜杜·哈克的卡拉什尼科夫枪粗短的影子，这是一种由俄罗斯人设计、伊朗人制造、现在被亲美的阿富汗人使用的武器。在这间屋子里，我想，武器，是唯一能够将我们和这个时代连接起来的机械。当然还有电台，它突然响起的电流声和隐约传来的一首印地语歌曲唤醒了我。两个小时过去了。黑暗中，阿卜杜·哈克枕在一只手臂上，抽着一根香烟。阿齐兹在咳嗽。我离开村庄已有两周，已经忘了村民们睡得有多么少、起得有多么早、他们弄出的动静有多么大。我走出屋子去解手。尽管我们的主人把钱花在了他那整洁的泥房子和修剪过的树篱上，但是却没有修建一间厕所。我通常在天黑前就被锁在村庄的某间屋子里，现在倒可以趁机去看看夜晚的天空，离开我的同伴。天上挂着几颗星星和一轮凸月，我能感觉到高高的院墙外那寂静而无形的荒漠。我在一个角落蹲了下来。

黎明时分，为了赶晨礼，我们直接卷起了铺盖，但是只有我们的主人做礼拜了。我们得到了甜茶和面包。吃饭的时候，五位年长的村民前来为前一晚发生的事情道歉，并要求陪同我们前往卡瓦西克。他们由帕什通·扎尔贡的地区司令官带领着，这是一个肩膀宽阔的中年男子，长着浓密的黑色胡须和一个大鼻子。他告诉我，在战争期间他为了采购武器曾去过巴基斯坦，并且重复了几句乌尔都语来证明。卡西姆和阿齐兹在这位司令身边蹒跚而行，咳嗽着，将格子花纹围巾拉到散乱的胡子周围。[1] 我已经渐渐习惯了他们走路的姿态，但是与这个戴着精美的丝绸头巾的大个子男人相比，他们看起来特别弱不禁风。司令官走路时僵硬地摆动着两只胳膊，左手上的绿色礼拜念珠也像钟摆一样前后甩动。

我们沿着从小男孩们所住的商队旅馆开始的小径前往布里阿巴夫。这大概是条老路。新的“汽车”道在我们北边两公里处，但可能是因为它的上游被积雪阻塞，所以我们没有看到车道上有汽车在行驶。两个小时后，黑胡子司令官离开了我们。我们的右边是哈里河，河两边坐落着一排低矮的页岩和石灰岩圆形山丘。在我们前方，碎石又延伸了一百公里，穿过冲积平原的平地到达齐斯特，即齐斯特苏非教团的古代基地和古尔省的边缘。我希望到了那里其他人都离开。这样我就能继续独自进入古尔的山区。

这条路线会带我沿着哈里河上达它的源头，穿过高山隘口，然后顺喀布尔河而下，到达首都。整个行程将经过四个省：赫拉特、古尔、巴米扬和瓦尔达克，大致代表着四种不同的地形和四个不同的民族。我曾经在赫拉特问过一名翻译它们的区别在哪里，他不假思索地回答：

> 一开始，你会遇到赫拉特的塔吉克人，他们是古老的波斯人，他们的农田位于哈里河的冲积平原上。接着，你会遇见艾马

[1] 只有伊斯梅尔汗的人戴着这样的围巾，这类似于巴勒斯坦的阿拉伯头巾。

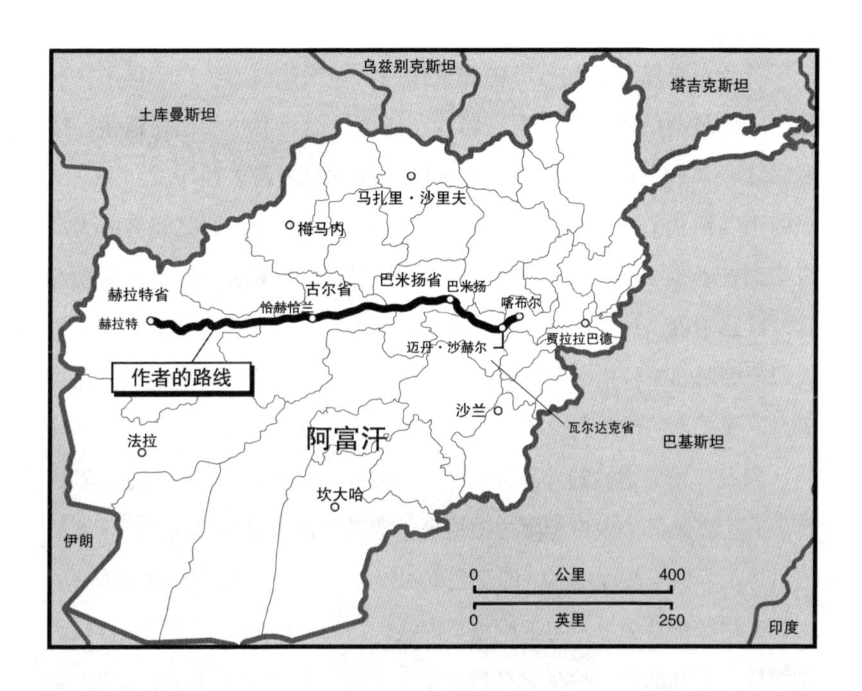

克人，他们是游牧部落民，住在古尔的山区。那里曾是侵占了印度的古代古尔王朝的中心。再向东两百公里是巴米扬的高山区。那里居住着成吉思汗的后裔哈扎拉人。他们长得像中国人，很危险，是什叶派穆斯林。最后，在和哈扎拉人相处了几周后，你会再次下山进入山谷和沙漠，那里你将遇到瓦尔达克的普什图部落。所有你将要遇到的其他民族都说达利语 [波斯语的阿富汗方言]，只有瓦尔达克人不说波斯语，他们说普什图语。他们支持塔利班。[1]

[1] 结果证明，他的描述很有误导性，与蒙特斯图亚特·埃尔芬斯通在 1815 年的叙述有极其相似之处。这一大胆的概括可能反映了一个事实，即与埃尔芬斯通类似，这位翻译也根本没有亲自去过这一地区。

这条中央路线在旅行者中并不热门。如果热门，赫拉特已不复存在了。但是商队想要避开中央路线，所以他们将赫拉特当作枢纽，或者向北经丝绸之路前往中国，或者向南经香料之路去往印度。中央路线的道路海拔有一万四千英尺，古代旅行者坚信他们的骆驼会因为高海拔而流鼻血。[1] 在冬天，这里的温度会降到零下四十度，暴风雪肆虐，认路困难，积雪经常深达九英尺。1976 年，南希·杜普利在那本令人印象深刻的旅行指南里写道："没有做最充分的准备不推荐这条道路。"于是，嬉皮士的汽车选择了一条更平坦、更温暖的路线前往坎大哈。

因此，中央地区的大部分仍旧与世隔绝。古代波斯人将此地排除在帝国的行省之外。中世纪阿拉伯地理学家嘲笑这里是一潭死水，是波斯语世界最后的异教徒地区。即使在 20 世纪，那些在仲夏选择这条线路的人们，尽管准备充分，也很少偏离路线。因此，他们没有看到这片地区的腹地。已知的第一位从赫拉特出发、沿哈里河东行一百五十公里。到达贾姆村的外国人是一名法国人，名叫安德烈·马里克，他于 1957 年完成穿行。他的收获是发现了河岸上一座六十米高的宏伟的宣礼塔，之前西方对此一无所知，而之后赶来的考古学家也没太搞清楚。

"卡西姆，你是做什么的？"我问道。阿卜杜·哈克和阿齐兹已经

[1] 经过恰赫恰兰的主要路径因此被称作舒土尔·浑——骆驼之血。所有的古代文明似乎一致认为赫拉特外的大亚洲山脉断层边缘是一条重要的边界。希腊人将此山脉称为 *Paroyamisus*，来自于波斯语词汇乌帕利斯那——老鹰飞不过去的山峰。亚里士多德相信从这些山上你可以看见世界的东方边缘。也许，这就是当赫拉特的统治者沙提巴尔查尼斯经过中央道路逃走的时候，亚历山大大帝为什么没有追踪他，而是选择了现在以嬉皮士小道著称的那条道路到达坎大哈。

落后于我们了，阿卜杜·哈克是因为他的电台坏了，阿齐兹则因为走不快。卡西姆看起来已恢复了元气。

“我是伊斯梅尔汗安全部门的一名指挥官。”

“具体做什么呢?”

“安全。”

“那你为什么和我一起走呢?”

“安全。”

“或许我们应该在达来·塔科特分开。你不需要一直走到恰赫恰兰。达来·塔科特更近一些。”

“上级命令我们将你带到恰赫恰兰。”

“也许我们可以商量一下。”

他没说什么。我们又走了一段路。

“我没有告诉那些和我们一起走的人，你是一名作家。”卡西姆说。

“你告诉他们什么了?”

“我跟他们中的一些人说你是联合国的，跟另一些人说你是一名美国士兵。”

“这主意可不怎么样。”

“这是一个特别好的主意。现在他们害怕了。我告诉他们，你的手杖是一个发射器，可以召唤直升机。”

阿卜杜·哈克大笑着来到我们身边，把枪扛上肩，在我耳边开了一枪。我叫大家停下来喝点水。

“我们没有时间。”卡西姆说。

我没理他，坐下，然后想起波斯礼仪，就将水壶先递给其他人。阿齐兹感激地喝了，他喝完后爆发出肺结核似的咳嗽，吐了一口带着烟草绿色的浓痰后才停止。我决定不喝水了。过了一会儿，阿卜

第三天：阿卜杜·哈克与卡西姆在休息

杜·哈克在一条灌溉沟边停下，从一个盐水泥坑里取水喝。卡西姆却没有喝，我问他为什么。

“因为两年前塔利班还在统治时，我在这里遭遇了伏击。”

“被塔利班伏击?”

“不，不，是两个从卡瓦西克来的男人，抢钱的。”卡西姆说，“当时我在一辆吉普车里，他们从一块巨石后面跳出来，所以我隔着挡风玻璃向他们俩射击，然后把尸体拖到巨石后面，发现他们的摩托车就停在那里。那摩托车现在还在我这里。”

“但是我认为在塔利班统治时期，至少道路安全是可以保证的。”

“是啊。”他答道，“道路安全状况在塔利班当政时期非常好。塔利班的人是非常好的；基地的外国人是坏的，但是塔利班是好的。”

又走了五百码，我们来到一大片光秃秃的黑色砾石滩。漆成红色的大石头围出了一条路。“那是一片雷区。”卡西姆说。视野所及之处看不到任何建筑。有人曾告诉过我，雷区位于临近军事据点和城镇的战略要地。我想不明白为何这里会有雷区，而且没有他的警告我也不会待在这条路线上。卡西姆说这是俄国人布的雷，是为了阻止圣战者从山上攻入干道。我注意到这片土地上没有羊粪，但在平原的其他地方羊粪随处可见。

那天下午，我们停在一辆墨绿色的俄国装甲运兵车和另一座商队旅馆附近休息。从之前过夜的地方算起，我们已经走完了一个法尔桑格，或者一个商队一天的行程。一位年老的男人在商队旅馆的门口看着我们。

“那个人是塔利班。”阿卜杜·哈克说，“你会害死我的。”然后他大笑起来。我们都认为对方会害得自己丧命，在阿卜杜·哈克看来这很好笑。我也这么觉得。但是他这么一个看不到阿富汗历史有任何稀奇的人，我其实是难以理解的。“那是一辆俄国装甲运兵车，是吗?”我站起来的时候问。

阿卜杜·哈克咕哝道：“P66。”

“那幢建筑是什么?”

“什么都不是。” 阿卜杜·哈克答道。

“那是一座商队客栈，是吗?”

“不。”

我走过去看了看。而阿卜杜·哈克却不感兴趣。相反，他指着一个低矮的土堆说道：“这儿有一座塔利班的坟。六个月前，我们小组就是在这里伏击了他们，杀了其中的五个人。”

“卡西姆，你参与这次伏击了吗?”

“不，我参加了两公里外的一场伏击。”

“我错过了那场。”阿卜杜·哈克说道。

阿卜杜·哈克的视野是由最近的一些暴力事件组成的。尽管他行事简单粗暴、不断搞怪且动辄恐吓别人，但阿卜杜·哈克是个受过教育的聪明人。他知道这是巴布尔的路线，知道前方那片遥远的山区曾经有过两个古代文明：巴米扬的佛教文化和不复存在的伊斯兰首都。

但是他对此并不在意。而这些就是政治家们在他们的演讲中所谈到的阿富汗历史上的光辉时刻。

阿卜杜·哈克眼中的阿富汗是一个贫穷、迷信的国家，领袖腐败，即便诉诸过去也毫无用处。他对棒球帽有共鸣，而不是商队旅馆。当他否认那幢建筑是商队旅馆的时候，我认为这并不是因为他无知。他说过无论这幢建筑曾经是什么，现在也什么都不是了。他怀疑这栋建筑最初具有多大的用途。也许他是对的。我们现在远离丝绸之路的干道，接近不可通行的山峰。这幢建筑可能从来没有吸引过许多商人，它可能从来没装满过珍贵珠宝甚或是巴布尔所描述的在阿富汗交易的日常物资："奴隶、白布、冰糖、精炼的和普通的糖、药品和香料。"[1]

我们重新启程的时候，卡西姆变得一瘸一拐。他突然显得很弱小，很衰老。黄昏即将来临时，我们看到右手边有一座村庄。

"今晚你计划在哪里停留？"我问卡西姆。

"在迪德罗斯。"

"那有多远？"

"就在附近。"

"要走多长时间？"

"大概三小时。"

"如果这条路像你说的那么危险，那么天一黑我们便不能再走了，必须在这里休息。"我说。

"你已经虚弱得走不动了吗？"卡西姆厉声说。他的嗓音比平时高

[1] 当地的统治者可能想把这幢建筑打造成一个社会地位的象征，用来吸引贸易，或者它的存在只是简单地昭显出现实中他的王国是比过去更完整的古代波斯文明和贸易的一部分。

出很多个声调，“这里是沙漠。”

“那里有一座村庄。”

“我们不认识那座村庄的任何人。就这样走进去太危险了。”

走夜路更危险。说着我就离开了公路。其他人跟了上来。

家　谱

像山谷中的大多数村庄一样，布里阿巴夫村离干道大约半公里，这与印度次大陆上房屋都紧贴着道路边缘的情形恰成对照。也许这表明不欢迎访问者。一位肩上扛着枪的农民指给了我们头领的屋子。我们沿着一条水流清澈、两边栽种着光秃秃的白杨树的水渠鱼贯而行。水面捕捉到了傍晚天空中最后一缕苍白的亮色，银色的树木倒影在水面摇晃，街上空无一人。

我们穿过一座桥，转入一条小径，发现一扇深色木门。我们敲了敲门。那个头领出现了。这是一个年轻男子，胡须尚未长齐。卡西姆双脚并拢，身体前倾，前脚掌着地，像在敬礼。在冗长的问候之后，卡西姆说："我们的车坏了。"

"在哪里？"

"在沙漠里。"卡西姆说，"我们是安全部门的官员。"他从夹克里掏出一捆信件。头领从大院里唤来另一个年轻男人，两人一起目不转睛地看着这些信。

"罗瑞阁下，"卡西姆继续道，"为阿富汗的村庄带来国际财政援助。"

头领怀疑地瞥了一眼我那褪色的羊毛毯子、手杖和背包，但还是请我们进了屋。

我们走进一个院落，它建在一个十英尺深的下沉式庭院上。在一处角落里，伫立着一座已经毁坏的带有城垛的塔。塔的旁边站着十个男人，望着我们，他们大多数配有武器。卡西姆甚至都没有看他们一眼。头领在客房门口礼貌地退后，而卡西姆带着傲慢的微笑从他身边挤进了屋。我们其余的人都在门口脱了鞋，跟了进去；没穿袜子的阿卜杜·哈克高声抱怨着他的脚。这是一间窄小而没有家具的泥屋子。我们都坐在泥地上。

“你们从哪里过来？”头领问道。

“从赫拉特。”阿卜杜·哈克说道，“我们太累了。”

“但是我以为你说的是你们的车……”

“你能找人给我的人按摩一下吗？”卡西姆问道。他正躺倒在地，双脚翘在墙上。

“当然。”头领答道，召唤了其中一个站在门口盯着我们看的男孩，指派他为阿齐兹按摩腿。

“这村子很穷，”卡西姆大声对我说，“头领也是穷人。”然后他朝那个看起来很困惑的头领使了个眼色。

我从背包里拿出一本斯坦贝克的小说，希望能读一会儿。这是我在赫拉特发现的唯一一本在售的英文书籍。卡西姆从我这里抢了过去，对着它开始喃喃自语。

“我能读英文。”卡西姆对那头领说，指着一个短语，“这是说‘Ox-kew-lee’。”他转向我，问道，“Ox-Kew-Lee 是什么意思？”

我看着短语：“这是说‘你好’。但我们读作‘You' re welcome’。”

阿卜杜·哈克也许对这场学术对话有些嫉妒，摘下他的中国棒球帽，打开了军用电台——仍只有电流声嘶嘶作响——然后他咆哮道：“安萨里，安萨里。”

在乡村房屋过夜的十五个月中，我已经见过无数的室内布置，但是对于家家户户都装饰着廉价的地毯、古兰经盒子和全家福这件事，我却很难从中解读出多少意涵。我几乎没有机会从容地参观一个村子。我要求出去走走。

“不，你不能。”卡西姆说。

头领和其他村民望着我，看我是否会接受这一命令。

“为什么不能?”

“你一个人出去太危险了。”

“我没问题的。”我说道，微笑着站了起来。

“阿齐兹会陪你一起去。”

“阿齐兹太虚弱了。”我说。

“如果你坚持要出去走的话，他只好跟着。”卡西姆说。

阿齐兹摇摇晃晃地站起来，同我一起走出去。他背着一支枪，戴着黑色头巾和一条格子花纹的阿拉伯围巾，看起来——也许是故意装扮成——像一个巴勒斯坦战士。他不苟言笑，在我们这些人中他总是最先用武器瞄准路人。当我们和其他两人（阿卜杜·哈克和卡西姆）在一起的时候，我无法让他开口讲话。

“你怎么样?”我问。

“非常不舒服。”他说，“我不知道我还能走多远。”尽管他的腿和胸部在过去的三天变得更糟糕，他仍旧被迫背着阿卜杜·哈克和卡西姆的睡袋以及卡西姆的枪。

走进村子，我没有看到什么有趣的东西。像大多数村子一样，所有的一切都隐藏在高大而单调的院墙之后。这里没有广场、花园或者餐馆，唯一的公共场所就是清真寺。而在逊尼派地区，村民们不会让我进入清真寺。现在走在黄昏中时，我注意到墙上、路上、水渠岸上的泥土，是如何从粗糙的鸽子灰砖块变为柔软的粉色石膏土。阴云满布、逐渐变暗的天空衬托出塔和穹顶的轮廓。一座古老堡垒的厚墙向内侧倒塌，露出大院里一座杂草丛生的沉降式玫瑰花园，花园比路面矮了十二英尺，一条细长的瀑布滋养着土壤。透过一扇半开的院门，我能够看见一棵桑树。火光闪动在高窗厚厚的窗框四周。深深的庭院，比街道只高出一英尺的旧拱门和窗户，本是从前大宅子的残余部分，如今已成为这座村庄的地基。

“你同意卡西姆说的，这村子很穷吗？”我问阿齐兹。

“不，”阿齐兹说，“这个村子很好，水不错，也很富裕。人们在这里过得很好：有街道，有花园，还有一座大清真寺。”

“但是卡西姆说……”

阿齐兹笑了：“这里不穷，我才穷呢。”然后他把肩膀靠向我。

我们沉默地走回头领的住所。一个年轻男子正在等待我们回到大院里。甫一进门，大门就关闭了，这就是我所知道或看到的这座村庄的一切。也许村民们知道是谁最先挖了水渠，谁曾经建造了角楼。他们可能会告诉我，谁曾经抗击或者勾结过俄国人或塔利班。但是我太累了，我也怀疑一个晚上我究竟能了解多少。

村民们谈论历史的时候，我一般会很困惑。走进客房，我想起一年前在伊朗的库尔德地区，一位突厥穆斯林主人是如何谈论他的村庄的。

“古兹·哈斯勒是一个非常古老的村庄，赞美真主。”这个突厥人曾这样说道，“我的爸爸生在这里，我的祖父也生在这里。我们一直在这里。”

“古兹·哈斯勒是什么意思呢?”我问道。

“意思是‘戴十字架的女孩’。”

“所以这是一个基督教的村庄?”

“不。”

“但是为什么叫作‘戴十字架的女孩’呢?”

“我的祖父母没有和亚美尼亚基督徒一起生活。亚美尼亚人很早很早前就离开了。”

“什么时候?”

“在我爸爸小时候。”

我猜测，或许并不公允，这些矛盾的说法，可能源自于这个家庭曾经帮助奥斯曼土耳其人赶走了亚美尼亚人。

“亚美尼亚人的教堂在哪里?”

“我不知道。”

我就此作罢。只是在几个月后回忆时，想起我的主人曾经把他的马饲养在一座长长的房子里，房屋的门很高，地基由整齐的砖石砌成，木质屋顶挑高三十英尺；房屋南面留有一扇拱形窗户的痕迹。

在五百多个村庄里度过的每一个夜晚，我都会采访村民，聊他们的财产、社群和历史。我不太能够掌控这些谈话。我经常很疲倦，而我采访其他人时，面对那些可疑的提问，我也会为自己辩护，并且尽量对我的主人礼貌一些。

我的笔记本上记满了很多地方的故事，而这些地方几乎无法从地图上再次找出来。我曾画过中世纪清真寺的素描图，记录之前的访问者，列出人们的财产和收入，复制封建家谱，图解弓箭制作或编织的整个过程。我记录了对近期杀戮事件的声明，对有可能是新石器时代的坟丘的描述，还有简短的人物传记。我曾根据一场墓葬仪式或者一根石柱上的雕刻推测这里存在过前伊斯兰教和前印度教的宗教。

每晚花两个小时写日记已经成了我的一个固定习惯。在一些偏远的村庄里，我看到了批量生产的进口商品、外国传教士和发展机构的重要性。在城市里，我思考着人们去朝觐或者去工作的旅程。我观察到宗教、语言和社会行为如何变得单一化，看到人们如何对古代历史毫无兴趣。我注意到了这一切，但我不确定将它们写下来，是否会成为一个证明我个人旅行的封面故事。我很肯定，自己不止受到人类学好奇心的驱使。

唯恐他来找茬……

在会客室里，一名长者正在对村民发表冗长的演讲。五个男孩瞪大眼睛安静地坐着听，可能因为太年幼而不能理解其中的意义，但是对长者语调中的韵律，他的低语、笑声和手势充满敬畏。他们的视线丝毫没有移开过。阿富汗学步的孩子在客厅中也从来不干扰大家。

“他来了。”卡西姆对头领说道，看到我走进来，“现在是你的好机会，告诉罗瑞先生你们想要什么。我已经告诉罗瑞大人这是一个多么贫穷的村庄。你需要什么吗，头领？”

“一条柏油路。”

“好吧，那应该不太难，是吧，罗瑞？”卡西姆说道。

我还没开口回答，这个头领就彻底激动起来，他喊道：“请你原谅我，我们还想要建一座新的清真寺的钱。”

另一个村民加入进来：“如果可以的话，还有种农作物的钱。”

卡西姆笑容满面，点着头说道：“继续，罗瑞有成千上万的美元要花。”

“如果可以，一些手压泵……再多一些手压泵……”

“还有管子，如果能行的话。”

一阵沉默。

“好吧，”我回答道，扮演卡西姆为我设定的角色，“我会根据你们的要求给喀布尔写报告。”

“卡西姆先生，你为什么要陪着罗瑞先生？你是为了保护他不受野狼和土匪的攻击吗？”头领问道。

“不，不，”卡西姆回答道，“我们和他在一起是因为我们是最好的朋友。我们要一起一路走到恰赫恰兰。”

我笑着点点头，希望他所说的目的地也是一个谎言；要不然，接下来的四周我们都会在一起。

卡西姆把我的照片从我的日记本中拿出来，把它们展示给每一个人，他把我的姐姐认成我妈，把我说成是我的兄弟（其实我并没有兄弟）。我欣赏了主人的儿子们在赫拉特照相馆拍摄的照片。他们穿着红色衬衫，戴着白色的牛仔帽。

第二天早上，我们起身走进同一片平坦的沙漠。土地焦干而荒芜，只能看见矩形农田边界上的一些小土堆。我们已经身处赫拉特大约一百公里以外了。沿途的风景直至我们到达山区时，才开始发生变化。像以前一样，我们沿着哈里河前进。如果下过雪或者雨，河水就变成了汹涌的激流。数千年来，村落都建在洪水冲积平原上。但是现在，哈里河只是一条涓细的溪流，在平坦的沙砾河床上从东向西流淌。

我无心留意周围的风景，只想知道如何将在阿富汗的步行与在伊朗和巴基斯坦的步行联系起来。我琢磨着可以用一些像汽车拉力赛那样的词组：“伊斯法罕—赫拉特”，“喀布尔—木尔坦”，“伊斯坦布尔—河内”。我设计了一场环游世界的旅行，它始于土耳其，又终于土耳其。

我想起进化论派历史学家的观点，他们论证了步行是成为人类的关键一环。双腿动作第一次把我们同猿类区别开，让我们的双手得到解放，能够使用工具；还带着我们踏上离开非洲的漫长征程。作为一个物种，我们（人类）用脚将世界变为殖民地。大多数人类历史都创自步行速度而引发的人类交往，即便是有些人骑在马背上的时候。我想起了那些去西班牙的孔波斯特拉、去麦加、去恒河源头的朝圣之旅；想起了用行走接近上帝的云游苏非、苦行僧和托钵修士；还有通过行走来冥想的佛陀和在湖畔漫步时写下十四行诗的华兹华斯。

布鲁斯·查特文（Bruce Chatwin）由这一切得出结论说，如果我们在地球表面持续步行，我们将会想得更全面，活得更精彩，也更接近于我们作为人类的目标。但我现在不确定自己是否想得更全面了一些，或者活得更精彩了一些。

在我出发前，我曾想象用构思一首史诗的方式来打发时间，或者一边走一边写一本小说，是关于深深扎根于某处的一个苏格兰村庄。在伊朗，我试图认真地思考哲学辩论，学习波斯语词汇，背诵诗歌。也许这就是为什么我在伊朗行走时从未感到轻松自在。

在巴基斯坦，当我离开沙漠，进入旁遮普苍翠繁茂的河间冲积地时，我停止思考，转而观察树上的孔雀和运河中水的流动。在印度，当我穿过喜马拉雅山脉，从一个朝觐圣地走到另一个圣地时，我左手捧着打开的《薄伽梵歌》，每次阅读一行。在尼泊尔的中心地带，我开始计算呼吸和步数，背诵短语，抛开所有的思绪。这就是一些人冥想的方式。在一天中我最多只有一小时能够感觉到那种宁静。然而，这是一种我从未感受过的平静。这正是我最看重的步行的意义。

这一天又阴又冷。当步行进入第三个小时，我们排成一列，合着阿卜杜·哈克电台里播放的北印度音乐的拍子前行。

阿齐兹与我视线相对，羞涩地一笑，说道："我们是兄弟。"

我说："是的，四兄弟。"并报以一笑。

他们不再询问我的生活，大家似乎已经接纳了我。

我们看到一个年轻男孩在汲水，阿卜杜·哈克威胁要杀死他。男孩哭了。然后阿卜杜·哈克大笑着说：“三年前我乘坐的吉普车开出了路肩，冲进了那条沟渠，就在男孩正哭哭啼啼的那个位置。车里其余的六人都死了，只有我被甩到了墙外而逃过一劫，因为真主爱我。”

卡西姆看着阿卜杜·哈克背着阿齐兹蹚过哈里河

过了一小时，我们必须得穿过哈里河了。我脱下靴子和外裤，将它们系在脖子上，蹚进冰冷的河水中。在正常降雨的年份，没有渡船是无法过河的，而如今河水仅有两英尺深。阿卜杜·哈克一言不发，停在岸边，弯下腰，让卡西姆爬到了他的背上，随后踏进了河水中，因对自身的好体力感到兴奋，再加上冷水的刺激，他像只牛蛙一样咆哮起来。把卡西姆放在对岸后，阿卜杜·哈克又折回来。这次，阿齐兹爬了上去。刚走到河水中央，阿齐兹背着的那些睡袋就落到了水里。阿卜杜·哈克把他扔到水中，急忙冲向顺水浮动的袋子。抓起它们的时候，阿卜杜·哈克在岸边挥舞着，跳起舞来，如同在风中摇摆的纸木偶，喊叫着：“我是一头骡子!”在前方的平地上，一头骆驼轻松地慢跑着穿过尖利的沙砾地。

我打开一包伊朗橘味奶油饼干，把它们递给卡西姆。他拿了一块，重重地叹了一口气，说道“真主伟大”，然后放进嘴里。

阿卜杜·哈克看着我，眨了眨眼。卡西姆，三个同伴中最年长、最不开放的，看起来也是最虔诚的。阿卜杜·哈克把自己描述为一名圣战者、一个神圣的勇士，而他的头领伊斯梅尔汗，在赫拉特实施伊斯兰教法之前，曾经打了一场伊斯兰圣战来驱逐无神论的俄国人。但阿卜杜·哈克并不太虔诚。在伊朗，城市里的年轻人曾和我谈论尼采，并且自称是无神论者。可我从来没有见过一个阿富汗人说自己是无神论者，而且阿卜杜·哈克也从来没有听说过尼采。但是，在我与阿卜杜·哈克相处的这段时间里，他从不礼拜，从不斋戒，从不交纳什一税，也没有去麦加朝觐的想法。通常只有在他的卡拉什尼科夫枪开火时才听他提到真主。然后他会唱起“真主伟大”，就像黎明时分嗓音洪亮的宣礼人在召唤着人们去礼拜。

阿卜杜·哈克从我的手里拿过那包饼干，倒在一块布上，让我们多吃一些，然后把外包装顺着肩向后扔掉。这是沙漠平原上唯一的一片垃圾，银色的锡箔纸在色彩柔和的地面上闪烁着强烈的光。

下午早些时候，我们到达了迪德罗斯村庄。它坐落于河的南岸，四周环绕着带围墙的果园，养护良好的灌溉水渠和两旁种着白杨树苗的林荫道将村庄分隔开来。我们与穆阿莱姆·贾利勒（贾利勒老师）待在一座大葡萄园中的一间房子里。我们的主人刚刚从新的赫拉特广播电台听说，一位叫作罗瑞先生的英国人正独自一人走向恰赫恰兰，完成这段旅行会得到两百万美元的奖励。主人担心这个消息会鼓动土匪攻击他的朋友们。

“别担心，”卡西姆说，“我们只是带他到平原的边缘，然后他就得靠自己了。我这么做是为了学英语。一个翻译一天能挣一百美元。”在我们徒步行走的时候，阿卜杜·哈克和卡西姆说得一样多，但是在屋子里，卡西姆仍旧主导着谈话。阿齐兹在任何环境下都很少开口说话。

卡西姆对着老师耳语，舌头飞快地舔着他那开裂的嘴唇，然后说道，“罗瑞，我已经花掉了你给我的所有的钱，你必须再给我两百美元。”其他人都看着我。

“你怎么在四天花了两百美元？”我问道。

“买吃的。”

“吃的多少钱？”

“每人每顿饭两美元。”

“我们大多数时候都在吃面包。”

“面包要花两美元。”

“可在喀布尔只卖五美分。”

“这里不是喀布尔——这里更贵。”

“你们的日平均工资不到一美元，怎么可能吃得起？”

“我已经告诉过你了，我们吃不起——我们很穷。”

一个脸蛋柔嫩、红唇厚实的年轻男人已经盯着我有一会儿了，这时他插嘴道：“你必须相信我们。如果是在旅行途中的话，每个人就得花两美元。”

屋子里的五个人都郑重地点点头。

“不管是什么价格，”我说，“我不准备在食物上再多花一分钱。如果你在达来·塔科特离开我，我可能会额外送你一份礼物。”

卡西姆默默地离开了房间。我对红嘴唇的男人微微一笑，但是他只是继续盯着我。我拿出笔记本，给阿卜杜·哈克画素描，他正平躺着睡觉，枪横放在大腿上，巨大的胸膛平缓地起伏。他有一张清晰而

阿卜杜·哈克在休息

诚实的面庞。我发现，自己对他的喜爱很难与我所了解的他热衷于杀人和弄哭小孩子的热情相协调。

然后所有人都站起来，叫醒阿卜杜·哈克，带着他一起离开，把我一人留在屋子里。过了一个小时，他们还没有回来，于是我也走了出来。

阴沉沉的天气已经让位于柠檬黄色的夕阳。在北边很远的地方，页岩山丘的圆形山顶之上，能看到一连串的小山尖在积雪的映衬下异常明亮。贾利勒老师出现了。他看起来很高兴见到我。我请他带我看看他的领地，然后我们走出了村庄。

翻耕已经结束了。贾利勒的一个叔叔正站在一根裂开的树干上，由两头牛拉着来平整土地。他累了，从树干上走了下来。我主动提出帮他继续干活。他后退了一些，我接替他站上去，握着左边牛的尾巴，用一根木棍戳着右边那头。左边的牛比右边的牛走得快，当我试着保持平衡的时候它们却绕起了圈。学习如何直接用声音驱赶这些牛，着实费了我不少工夫。犁完了一垄地，贾利勒叫住我。他正站在一堵围着一座大坟的未合拢的砖墙边。墓前低处有一棵光秃秃的树。

“这是我父亲的墓。”贾利勒说。

类似这样的坟墓经常坐落于村落的边上，大多数被人们尊为圣陵，即使墓主的名字和事迹都已被遗忘。赫拉特最著名的圣陵是安萨里的，一位 11 世纪的苏非神秘修士，也是阿卜杜·哈克的电台呼号。他的墓地至今仍被认为拥有魔力。环绕着圣陵的大院里挤满了精巧的大理石墓碑，这些墓碑的主人希望以此借得些许圣陵主人的神圣荣光。长者们坐在凹壁中从头到尾背诵《古兰经》。巴布尔造访过这里，他的表兄弟们用少见的中国图案来装饰围墙。安萨里的墓地是众多此类圣陵之一。古尔的统治者们在齐斯特为安萨里的一位朋友的儿子建造了一座圣陵，而最近，巴基斯坦的总统们在安萨里的同时代人达塔・甘吉・巴克什[1]位于拉合尔的墓地周围，建造了黄金大门和大理石庭院。这些墓地都被认定具有魔力。现在人们仍然相信，有一位用蛇当鞭、骑着狮子走进木尔坦的中世纪圣人，能从坟墓里伸出手来，欢迎虔诚的朝圣者。

更多的伊斯兰正统派对于圣人的圣陵和与之相关的迷信持相当怀疑的态度。[2]在神学上对基地组织产生过强烈影响的沙特阿拉伯的瓦哈比运动，就以毁坏这些遗迹而著称。巴布尔也对圣陵持怀疑态度。1504 年，参观了古尔王朝统治者洗劫加兹尼留下的废墟后，他写道：

> 有人告诉我，加兹尼的一个村里有一座陵墓，每当在其上念

[1] 即哈孜拉特・阿里・哈吉维里。

[2] 但是塔利班，他们从来不像之前所宣称的那样，在神学上与基地组织一致，他们完好地保存了安萨里的圣陵。

> 诵先知的祝福时，这个陵墓就会自己移动。我前去参观的时候，陵墓似乎的确在移动。然而，最后我才发现所有的一切都是由守墓人操纵的一场骗局。他们在陵墓上建造了一种脚手架，当人们站在墓上面的时候，可以设法让它移动，如此，旁观者就会以为是陵墓自己在移动；就好像一个人在驾船行驶，感觉河岸在移动一样。我下令拆除脚手架，严格禁止守墓人再次重复这种欺诈。

村民们却很少怀疑，他们经常假定每一座陵墓里都有一位圣人或者先知的后裔。机缘巧合，既不是宗教老师又不是先知后裔的贾利勒父亲的陵墓，在三代人的时间内被朝拜。这座陵墓古怪地坐落在贾利勒祖父的陵墓旁，而后者仅仅是一座没有任何标记的土坟。

“从这一列树到那一列树之间的地盘原本属于我父亲，现在是我的。”贾利勒说道。看起来他拥有将近一百英亩的肥沃土地。

“你是一个大地主。”我说道。

“这个村子里还有两个实力更雄厚的呢。我刚用机械钻孔机挖了这口管井，花了五百美元。”他指着一个深入地下一百英尺、用水泥修砌的井坑。旁边是一台印度进口的抽水泵。一开始，我很惊讶的是，为何哈里河如此之近而且村庄和田野旁遍布奔流的灌溉渠，他还要斥巨资修井。这些水对于小麦来说已经足够了，但是换作是罂粟，缺水五天就会枯死。

“你种罂粟吗？”我问道。

“塔利班统治时期我曾经种过，但是现在不种了，因为伊斯梅尔汗已明令禁止了。”

他可能并没有撒谎，但是我猜他还是在骗我。因为在生产鸦片和海洛因的问题上，伊斯梅尔汗并没有比塔利班更严格。塔利班在最后的两年停止了山谷里的生产[1]，而且正是他们的离开才导致罂粟种植死灰复燃。到2002年春天，随着外国毒品执法机构对赫尔曼德盆地的关注，哈里河山谷收获了阿富汗最大的一次罂粟收成，无论这其中有无贾利勒的贡献。

我回到贾利勒老师的客房。昏礼刚刚结束，村民们从清真寺涌出来，在寒冷的空气里走回家。三个小男孩给铁炉里添上小树枝。这是一个大房间，地上铺着上好的地毯，墙上挂着钟和礼拜毯。我再一次怀疑贾利勒从他的罂粟地里到底挣了多少钱。大约三十个男人靠墙坐着，享受着温暖，抽着烟，玩着纸牌。从牌局悠闲自在的进程来看，似乎大多数人每天晚上都在这里：亲戚、客户和伙伴，皆由贾利勒招待晚饭。在房间的尽头，尊者席上坐着一位年老的肥胖男人，戴着头巾，穿了一件褪色的细条纹西装。他正在吸水烟，轻声笑着，跟着身旁的盒式录音机哼唱一支曲调。我在喀布尔的一个朋友来自东南部普什图的阿赫迈德赛游牧部落，我觉得自己听出了这支曲子像是来自阿赫迈德赛。贾利勒证实了这一点。

我环顾房间，视线先是撞上一个盯着我看的男人，然后又注意到泥墙上的记号，还有鲜艳的地毯边饰与从炉子里钻出的烟。我能感觉到小腿肌肉的紧张，所以很高兴能够坐下来。我在小毯子上拉伸那只光着的脚，把脚趾头伸进厚厚的羊毛里。

“这些地毯产自哪里？”我问道，部分出于习惯。

“那一条产自马扎里·沙里夫的阿卜杜拉的圣陵。”

[1] 他们可能是因为想要提高价格，同时也有宗教方面的考虑。

“墙上那条有麦地那图画的丝毯呢?”

“是我爸爸 1983 年在沙特访问先知圣陵的时候买的。”

“这条基里姆地毯呢?”

“从恰赫恰兰东部的山区买来的。”

“那这条呢?”我指着我脚下的一条亮丽的红色小毯，上面织有宣礼塔和苏式武装直升机的图案。

“产自南部的法拉。”

乌兹别克斯坦和哈扎拉的小毯子，以及普什图音乐展现出一种超越了他们自己塔吉克人身份的阿富汗国家认同感。我正准备问贾利勒他如何看待阿富汗，那个吸着水烟的老人看着我吼道:“嗨，美国人!”

五六个男人停下手中的牌局，等待我的回应。

“我不是美国人。”我说。

我正对面是那个面相温和的红嘴唇男人，他缠着白头巾，身穿礼拜长袍，显然是位毛拉。他身体略微倾向我，说:“你就是美国人。”

“不，苏格兰人。”

“外国人不应该进来。”他回答道。

更多的人竖起耳朵，包括面无表情的卡西姆。

“我理解。你怎么看待美国人?”我问门边的一位老人。

“我们会接受美国给的发展资金，但我们不要士兵。”

“不好意思，我希望发表一个声明。”毛拉说。他说着缓慢而浮夸的句子，就好像站在讲道台上一样:“你是一个英国间谍，除非我错了。”

“不，我不是。”我说着，转过脸不看毛拉，对着屋子里的人说，“我是一名历史学家，追随着巴布尔，也就是莫卧尔王朝第一任君主的足迹……”

毛拉坐回原处，嘴里咕哝道："我们知道巴布尔大帝是谁。"

我不理他继续说："五百年前，巴布尔曾沿着这条路行走。我现在徒步前往喀布尔是为了写一本书。我已经走过了伊朗和巴基斯坦，在这俩国家我受到盛情款待，因为穆斯林知道如何招待客人。"

人们窃窃私语："我们当然善待客人……""因为我们是穆斯林……""我们尊敬旅行者"。

贾利勒说道："二十五年前，我在尼姆鲁兹遇到过一个英国人，他也在进行着像你这样的旅行。他骑着一头骆驼穿越阿富汗。我想他被写入了我的一本史书当中。"

"我有一本历史书。"卡西姆说道，没人听他说话。

"你怎么看待你们的新领袖卡尔扎伊？"我问毛拉。

"很好。"他停顿了一下，笑了笑，"到目前为止。"

"到目前为止？"

他耸耸肩："基地组织开始也很好。"他把双手举向天空，"基地组织一开始非常好。"

大口水罐端了上来，我为我的邻座倒水。他边洗手边叹气："万物非主唯有真主，穆罕默德是真主的使者。"对一些人来说，要成为穆斯林重复这个句子就够了。

"那位骑骆驼旅行的英国人就能说那句话，但他不是一个穆斯林。"贾利勒评论道。

吸着水烟的男人

"他会下地狱的。"毛拉说。

庆幸的是，食物端了上来，及时终止了这场对话。

皇冠上的宝石

晚饭只有三小盘肉：羊肉炖土豆、辣味内脏香肠和一些羊膘。因为我们人太多，肉被精细地分配，以确保为每一撮米饭带来一丝香味。

“伊丽莎白女王出行乘马车是真的吗？”贾利勒问道，那时他已经吃完饭了。

“是的，是真的。”

“她为什么不坐汽车？”

“英格兰是一片沙漠。”毛拉说。

“不，英格兰多雨。”我答道。

“也许我想成了澳大利亚。”

“的确，澳大利亚是一片沙漠。”

“你们的货币是什么？欧元还是美元？”一个叼着水烟的肥胖男人问道。

“在日本是一百日元兑一美元。”门口的一个老人插话。

“是英镑。”

“英镑先生，”毛拉叫道，“你们英格兰有煤油灯、大米和绿茶吗？你们种大米吗？你们那里和伊朗的马赞达兰省一样郁郁葱葱吗？”

大家马上开始讨论起来。我从村子里不断重复的对话中学会了波斯语。这个讨论测试了我的词汇量。我大概漏掉了他们谈话的四分之一的内容。但是我听懂的部分证明，这个偏僻的地方比我想象中更了解外国的地理、君主和货币。

“在哪里?”那个肥胖的老人问，“英国人从阿富汗偷走的那颗‘光之山’钻石，你们什么时候还回来?”

“可我在印度旁遮普时，那里的人们让我把钻石还给他们……”我说道。

“但那是你们从我们这里拿走的……”

《巴布尔日记》是第一本对“光之山”有可靠记载的书。几乎可以肯定的是，他在围攻阿格拉的时候夺得了这颗钻石，他形容其价值相当于“整个世界一天花费的一半”。根据巴布尔的叙述，1304 年，德里的苏丹在马尔瓦最先获得了这颗钻石。

巴布尔与儿子胡马雍

在马尔瓦之前，人们并不确定这颗钻石在哪里。几乎没有证据支持《印度周日论坛报》的断言，即公元前326年，亚历山大大帝在旁遮普的杰赫勒姆的战争中获得了“光之山”，后来它又归伟大的佛教统治者阿育王所有。

巴布尔把这颗钻石送给了他最喜爱的儿子胡马雍。胡马雍很可能带着它流亡到波斯，将此作为礼物献给了伊朗国王，后者转而送给了他的臣邦的首领德干国王。1656年7月8日，这颗钻石被献给了阿格拉的巴布尔的玄孙沙贾汗，那里又正是巴布尔第一次夺得它的地方。

1739年，伊朗的统治者纳第尔国王从沙贾汗最后的继承人那里获得了这颗钻石，带着它经过阿富汗回到伊朗。他将之命名为“光之山”。就在那时它重达186克拉。人们普遍认为，谁拥有了这颗钻石就会统治世界，但倘若被女人佩戴则会失去效力。纳第尔的儿子随后把它送给了他的阿富汗骑兵总指挥、现代阿富汗的奠基者艾哈迈德·沙·杜兰尼。

艾哈迈德·沙把“光之山”保存在他的首都坎大哈，作为阿富汗从波斯独立出来的重要象征。后来他的孙子带着这颗钻石穿过阿富汗流亡到印度，在那里他被人说服将钻石送给了旁遮普的锡克帝国的君主兰吉特·辛格。1849年，兰吉特的继承者把它放在一个铁盒里作为锡克战争的战败赔偿送给东印度公司。约翰·劳伦斯先生在花园棚屋里弄丢了这颗钻石，等他找到后，便将它献给了维多利亚女王。

1851年，女王在万国工业博览会上展示了这颗钻石。因为没有光泽，并未引起震动。有个高级委员会决定切割这颗钻石，便从阿姆斯特丹进口了一台有专利的蒸汽轮机。威灵顿公爵启动了发动机，阿尔伯特王子把钻石放到钻机里。经这帮荷兰人一个月的加工，钻石被减至106克拉，成为它现在“璀璨”的样子，它过去的形状被破坏了。

1997年女王访问印度的时候我正巧在那里，由于兰吉特·辛格曾经拥有过“光之山”，锡克人要求将钻石归还给旁遮普。三年后，二十五个印度议员表示因为巴布尔曾经拥有它，而要求把它归还给新德里。而当我在伊朗的时候，因为艾哈迈德·沙曾经拥有它，塔利班则要求把钻石归还给阿富汗。2002年4月，《卫报》的一位负责人不顾巴基斯坦、阿富汗和伊朗的要求，表示支持印度人。我最后一次看到它是在威斯敏斯特议会大厅里女王母亲的棺材上。

到了午夜，我决定去睡觉，我在角落里躺下来，而其他人继续抽烟、玩纸牌。一小时后，油灯熄灭了。这是一个艰难的夜晚。阿卜杜·哈克因喝了沟渠水而中毒，导致胃痉挛；阿齐兹痛苦的咳嗽听起来更像是肺结核。我在黎明时起床，走出屋子来到葡萄园去解手。转过一个拐角，我发现穆阿利姆·贾利勒蹲在地上，用碎石刮着他的光屁股。先前有人教我在阿富汗旷野中解手时，我非常惊讶竟然没有人给我一罐水来洗一洗。现在阿富汗如厕法已经很清楚了，而我也能够明白为什么卡西姆和阿卜杜·哈克那么骄傲地展示他们的厕纸。

早餐是非常甜的红茶和干馕，那个曾经主导了前晚聊天过程的肥胖老人，可能由于他的水烟里有什么，似乎是醉了。阿富汗人通常坐着一动不动，只用他们的脸或者身体显示一点动静。但是有个隔壁村的头人，正忙于夸夸其谈地讲述冗长的英雄传奇，他情绪夸张，用渐次增强的低语，配合戏剧性的手势，让我很难跟得上。他的庞大身躯前后摇晃，双手在空中挥舞，不断地把他头上的头巾推得正一些。每过几分钟，他会把头扭向一边，像一只大葵花鹦鹉，目不转睛地盯着我五秒钟，然后转回头，重新开始他的讲演。

因为担心不少组织企图在去往奥贝的路上杀死我们，卡西姆尽管在之前几天已经相当放松，如今却被吓着了。当头领结束演讲的时候，卡西姆告诉我接下来的十公里徒步等于自杀。“奥贝的年轻司令官穆斯塔法正计划杀掉我们。我们必须乘车去萨雷·普尔，不能走过去。”

我拒绝了。我决心徒步走完全程。我在尼泊尔时，那里的人们曾经警告过我类似的危险，但我一路安好。最后，卡西姆坚持让穆阿利姆·贾利勒陪着我们前往奥贝。我们又一次在阴冷的天气里跋涉穿过冰冷的河水，阿卜杜·哈克轮流背着卡西姆和阿齐兹过河。

这是我们一起徒步旅行的第五天。我们沿着哈里河的沙砾平原，仅向赫拉特以东行进了一百四十公里。阴沉的天空下，光秃的草和卵石让我想起了苏格兰的卡洛登战场。在河流的对岸树立着两顶游牧民普什图库奇人的黑色羊毛帐篷。传统上，库奇人会在每年的这个时候赶着羊群向南迁移，但是今年的政治动向和气候都将他们留在了哈里河谷过冬。

走在其他人的前面，我感到了那种熟悉的自由，像逃离了使我患上幽闭恐惧症的客房的人，行走在空旷的野外。

我们渐渐接近奥贝，在巴布尔时期，这里由祖尔奴·阿鲁浑统治：

> 祖尔奴·阿鲁浑……疯狂地热爱象棋；如果人们用一只手下棋，那么他就是用两只手……他下棋时完全抛开棋艺，仅凭着自己天马行空的想象力。他是一个勇敢的人。在运用单刃弯刀上，他比其他所有的战士都出众……他的胆量是毋庸置疑的，但是他

> 显然有理解上的缺陷。苏丹授予他古尔的统治权……他在势单力薄的情形下勇敢地征服并削弱了强大而人口众多的哈扎拉人……这些部落从没有得到有效地安置定居、形成稳定的秩序。祖尔奴升到很高的级别，就连赫拉特山区边缘的地区，例如奥贝和恰赫恰兰，也归他统治。

然而在巴布尔的旅行结束后不久，祖尔奴确信他自己是被安拉支持的战士，是无敌的。但与其他人一样，他也错了：

> 尽管他是一个勇敢的人，但他也是愚昧的，还有些疯狂。如果他不那么疯狂和愚昧，他就不会被那些显而易见的奉承所欺骗，结果最后让他自己受到嘲笑……他当总理的时候，几个谢赫和毛拉告诉他，他们曾看过星宿，要把那个“真主之狮”的名号授予他；他命中注定会击败乌兹别克人，使他们都成为囚徒。他，毫无保留地相信了所有的这些奉承，在脖子上系了一条方巾，回复说，感谢真主……他没有让堡垒设防；没有准备弹药和武器；既没有指派先遣部队或者警戒哨来侦察敌人的动向，甚至没有训练他的军队，或者让他们习惯于纪律或者布阵，以便在敌人侵犯的时候能够打仗……当乌兹别克的头领进攻他们的时候……祖尔奴……盲从这个预言……用一百或者一百五十个人来保卫领土，抵抗五万乌兹别克人。大量的敌人瞬间突袭，横扫城堡，抓住他后，砍下了他的头颅。

面包与水

阿卜杜·哈克同我并肩前往奥贝，聊着他的生活。也许因为他比卡西姆、阿齐兹更年轻、强壮，显得不太累，而其他人已经落后我们五百码远了。我很喜欢和他聊天。他不像卡西姆，没有编造他的故事以向我敲诈什么东西。他告诉我，十年前，他十三岁的时候，就已经成为圣战士了。

“在参加与俄国间谍纳吉布拉的战斗之前，我曾在伊斯梅尔汗的营地里做厨师。1995 年，塔利班攻占赫拉特的时候，我没有跟着伊斯梅尔汗前往山区。我逃到伊朗，留下了我的妻子和两个女儿。”

接下来的三年，他在设拉子和德黑兰的卡车商店里售卖零件，可能就是在那里，他选择了剃光胡须戴着棒球帽的打扮。1998 年回到赫拉特后，被塔利班关进监狱。他在牢房里蹲了六个月，那里拥挤到囚犯们只能站着睡觉，每日的供给是一片馕和一杯水。

“有一个守卫愿意帮我逃跑，让我凑齐一千三百五十美元。我告诉我老婆去巴扎卖了我们的衣服。我的女儿们从此吃不上肉。我求助于我的朋友们，从一个朋友那里借了一百美元，问另一个朋友借了二百美元。凑齐了钱之后，他才放了我。我跑到山区，效力于伊斯梅尔汗，与塔利班打仗。那是段美好的时光，我们有很多从伊朗和其他国家得到的钱。我们住在帐篷里，每天晚上从库奇游牧民那里买羊来享用。四个月前我下山来到赫拉特。有一个人——他不是人——是个撒旦——把我报告给了塔利班——然后他们把我送进监狱，要处决我。但是十天后伊斯梅尔汗占领了赫拉特，我自由了。”

“你有钱吗?”

“当然，我是一个富人。我的工作是在安全部门当司机，月工资八美元，但我实际挣的更多，而且多得多——可以说是一大笔钱——因为在村子里做一些小生意。”

“什么生意?”

“因为我来自安全部门，没人可以检查我的卡车——所以人们给我很多钱用我的卡车。我能携带任何东西。”

“阿齐兹呢?”

“阿齐兹很穷。他一无所有。他的支队好几个月都没有发钱了。这个月他会很幸运地得到四十美元。我们带他来是在帮助他。”

“那卡西姆呢？他像他说的那么穷吗?”

“卡西姆，不。卡西姆很有钱。但是他的爸爸和祖父什么都不是。不值一提。”

“但他是赛义德。”

“先知后裔？他这么说的，”阿卜杜·哈克笑了，“但是没有人曾经听说过他的家庭。现在他拥有赫拉特附近的两个村庄，家里有六千美元现金。”

“因为……”

“因为他和伊斯梅尔汗很亲密。他能自己拿到外国的钱。”

“你们都是安全部门的官员?”

“卡西姆和我是。我们是圣战者。我们大多数的同事都曾为卡德（由俄国克格勃建立的组织）工作过。”

“但是我以为你曾经与俄国人打过仗？”

“我们能做什么呢？卡西姆和我领导不了一个安全部门，我们基本上不会读也不会写，因此不得不聘用专家。像那个审问你的人，有山羊胡子的……” 阿卜杜·哈克鼓起了腮帮子，模仿抚摸下巴胡须的样子。

“真的？”阿卜杜从没有告诉过我，他认识那个审问我的人。

“那是古尔·阿迦。他有把左轮手枪藏在这里。”他轻拍胸口的一边，“他是一个真正的大人物。他不是圣战者。我们在山区打仗的时候，他在伊朗的情报部门工作。”

“那卡西姆呢？他做什么工作？他是一个司令官吗？”

“卡西姆？不，他可不在办公室做文案工作。他的工作是和坏人打交道……审问他们，为像古尔·阿迦这样的人处理那些人。”

阿卜杜·哈克从来不详细说明这个问题，所以我也不确定卡西姆是如何帮助那个审问我的人处理其他人的。下文是六个月后，也就是2002年9月在卡西姆的总部大楼里一个审讯现场的目击者的证词，由人权观察组织记录：

> 他们绑起他的脚，把他倒吊在天花板上，这样他的双手够得着地面。在用鞭子抽打过之后，他们拿出两条电线，把电线头，也就是金属部分，缠在他的两个大脚趾上，然后电击他。在他的大脚趾上，有烧伤的痕迹，就像是每个脚趾上有一个戒指。烧伤的皮肤是黑色的，血淋淋的。新进来的一个人环顾四周，然后对着拷问阿巴卜的人说：“你在干什么？这么做不对。”他把电线从这个人的脚趾上解下，转而缠到大拇指上。他的双手被绑在一起，但是悬在地板上，他们这么做的时候用靴子踩着他的双手。然后这个刚进来的人

说：“现在，我要让他跳死亡之舞。”他们又一次电击他。他全身晃动，双脚颤抖。然后他昏了过去，失去了意识。

步行三个小时后，我们到达了奥贝郊外的墓地，这时下起了雨。最大的墓碑是几块十一英尺高的黑色花岗岩巨石，由俄式装甲残骸的关键部件和一个荒废的客栈做装点。

走在巴扎的主街上，一队武装人员拦住了我们。

“这位是美国人吗?”

“他是英国人。我们从伊斯梅尔汗那里来。”卡西姆说。

“那不可能。你们应该坐车来。”

阿齐兹和卡西姆的黑白头巾，还有他们的军用电台很清楚地表明他们是伊斯梅尔汗的人，但是我们到达了一个政府的管控稍弱的地方。这里的地方官穆斯塔法是一个新司令，他的忠诚度并不明确。奥贝人不想让外部势力介入，他们可能假装没有认出卡西姆是伊斯梅尔汗的人，因为他们没有准备好去直接挑战伊斯梅尔汗。

他们扣留了卡西姆、阿齐兹和贾利勒，命令阿卜杜·哈克和我坐在路边的餐馆里。这个餐馆是我们在城郊路过的那个荒废客栈的现代版本，它的大院里弥漫着卡车卷起的烂泥和人类粪便的恶臭。成排的驴子安静地站在雨中，它们的鼻孔被切开，以便吸入更多空气，这是它们被带往高海拔地区的标志。在伊朗我曾经与一头骡子一起走了一段时间，但是后来丢下了它，因为警察怀疑我是一名阿富汗人，在山路上用动物来走私鸦片或者其他货物。蓄着胡须、眼睛充血的男人们给这些驴子装上黄色的防水包。这些男人穿着冒牌设计师设计的帽衫，沉甸甸的宝石手表松松垮垮地套在纤细的手腕上。我从衣着猜测他们住在德黑兰。

阿卜杜·哈克和我坐在餐馆的地板上吃着一大份羊肉，这时卡西姆走进来告诉我们，因为大雨，我们不能继续前进。卡西姆不愿意多说，只说这样很危险，而且强调如果没有像贾利勒这样的当地人陪同，我们不可能走这么远。我怀疑奥贝的人不想让我们看到他们让驴子驮鸦片，但也未必。我们走过大院的时候，他们看起来并不在意。问题很可能出在伊斯梅尔汗和奥贝民兵组织之间的对抗上。

我告诉卡西姆，无论如何，我都要在一小时后出发。他回去报告民兵组织。后来，他回来又重复说前方的路实在太危险了：有土匪架设的路障。我不知道土匪是否是对奥贝民兵组织的委婉说法。我们可能会被抢劫和杀害，所以必须乘车去萨雷·普尔。

“那儿离这儿有多远?”

“二十五公里。”

那是五个小时的步行路程，而离天黑只有四个小时了。“我准备走了。”我说。

一阵沉默后，阿卜杜·哈克说：“那我和他一起走。”

卡西姆犹豫了：“好吧，阿齐兹和我会弄辆吉普，我们在那儿会合。”

战斗的人一定行

我们走上街道的时候，雨下得很大。

“五个小时……没问题，”阿卜杜·哈克对着卡西姆离去的背影大喊道，“我能做到。是我，不是卡西姆。看，我……有一把枪、两个弹匣、三颗手榴弹、一身功夫……我会追上他们的……昨天你应该看过我了……那会儿我有三个弹匣、五颗手榴弹。”

我走出奥贝，配合阿卜杜·哈克的大步伐，思考着奥贝的民兵组织是否会射杀我们。在接下来的三公里行程中，我们一直沉默。我们已经走进了骆驼王国：三头驮着包袱的在一面墙后避风，另外一头与一名老人同行，还有一群在荒漠里吃草。当我们到达下一个村庄时，阿卜杜·哈克又开始大声讲他杀了多少塔利班。他用自动步枪射击从来不戴耳塞，因此他半聋。

“他们中的十六个?”我问道。

“十六？不，十八。我一个下午亲自干掉十八人，在一次伏击中，用我的卡拉什尼科夫枪。”他拎起他的枪来证明，然后叫道，“嘭……嘭……嘭……我留了五个活口，把他们带进山……走了两天两夜，靠雪生存。又有一人死在雪里。共有十九个人死了，因为我。”他把他的棒球帽向后脑勺斜了斜。

再往前走，在一片小树林里，我们追上了一个骑着驴子的九岁男孩。阿卜杜·哈克给了男孩一根烟，然后把枪横放在驴子身上。他想要爬上驴背，驴子嘚嘚地跑开了，阿卜杜·哈克坚持要爬上去，一只膝盖搭在这头瘦骨嶙峋的驴的背上，另一条腿跟着跳。之后，那个男孩离开了我们。黄昏中，我们走进了群山环绕之地，雨停了，我们看不到任何村庄，抬头只看到裸露的山脊线。

“如果那上面有人……”阿卜杜·哈克说。

“我们就有麻烦了。”我说。我们走在一条狭窄的小道上，左边是一座陡峭的山峰，在右侧的下方是湍急的哈里河，对岸是一片平坦的裸露着沙砾的河滩。根本无处藏身。

“我在这里。”阿卜杜·哈克对着荒野吼叫，“没问题。我是个男人。我会追上他们。”他转向我：“卡西姆是一个娘们儿，对不？他走不动路。他其实是一个基佬。”他面向我来演示卡西姆与其他男人做的那种事情。“实际上，”他继续吼着，“等我们回去的时候，我准备干他。啊哈，”他吼道，“真是个娘们儿。”

沉默。有一阵子我们谁都没有说话。我注意到我们的步伐和呼吸比平常都要快。一块松动的石头落下来，我们都转身躲开。

“你不害怕吧?”我问道。

“不。你呢?”

“不。”尽管我很紧张，我正沉醉于丘陵和暗淡黄昏的美丽之中。万物静默，悬崖那长长的脊线在我们头上绵延，小径上空无一人。阿卜杜·哈克停下来，抬头看看，突然对着山脊开火。他的自动步枪的枪口闪着火花，刺耳的爆炸声在山谷里回荡。

“这会吓跑他们……把他们全都吓跑，土匪、村民、狼。”

我们继续前行，几乎看不见道路。又开始下雨了。一个不通电的国家在阴沉的夜晚漆黑一片。突然间响起了狗叫声，有狗群向我们猛冲过来，来势汹汹又无法辨认。阿卜杜·哈克用力拉起了他的卡拉什尼科夫枪的枪栓；我吼叫着投掷石块。狗群一直怒气冲冲地追着我们，最终将我们逼到了某个小村庄的边缘。雨更大了，打湿了我们的靴子和夹克。四年的干旱无疑结束了。又过了四十五分钟，阿卜杜·哈克突然转过身去，在黑暗中抓住了什么东西。原来是一个站在树后面的男人。我被阿卜杜·哈克的反应折服，因为刚刚完全没有注意到那个男人。

阿卜杜·哈克竖起他的卡拉什尼科夫枪，用枪口顶着这个人的头，讯问他在做什么。这个人没有反抗，而是缓慢地回答说他在解手。阿卜杜·哈克彻底搜查了他，警告之后便将其放了。

雨还在下，笼罩在雾中的我们什么都看不见。五分钟后，我一脚踩空了。摔倒的时候，我试图抓住一片荆棘。荆棘与手掌的摩擦力减慢了我摔下悬崖的速度。一直滚到河岸边我才停下，然后四仰八叉地平躺在路面之下十五英尺左右的地方。阿卜杜·哈克朝下面呼喊，我回喊道，“我很好，我很好”，他笑了。我找到悬崖壁上可以攀登的裂缝，艰难地爬上去和他会合。

从奥贝出发已经走了五个多小时，天已变黑好几个小时了，我们此时都在颤抖，雨也开始变成了雪。目的地在哈里河对岸，河已经被倾盆大雨所吞噬，水流湍急，没有绳子很难蹚过。我们听到身后有一辆卡车开过来，这是从早晨开始第一次遇到车。阿卜杜·哈克提议请他们带我们过河。我不情愿，因为我不想让这个旅程有哪怕一步是乘交通工具的，但是想到阿齐兹可能已经在雪中等了两个小时，就不再为此抗争。

卡车转过一个弯。阿卜杜·哈克走上大道，站在卡车车头灯的光线中，用枪瞄准挡风玻璃。司机停了下来，带着我们涉水到达河对岸。阿齐兹举着手电筒在等我们。我与他在雪中蹒跚而行，在雪堆中摔倒很多次。在一座房子的门口，我脱下湿透的靴子，拂去头发和外衣上的雪，然后走了进去。主人让我坐在火边，我把发白、起皮的双脚尽可能地靠近火苗，充满感激地接过一杯茶。此时已是夜里十点。这是我唯一一次精疲力竭到无法写日记，只与主人下了一盘国际象棋。

阿卜杜·哈克一进来就冲着卡西姆大声说："你是个娘们儿，没胆量走路。但是我们做到了。没人敢杀我们。现在，像我对罗瑞保证的那样，我准备干你。是不是，罗瑞？你这个娘们儿。"卡西姆没有回答。

阿卜杜·哈克继续说："罗瑞很不愿意坐卡车……明天还要返回河滩边坐车的地方再走过来……好吧，我要晚点儿起床……阿齐兹，你能做到的……最好玩的是，就在我们踮着脚在黑暗的风雪中摸索时，突然传来了东西撕裂的声音，接着是石头滚向河里的咕噜咕噜声，在砰的一声后，就好像从深井里传来了微弱的声音，用英语口音喊着'我很好，我很好'。"

一个什么都不是的人

第二天早上，阿齐兹和我重走河右岸的道路时，他告诉我，他准备离开我了，卡西姆第二天离开，阿卜杜·哈克再晚一天。我会在接下来的六百公里中独自行走。这是一个安慰，但并不令人惊喜。卡西姆脚上的水泡在红色靴子中肿起来了，破了，又肿起来。徒步行走令他精疲力竭又备感耻辱。我所高兴的是，从古尔的边界达来·塔科特开始，我终于可以像先前设想的那样独自前行。卡西姆不再前往恰赫恰兰。

昨晚雪下了一夜，覆盖了我走向房屋时的蹒跚的足迹。空气又干又冷；天空呈深蓝色，积雪的表面闪烁着亮光；一片片浮冰在涨水的河面上旋转。

“我很穷。”阿齐兹说。

“我知道。”我说。

“我需要一些钱。”

“我正准备给你一些——这是一百美元，谢谢你的帮助。”

阿齐兹拿过钱，淡淡地一笑，放进了口袋。“我病得厉害，”他说，“这趟旅行后，我准备卧床一个月。”

“谢谢你和我一起走。我希望你能尽快康复。”

“我回赫拉特的旅途会很艰难。”

在拉克瓦杰重走因搭车而未步行的一段路，图左是我们的主人，图右是病重的阿齐兹。

“祝你好运。”我说。

阿齐兹没有回答。

我们走进屋里，就着面包和甜茶吃了点核桃。用过早餐，阿卜杜·哈克和卡西姆向阿齐兹告别后，我们继续前进，穿过哈里河南岸的群山。半个小时后，我听到左边隐而不见的山谷里传来呼喊声。一声升调的嚎叫迅速响起，“啦啦啦啦啦啦……”听上去不止一个嗓音。这个声音中断后，过十分钟又传来，不时掺杂着咆哮和口哨声。之后，一群狗急速而过，吠叫声响彻山顶，后边跟着一百来个村民在雪中踉跄而行。

“这是在猎狼，”卡西姆说，“他们叫着‘啊呀’来驱赶猎犬追逐狼群。”河对岸的山脊线上出现了更多的人，其中有一人叫喊着，狗群于是转向东边，然后从视线中消失。

卡西姆说我们已经远离了那个最让他担忧的奥贝的地界。

“真主爱你，罗瑞。这就是为什么你走到现在都还活着。”

“谢谢你把我安全地带到这里。”

“不。谢谢真主，而不是我。从这里到齐斯特你会没事的——他们是好人。”

“那么从齐斯特再往东边的人呢?”

“人？齐斯特再往东边是驴。”

我们在距齐斯特十公里以外的一个村庄停下吃午餐。我们主人的客房地板上铺着一小块深色地毯，上面摆着一只桶来接住从泥屋顶滴落的水。墙上的一张海报画有一辆黄色敞篷汽车，正停在一座有点缀着鲜花的阳台的瑞士农舍外，下面印着英文大写字母拼写的一行字：“任何曾经与贫穷做斗争的人都知道成为穷人是如何令人极度兴奋。”我们的主人在赫拉特买了这张海报，让我翻译。我告诉他我读不懂这句话。

卡西姆说他要走了。我请他用十天时间回到赫拉特，然后告诉安全部门他带我走到了恰赫恰兰。

“好的。”卡西姆说，“我们会慢慢走，回去的路上在我们每一位朋友那里都会逗留一段时间，吃点好的。安全部门的人不会知道的。现在请给我们一些钱，我们非常穷。”

“当然。”我说，“感谢你所做的一切。”

“如果你不愿意，你也不必这么做——你是我的兄弟。”卡西姆说，“哪怕你什么都不给，我们也会很高兴。”

我给了他们每人一百五十美元。

卡西姆看起来特别地失望。大家沉默了一会儿。

“你能否再给我们一些钱带给阿齐兹？他很穷，又病得很重。”

“我已经给过他一些了。”

“多少？”

“一百美元。”

阿卜杜·哈克打断道，语气比我平时听到的还要愤怒：“这简直大错特错。他什么都不是。一个什么都不是的人。他两天前就走了。只是因为我们邀请他，他才和我们一起走的。”

“如果你给他一百美元，就应该给我们三百。”阿卜杜·哈克厉声问，“你为什么给他钱？”

“因为他很穷，又病得很重。”

“他告诉我，你什么都没给他。”阿卜杜·哈克说。

“我给了他一百美元。”

“那我要杀了他。”阿卜杜·哈克说。

我什么都没说。

“你不相信我，是不？”他继续道。他打开弹药匣，把五颗子弹推到地毯上：“这些是给阿齐兹的。他告诉我，你什么都没给他。我本来准备分给他一些我的钱。他想要从我这里偷，从一个朋友这里偷。下次我再见着他，他死定了。”

“请不要这样。”我说。

“太晚了——你本不应该告诉我。”

“别——我给他那些钱，然后告诉了你——我要为他的死负责。”

“你不用说什么了。他撒谎了。他背叛了兄弟。他死定了。”

整个晚上，我们一直在讨论这个话题，但是阿卜杜·哈克不肯改变主意。卡西姆，作为阿齐兹的妹夫，什么都没说。

第二天早上，卡西姆拥抱了我，他突然咧嘴笑了，露出温暖的、父亲般的笑容，我至今无法解释这笑容的含义。我祝他好运。他点点头，但是像阿齐兹一样，他没有反过来祝我好运。在巴基斯坦和尼泊尔，那些与我相识即便只十分钟的人，都想把我的地址记在一些斯德哥尔摩郊外工业小镇的夫妇们写下美好祝愿的碎纸片上。然而，卡西姆没有向我要地址。他道了声别，然后走进屋里去喝茶。

第三部分

比起哈扎拉人的家乡，人们认为艾马克人的家乡山地较少；但是即使在这里，山峰也向着赫拉特展现出陡峭而高耸的面孔。他们的帐篷几乎普遍被称作克尔高类型……所有的艾马克人都养很多羊……

——蒙特斯图亚特·埃尔芬斯通：
《喀布尔王国及其属地》，1815 年

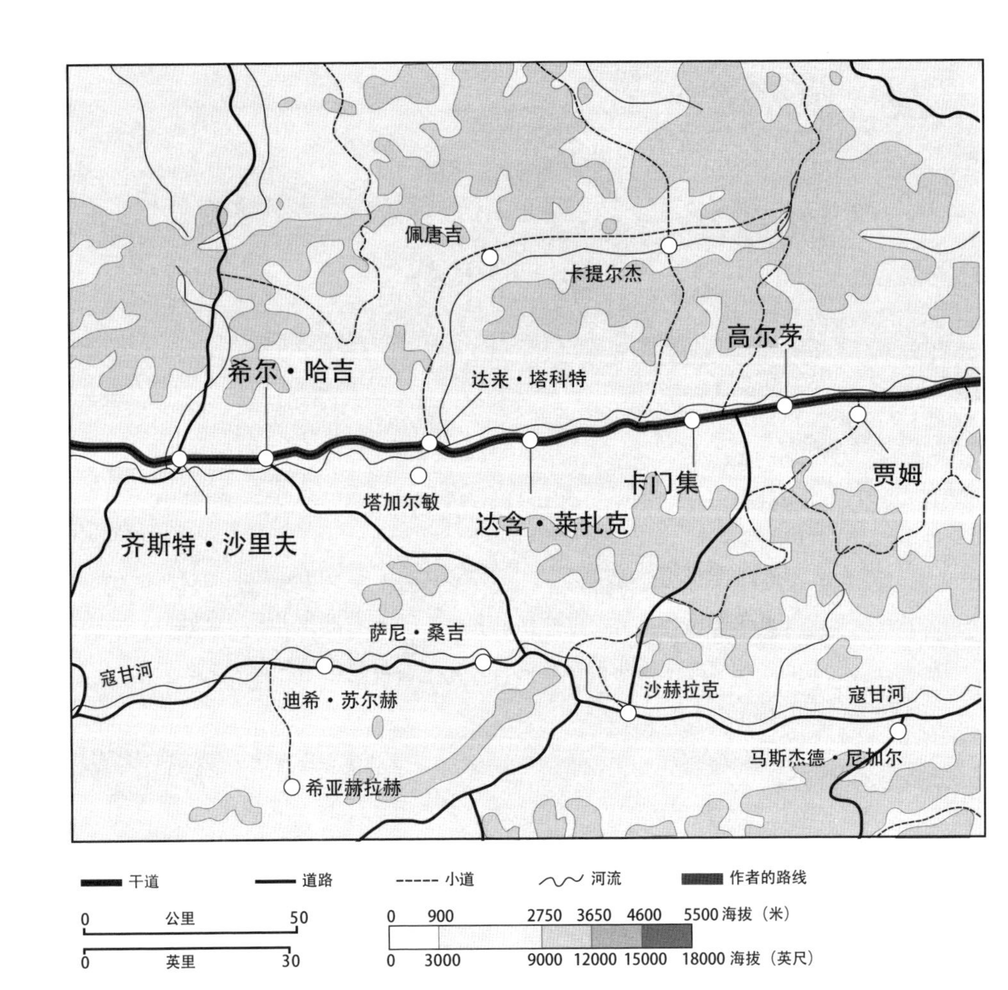

第七天——从齐斯特·沙里夫到希尔·哈吉

第八天——从希尔·哈吉到达含·莱扎克

第九天——从达含·莱扎克到卡门集

第十天——从卡门集到高尔茅

第十一天——从高尔茅到贾姆

高地建筑

从赫拉特经过六个半法尔桑格［一个法尔桑格指一天的行程］，你会到达古尔山区的边界，一个名叫齐斯特的地方。

——阿拉伯的伊本·豪卡尔：《地理》，公元976年

第六天日落时分，阿卜杜·哈克和我爬上了旅行路线上的第一座山。我们到达了山区。从山顶上可以俯瞰两排对称的白色峰顶之间的一片平整的高原。山下的村庄没有电，只有篝火和蜡烛的微弱光亮。北风凛冽，雪花片片飞舞，在斜阳下如同白色的萤火虫在闪耀。现在大雪已经封路两天了，唯一能听到的是我们的靴子踩在稀泥浆上的声响和我背包的咯吱声。在暮光的映衬下，两座破碎的穹顶升起在高原的天际线上。这就是齐斯特，位于古尔省的边界，是一个苏非教团和一个曾经征服印度的帝国的古老据点。

前方横卧着世界上最大的山体——像一只神话中的鸟儿孵卵的形状，横贯亚洲四千五百公里。齐斯特是鸟的头，兴都库什山脉是鸟的脖子，它的胸部是喜马拉雅山脉，身体是青藏高原，羽毛伸展到中国的海岸。古尔是阿富汗最穷最偏僻的省份之一，它不处在任何交通要道上。这里没有青金石矿，也没有大城市，是古典世界唯一一个没有被波斯人或者希腊人命名或者认识的地方。亚里士多德认为从这些我

齐斯特·沙里夫的穹顶

们抵达的山脉，即帕鲁帕米苏斯山脉开始，人们可以看到地球的东方边缘。

在亚洲的其他地方，古代统治者能够以令人惊讶的速度旅行。成吉思汗的“急使”一天能够前进四百五十公里。这一速度是征服或者统治一个古老的庞大帝国的关键。

在齐斯特，一切都不一样。旅行者在群山中只能以步行的速度前进。在这里，古老的英文意义上的旅行，“一天的旅行”（法语 *journée*），和古波斯语法尔桑格的含义一样，指“一个人一天所能步行的距离”，而其领土实际上是难以统治的。在我或者巴布尔穿过这些群山从赫拉特到达喀布尔的这一个月，亚历山大已经从赫拉特到达雅典。从这里出发，在到达雅卡·乌兰之前他先抵达耶路撒冷，在到达巴米扬前先抵达开罗。阿卜杜·哈克和我从赫拉特走到这里所花的时间足以让一个蒙古急使抵达巴格达。[1]毫不奇怪，作为一个特例，古代世界把古尔完美地孤立了。

第二天早上，我爬上山去看齐斯特·沙里夫高原上的穹顶。粉末状的雪覆盖了地面，铺在建筑物破败的屋顶和房檐上。暗黄色砖石砌成的垂直墙面在清晨阳光的照射下变暖了。

西面的穹顶已年久腐烂，但大部分看起来没有遭到战争的毁坏。东边的穹顶被坦克炮弹击穿，后墙不复存在，前面的外饰面也已脱落，留下了一座孤立的拱门，就好像为远处的群山设置的凯旋门一般，而残缺的穹顶镶嵌着碎片似的深蓝色天空。

当地人把它们称作校舍，但是其形状类似于坟墓，原型来自中亚的布哈拉，成吉思汗的孙子在伊朗的巨大陵墓是这类建筑的巅峰。在穹顶下我找不到一座坟墓的痕迹，但事实上在白雪覆盖下的高原上散落着许多坟墓。

[1] 亚历山大曾派杀手前往距离赫拉特一千两百公里的哈马丹刺杀他的朋友帕曼纽，他们耗费了十一天才走完这段路程。但亚历山大的敌人波斯人只花七天时间就可以在“波斯皇家大道”上从萨迪斯走到苏萨，全程两千两百公里。

在接下来的两天中，我遇到了两个声称其家庭与这些建筑有关联的人。一个是肥胖的中年男人，留着用指甲花染成鲜红色的络腮胡子，还领着一条小狗。他在希尔·哈吉的房子距离齐斯特有一天的步行路程。当我们到达那里的时候，这条小狗想要扑咬阿卜杜·哈克。阿卜杜·哈克绕着房子转圈，小狗却追着不放。我们的主人，由于在连年战争中受了严重的伤，一瘸一拐地跟在后面，乞求它停下来。

“真是一条好狗。”当我们猛地关上身后客房门时，这个男人说，“有人来的时候，它总会告诉我。”

随后，他虽从未见过我们，也没有任何介绍信，他让我们坐在他那温暖的火炉边，给我们吃了八颗煮鸡蛋。

他的名字叫古尔老爷阁下。每一个从齐斯特到恰赫恰兰的人都自发地称他为“阁下”，这已经变成他名字的一部分。但这并不是因为他拥有任何权力或者财富。他住在哈里河河畔的一间小泥屋里，也不再做任何工作。

古尔老爷阁下的两个儿子都没了。一个在与俄国人打仗时被杀；另一个在与纳吉布拉的战斗中丧生。每当有人提起他们的死，古尔老爷阁下那长满指甲花染色胡子的面颊就会浮现出宽厚的笑容。

在战争期间，他指挥着东齐斯特的武装力量。在这之前，他是哈里河上的水电工程的经理。人们至今在谈到这个工程时仍旧充满敬畏。

“这是花了数十亿美元修建的。”阿卜杜·哈克告诉过我。

“它理应给赫拉特的每个人带来金钱和电力。”卡西姆曾经说过。

但在工程竣工前，战争爆发了。那天早上，我们曾路过它的遗址。岩石中开凿出了一条高三十英尺、长两百英尺的隧道，隧道中溢满了水，一条大梁横贯峡谷。二十五台生锈的黄色 JCB[1] 列成一排，紧挨在一组坍塌的水泥建筑边。围绕这些遗迹衍生的那些传说，像在讲述一个失落文明的首都。村民们津津乐道日本工程师的巨额财富、三千壮劳力和能够凿开岩壁的机器。他们说我们曾经穿过的平原原本可能成为一个巨大的湖泊，有十公里长，坐落于大坝之后。

古尔老爷阁下没有自称塔吉克人或者艾马克人。用他的说法，他是一个古尔人，是古尔省统治者的后裔，他们曾经在 12 世纪修建了齐斯特的穹顶，以此来向当地的一个苏非教团表示尊敬。他曾在泰瓦拉的一座古尔人的大城堡中长大。但是他说自己对祖先知之甚少。

这些古尔的统治者是古尔模糊的历史上唯一的例外。他们起初是阿富汗中部那片不毛之地的酋长，四周都是游牧骑兵王朝。由于马是军事胜利的基础，而地处山区的古尔既无法满足马匹对饲料的需求，又无法提供让马奔驰的场地，所以古尔人似乎永远无法击败他们的邻居。[2]

然而，1141 年，邻近的游牧王朝加兹尼的突厥臣民杀死了古尔人的首领。为了报仇，首领的兄弟袭击了加兹尼。巴布尔在四百年后访问了加兹尼，据其所述：

> 世界纵火犯“古尔人阿拉乌丁”[被杀的首领的兄弟]焚烧并摧毁了皇家陵墓，破坏并烧毁了加兹尼城，掠夺并屠杀了居民……他肆无忌惮地损毁与摧残。从那以后，加兹尼的防护堤就一直处于毁坏状态。

---

[1] 英国一家工程机械设备的品牌。——译者注

[2] 类似于多山之国尼泊尔下辖的七十个小王国。

古尔人的首领强迫加兹尼的居民将他们城市的每一块泥砖都搬运到古尔的山上。在山上古尔人处决了他们的俘虏，用俘虏的血和泥造出了更多的砖块，建成高地上的首都——绿松石山城。古尔人继续扩张，征服了亚洲的许多地方，从巴格达到印度东部，控制着通向中国的丝绸之路。在术兹札尼的笔下，绿松石山城建有一座庞大的星期五清真寺，里面装满了印度的财富，在城堡的城垛上耸立着两只巨大的金鸟。清真寺位于山区的中央，这是一个其他王朝都不曾试图占领的不可及之地，考古学家从未曾找到的不可能之所。古尔人继续在这座山中之城进行统治，蔑视当时所有的经济和行政习俗，并在接下来的半个世纪，让这座默默无闻的山中之城成为当时世界上最强大的王朝之一的所在地。然而，1216 年，成吉思汗入侵，毁灭了已处颓势的古尔王朝。这座城市消失了，连带着这个奇特的山中文明的所有细节。除了巴布尔在赫拉特所见证的最后的繁荣，阿富汗再也没有经历这样恢宏的文明。作为印度的穆斯林统治者，巴布尔把自己看作是古尔人的继承者。[1]

齐斯特的穹顶是古尔人不可思议的成功的遗产之一。清晨看着它们，我意识到它们不像任何我见过的伊斯兰陵墓。游牧的突厥人和蒙古人经常建造穹顶，就如同他们搭建圆顶帐篷。他们在大不里士、孙丹尼牙（或译素丹尼耶）、马拉盖和撒马尔罕的建筑看起来像是在平原上随机建造的，就好像影响地点选择的全部因素就是地面平坦、气候温凉以及对动物来说有牧场和水源。

[1] “三个外国君主曾经征服印度……”巴布尔写道，“一个是加兹尼王朝的苏丹马茂……第二个是古尔王朝的苏丹·穆祖丁……而他的奴隶和后裔影响这些王国的幽灵许多年。而我是第三个。”

但是，齐斯特的陵墓被安排得更加用心。穹顶被安置在一个对称的高原中心，低于西边临近的山脊。它们从上面看没有阴影，从坡底仰视则完全看不到。只有在路上的一小段，也就是斜坡的半途中，它们才展露到地平线上面。然后它们在视线中消失了，直到最后爬到坡顶，在远处山脉的映衬下，弧形的屋顶缓缓地重新出现，拱顶像极了山峰的形状。

穹顶装饰着像地面一样的灰白色泥砖，这些砖块被切割成类似荆棘或刺的形状，以此拼写出《古兰经》的经文。[1] 这一时期的塞尔柱人将蓝色的瓷砖铺在他们的穹顶上，但是古尔人在这里并没有使用彩色瓷砖。[2] 穹顶的形状、砖块的灰白色和字迹明显都被选择来呼应和强化这里的景观。[3]

也许，正是因为他们与群山紧密关联，以及出于自己是唯一建立过一个泛亚洲帝国的高山民族的自豪感，[4] 古尔人将这些穹顶标记在通往古尔地区的要道上，以此强调他们的山地背景。但是他们为什么又选择将此奉献给齐斯特耶的苏非呢?

---

[1] 这种库法字体是古尔人独有的。我在赫拉特的清真寺壁龛上也见过，在那里，基地的人用乌尔都语聊天。

[2] 见马拉盖的“蓝色穹顶”。

[3] 这些亚洲高地的古人们对于景观非常敏感。在我徒步行走的早期，在土耳其和伊朗，我经常被沙漠中的一块石头的对称和孤立所触动，走近了才发现弗里吉亚人在其表面刻了一头狮子；或者在一个陡峭悬崖向上四十英尺处，米底人安置了一个神龛的立面；又或者在一个火山锥旁和在铅青色铜墙的一边，波斯人建造了一座水神殿。

古尔人似乎用岩石的形状和颜色分享了这一快乐。与塞尔柱人和蒙古人不同，他们不是来自大草原的游牧民；相反，与弗里吉亚人、米底人和波斯人一样，他们是数世纪居住在山区的定居民族。

[4] 这种自豪感体现在古尔人用绰号“Malik-I-Jabal”或“群山之王”来当作王室的头衔。

传教士之舞

我从穹顶方向转过身来，碰到一位骑着白马的老人，马身披挂着编织精美、以柔和的植物染料着色的鞍褥。这匹马瘦骨嶙峋，跛足，老人战战兢兢地骑着。看起来他头上戴的似乎不是头巾，而是一个理发师的水盆。

“我，”他说，“是哈利法·赛义德·阿迦，哈吉·哈利法·赛义德·艾哈迈德的儿子，是1132年逝世的齐斯特耶圣徒毛拉·苏丹·毛杜迪阁下的直系继承人和后裔。我的祖先安葬在那座穹顶的下面。我是你能看见的所有这些土地的主人。”

“所以你是齐斯特耶的苏非头领?”

“我是，但是这里再也没有任何活着的苏非了。你能给我的马画一幅画像吗?”

“我试试。”在雪中很冷，我的双手冻僵了，但是我的画看起来像是一匹马。一个年轻一些的男人走了过来，安静地站在一旁观看。

“我能留下你的画吗?”老人问。

“可以。”我从笔记本上撕下来，递给他。

“我喜欢你的墨镜。我能试试吗?”

我把墨镜递给他，他把墨镜挂在他的长鼻子上：“真棒。我能留下它吗?”

“不，不好意思，我需要它。我在徒步穿越巴米扬的雪地——我需要它来防止刺伤眼睛。”

“拜托啦。”

“不好意思。”

“就是一副墨镜嘛……”

“不好意思。”

“那太遗憾了；我本该好好招待你的。”这位长者转过身，骑马离去。齐斯特的苏非修士曾经以拒绝礼物而闻名。

年轻人笑道：“他现在什么都不是了。他的祖先们是伟大的齐斯特耶导师，是有着神秘力量的人、伟大的主人。今天这里没有齐斯特耶教团了。他就是个胆小鬼，不敢与俄国人作战，不敢与北方联盟作战，也不敢与塔利班作战。在最近的二十四年中，他什么都没做；我几乎忘了他的存在。算他运气好，我们还没有拿走他所有的土地。”

这个本地苏非派别（被称作齐斯特耶是因为他们来自齐斯特）为什么曾经是世界上最有实力的四个苏非教团之一，关于这个问题只留下了少许线索。现存的文字描述显示，他们与其他神秘修士非常相似，甚至像是非穆斯林神秘修士。他们反复念诵神圣的字句，像印度教徒、佛教徒和天主教徒那样使用念珠，而在十字军东征时期，这些教徒可能遇到过苏非教团。他们的圣徒谈到能够见证真主的绝对独一性，他们将宗教经文的细节淹没在那种超自然的热情中，看起来陶醉于一种几近是对神性的自然之爱中。

他们区别于其他神秘修士的方式也非常特别。这不仅仅是指其中一位叫作巴巴·法里德的圣徒，他双脚倒悬着祷告了四十天，或者是在一群很少写诗的齐斯特耶教徒中出现了阿米尔·霍斯鲁这个著名的例外。让齐斯特耶教团最负盛名的，既不是他们对于先知的精神权威

（Walaya）和神爱（Welaya）的神学观点，也不是将牙刷粘在他们的头巾上，戴着四角的尖顶帽，而是他们的音乐。一些苏非通过祷告达到神秘主义的人主合一，另一些人通过散步或者旋转，而齐斯特耶则通过演奏和舞蹈。

古尔人入侵印度时，为了增加军事行动的合法性，他们带着本地的教团，使入侵看起来像是一次圣战。他们建造这些穹顶是为了纪念这种军事与教团的联盟。但是记录了古尔王朝编年史的术兹札尼认为，苏非们并不被穆斯林接受。作为一个法官，他曾处理过一起由萨玛仪式所导致的投诉事件。在这个仪式中，齐斯特耶通过舞蹈和演奏音乐进入宗教迷狂。术兹札尼支持该事件中的齐斯特耶圣徒[1]，该圣徒死于其后不久的一次表演中的迷狂。一位生于13世纪的齐斯特耶圣徒[2]记载说，那些萨玛仪式整晚持续。他们在男性歌者的带领下朗诵波斯诗歌，用鼓、天八鼓和铃鼓而不是弦乐或者木质乐器伴奏，因为后者“阻断了苏非的味觉和疼痛”。他们允许印度教徒参加，鼓励所有的人跳舞歌唱。后来的描述显示这些仪式是如何困扰正统派的。

这位圣徒[3]的学生强调在萨玛舞蹈仪式中，对于隐藏者的探寻应当被认为是一种情爱的形式：萨玛必须发生在晚上，不在清真寺，而在一个封闭的大厅里，熏着檀香。在迷狂状态下衣服可能被撕开或者丢开。舞蹈会以一种不能控制的骚动感征服你。这会发展出一种整体和谐的感觉，或者通过附和其他舞者而被同化。

[1] 即古特布·丁·巴赫提亚尔·卡基。

[2] 即尼扎姆丁·奥利亚。

[3] 即吉苏德拉兹。

> 苏非在迷狂时会围成一圈，跳跃，原地跺脚，或者把双手举过头顶，将手拧在一起，旋转，然后再一次放下手臂。

这些奢华的穹顶很清楚地说明了古尔人对于这种舞蹈宗派有着特殊的喜爱。[1] 通过将穹顶如此显眼地安置在他们领地的入口，并在上面雕刻大段的《古兰经》，古尔人想要宣扬的正是这种关联。这是他们对于阿拉伯人和塞尔柱人的回应吗？他们曾嘲笑古尔这个无名的省份是波斯世界中异教徒的最后一块飞地。我又一次发现了一个非常不同的社会、一种迥异于同一地点现存的伊斯兰教的证据。

齐斯特的警察局长有一台发电机、一台 VCR 和一台黑白电视。我们二十个人聚在一起观看了舞蹈的录像。他递给我卡带的盒套，上面有一个穿着红色亮片超短裙、过膝高筒靴的姑娘。但是当他打开录像机时，屏幕上出现的明星却是一个超重的中年妇女，穿着肥大的长舞裙，在白沙瓦的一个帐篷里跳舞。让坐在地板上成排的阿富汗男人感到兴奋的是，她松开了头发，裸露着前臂。影片是一个人用不稳定的手在黑暗中拍摄的，但是他捕捉到这个女人大部分的愁容。她的手放

[1] 然而，我们对它们之间的关系知之甚少。我发现一个印度传说，说一个伟大的齐斯特耶圣徒是如何在 12 世纪晚期徒步穿越木尔坦和拉合尔，到达阿杰梅尔，似乎是因为一个古尔王子在梦中说，“阿里塞，印度的土地渴望亲吻你的双脚，皇冠和王座在那里等着你”，鼓励古尔人去征服印度全境。穆因乌德 – 丁 · 齐斯特 · 桑贾里从木尔坦（他们在 1175 年占领此地）到拉合尔（1186），然后是阿杰梅尔（1193 年他们在那里获得了决定性的胜利）。圣徒进入印度的征途看起来是经过了古尔人征服的城市，并按照他们征服的顺序。这说明至少军事征服者支持传教工作，然后反过来又受到传教工作的鼓励。这一征服是一次圣战，一次神圣的战争，需要的不仅是战士，还有圣徒。

在臀部，僵硬地跳着上下提胯的舞步。也许是对她敷衍的舞步感到失望，摄像师拉近镜头，聚焦在她那巨大的胸脯上，画面上充斥着左右抖动的乳房。

贾姆的大理石雕刻，发现于古尔

“这里以前有舞蹈表演吗？”我问。

“齐斯特没有，但是在国王掌权时期，赫拉特和喀布尔曾经有。”警察局长回答道，“纳吉布时期因为战争减少了一些，圣战者则完全叫停了。”

“塔利班呢？”

“不，伊斯梅尔汗和北方联盟也叫停了。这在伊斯兰教中是被禁止的。”

“你喜欢跳舞吗？”

“我？”警察局长说，“我非常喜欢。”大家都笑了。

我坐下来给父母写了一封长信，以防万一我被杀掉。在过去的十六个月中，为了能继续我的徒步行走，我曾向人行贿、讨好、窥探、吹牛、求乞，甚至哄骗。比起神秘修士来，我还是更像一个流浪汉，可是当我写信时，我感到修士般的平静和安宁。我向父母描述了路上那些似乎与我的过去有着深切关联的时刻。我有点好奇，也许行走本就是苏菲舞的一种形式呢。

我很高兴，于是睡得很好。

反光猫眼镜片

阿卜杜·哈克和我在一起的最后几小时的表现与之前几周一样。有三小时他迷路了，说我们快到了，但随即又改变了主意，认为我们还有一个晚上的路程。他笑着说自己是头驴，然后朝一座泥房子开枪。他转向我，问道："在英格兰买一个老婆得花多少钱?"

"但是你已经结婚了。"

"我想要第二个妻子。"

"不要钱。你在英格兰不用付钱。"

"那为什么我不直接去英格兰，免费娶一个——而不是在这里付五千美元?"

"不为什么。"我说。

阿卜杜·哈克疑惑地看着我。

在阿富汗国内，如果你绕不过传统，同意将你的姐妹嫁给你妻子的兄弟，你就不得不支付远超于阿富汗大多数男人十年工作收入的钱来娶妻。在一些村庄，你不得不给你的丈人两匹马、五十头羊，还有现金。每个人都觉得金额高得不可思议，但是似乎没人能绕过这一习俗。阿卜杜·哈克说，他的大部分朋友不得不离开阿富汗，在伊朗工作三年以挣钱支付彩礼。

有人在我们身后放了三枪。我们稍稍跑了起来，然后停下。他们又开火了。我们继续跑。阿卜杜·哈克不知道是谁在放枪，但是他认为目标是我们。枪击停止了。

大约正午时分，我们进入达来·塔科特，一个坐落于哈里河峡谷中的大村子。达来·塔科特形成了古尔省与伊斯梅尔汗的正式领土的现代边界。从现在开始，伊斯梅尔汗的权威不再直接，尽管他任命了古尔的首领。阿卜杜·哈克声称这里就是他要止步的地方。我们坐在一个小旅馆里。我已习惯于在私人房屋中受到欢迎，但在这里每个人都忽视我们。我意识到已经八天没有洗漱，我的袜子和靴子散发着臭味，背包上布满尘土。

一个三十岁的瘦子走了进来，所有人都突然站起身来。他戴着金边的猫眼反光墨镜，头戴金色帽子，上面缠着一条银色头巾。他身后跟着三十个武装人员，都比他年长。他沿着列队欢迎的人群，沉着而

第七天，从右开始：阿卜杜·哈克、作者和毛拉·穆斯塔法（奥贝的司令官）。摄于穆斯塔法向我们射击后不久，阿卜杜·哈克离开前

平静地与人们依次握手，径自走向房间最尊贵的位置。他没有催促任何人坐下，也没有试图让其他什么人坐在这个尊贵的位置上。对他来说，停下脚步可能很难，因为在他身后的人扛着子弹带和机关枪，这是为在汽车上安装而设计的，肯定沉到几乎提不起来。其中一个保镖戴着一顶俄式坦克指挥官的帽子，头巾下戴着耳罩；另一个穿着蓝色的海军夹克，配有黄铜纽扣。

这就是奥贝的司令官穆斯塔法，他似乎在靠近奥贝的路上试图杀掉我，有人吐露刚刚是他向我们开枪。我根本没有明白这是为什么。也许是在宣示他的反美立场。后来有人告诉我，穆斯塔法的表兄弟曾经和他打赌，赌他打不中我。他一坐下就开始用一种温和的高音说话。他的谈话丝毫不带波斯语演讲中常见的隆重而浮夸的辞藻。

“终于啊，我见到了这个徒步的外国人。欢迎。你在哪里漫游——你一定很冷……你吃了没?”他语速很快，没有给我时间回答；他似乎被什么事情逗得直乐——也许是因为刚刚向我们射击。

他说话的时候，一个留着灰色胡子的秘书记录着每一个单词。司令官摘下他的头巾和帽子，揉乱了他那新洗过的黑亮的头发。他的随从注视着他。

“遇到我你很幸运。”他继续道，“我会给你提供一个五人的仪仗队。”

我笑着说道：“请您给我一小会儿时间。”然后带着阿卜杜·哈克走出去。我不想在刚刚甩掉一队武装人员后又被塞给另一队。我让他告诉司令官，我需要独自旅行。

当我们回到房间，阿卜杜·哈克坐下来，告诉年轻的司令官：“罗瑞阁下正在为写书而独自旅行。他应该保持独立。”他谈到巴布尔大帝，谈到人类学，谈到我与伊斯梅尔汗的亲密友谊，谈到我在其他国家的旅行。我曾经以为阿卜杜·哈克没有什么知识，对我做的工作没什么兴趣，但是很显然，他几乎记住了我一路上说过的所有的话。他说得很笃定、流利，听众听得很投入。

他讲完后，穆斯塔法冲我和阿卜杜·哈克大笑起来："那么你继续走吧，英国人，我会给你一封介绍信，我的秘书会写的。还有你，"他对阿卜杜·哈克说，"可以和我一起去赫拉特。很遗憾我没有太多时间。"他站起身，又一次走过列队，握手，在随从的簇拥下离开。阿卜杜·哈克拥抱了我，亲吻了我三次，紧追上他们。我走出屋子目送他离去。他是唯一一个没有缠头巾并剃光胡须的人。他的鞋子只穿了一半，扛着枪踉跄着走过泥地。我站着准备最后一次向他挥手，但是他没有回头。到此为止，我已经完成四分之一的旅程。

娶一个穆斯林

一个叫古尔·阿迦·卡里米的人曾经为我给古尔人写了一些介绍信。古尔·阿迦是一个来自古尔地区的富商，现在在喀布尔经营着一家披萨餐厅和一间商店。我很感激这些信件，但是我不知道他在古尔的形象如何，或者他的介绍信会有什么效果。

他告诉我，一个村子里的人会陪我走到下一个村子。这一习俗曾经在整个亚洲都很流行。在伊朗、巴基斯坦和印度，城市居民经常对我说，“别担心……村子里有人会一直和你一起走……他们不会让一个客人单独走的。”但是这样的传统和社会结构事实上已经消失了。在我十八个月的徒步行走中，从来没有人主动提出陪我走到临近的村庄。

古尔·阿迦的第一封信是写给哈比布拉·舍瓦尔医生的，他在达来·塔科特拥有一家小旅馆。就在那里，我刚刚遇到了年轻的司令官穆斯塔法。我找到哈比布拉医生时，他扫了一眼信件，说道：“等我一会儿，我要换一下鞋。”

一分钟后他重新露面，戴着墨镜，肩上扛着卡拉什尼科夫枪。他锁上门，我们出发了，开启一个跨夜的旅程。

哈比布拉医生三十六岁，是一个身材发福的男人。他脚蹬一双棕色的乐福鞋，迈着小碎步快速前行，枪不断地从他浑圆的肩膀上滑落。我们同行的前二十分钟里，他没有和我说一句话。

我喜欢阿卜杜·哈克，但是我更愿意离开他单独旅行。他曾一度主宰了我对阿富汗景观的看法。关于这个国家及其村庄的危险和地形的情况，都是由这位驻扎在赫拉特的伊斯梅尔汗麾下的圣战者经过自己的加工传达出来的。但哈比布拉是一个当地人。我们正在徒步经过的土地都属于他，一路上的人们也都认识他。我很高兴最终到达了山区，更加远离汽车，深入古尔。山谷很狭窄，哈里河穿流而过。已经两天没有下雪了，但是坑洼的地方和高坡上仍有白色的积雪。我们的道路上方是一根根沙柱，悬崖壁高处的洞穴在冬天曾被用做羊圈。

我们经过了河边一座圆形的大堡垒。哈比布拉在外面耐心地等着，而我在一半没入雪中的断壁残垣间漫步。我爬上一座圆塔，环顾山谷，看起来，堡垒似乎控制了每一个方向的路径。我无法断定它的年代：因为哪个年代的泥砖都有。然后，确定没人从路上可以看见我后，我蹲在了雪中。

我已经腹泻了一整天，于是试着只喝热茶，或者用氯片净化水来避免腹泻。面包和汤相对安全，但是没有人洗手，并且我们公用碗。三天前阿齐兹和阿卜杜·哈克抱怨腹绞痛的时候，我很惊讶自己没有感染上，但是现在感染了，我知道这会使我脱水。我感到自己仍旧相当强壮，可是如果腹泻一直持续下去，我会试试抗生素。

我解完手回来的时候，哈比布拉正跪坐在下午的阳光中。我请他原谅，让他等了这么长的时间，而他只是耸耸肩。我们开始继续行走。前一周里，我和阿卜杜·哈克一直大步快走，现在我试着调整成哈比布拉的短小碎步。我们经过一座小桥，穿过达来·塔科特下的浅滩，小桥上标记着“ECHO——欧洲团体资助修建”。桥是在五年前修建的，现在已经有些毁坏，但这座桥非常有用，因为这个浅滩以前常常不能通行。[1]

我们到达桥对岸时，哈比布拉医生指着我们身后斜坡高处的一块黑色大石头，说道，“穆斯塔法司令——你刚见到的那个年轻人，也就是路上向你开枪的人——在那里枪击了两个塔利班。他们死在这块土地上，也就是我的小麦田里。在那之前，穆斯塔法什么都不是 —— 只是一个三流的毛拉——但因为他是这个村子里唯一打击塔利班的人，现在他是司令官。”

“你呢?”

“我没有打击塔利班。我从十四岁起就同拉巴尼的贾米阿特一起，与俄国人斗争了十年，但是塔利班来的时候，我去伊朗和赫拉特工作了。”

我们沿着哈里河前行，连续四个小时没有休息。我们一路上遇到的每个人都满怀敬意地向哈比布拉医生问候，而不是小心谨慎地回应。哈比布拉医生与其中的一些人拥抱；当他看起来不易亲近而表情冷淡的时候，其他人则弯腰亲吻他的手。

“在苏格兰，你娶一个老婆要花多少钱?” 哈比布拉医生问道。

我告诉了他。

“你的宗教信仰是什么?”

“天主教。”我说。

“你信上帝?”

“是的。”

[1] 详见南希·杜普利在 1976 年对于中央道路的描述。

“一个上帝？”

“是的。”

“你会娶你姨妈的女儿吗？”

“我想我不会这么做。”

“那你舅舅的女儿呢？”

“也不会。”

“你叔伯的或者你的姐妹的女儿？”

“不，他们都不行。”

“那你会娶谁？”

“可能是一个和我没有什么关系的人。”

我们陷入沉默。哈比布拉的问题让人想到他在审问一个来自石器时代部落男子的亲属关系，只是他所问的这些不是人类学问题，而是宗教问题。比起天主教，伊斯兰教是一个更加政治化和社会化的宗教，有着清晰的教规管理你可以娶谁，以及如何娶。在这个地区，大多数人与自己的第一个表/堂兄弟姐妹结婚。

一个留着胡须的高大男人跑着追上我们。他完全忽视了我的问候，向哈比布拉医生问道：“他信什么宗教？”

“他是一个犹太人。”哈比布拉医生说道。

“不，不——我是一个天主教徒。”

哈比布拉医生转过身，看着我，然后对他的朋友说道：“我搞不清楚——这有区别吗？”

关于其他宗教，很多参加了抗击俄国人的圣战的人肯定比哈比布拉医生知道得更少。

这个人把医生叫走，耳语了几句，然后我们继续前进。

“那个人是个毛拉。”哈比布拉医生说道，“他说你可以娶我们的女儿——你是某种类型的穆斯林。”

这个看法似乎让哈比布拉医生松了口气。可我没有点破，通常并不鼓励穆斯林女人嫁给天主教男人。

哈比布拉医生解释说，他之所以被称为医生是因为在赫拉特完成了业余兽医的课程。

“你为什么带着武器？”我问道。

“为了防狼。”

“它们危险吗？”

“六个月前，我去给那座山上的一些羊接种疫苗。在路上我经过那个斜坡，撞见了一些衣服，然后是一个朋友的大腿。他刚刚在大白天被一头狼吃了。两年前，五匹狼在上午十一点咬死了我的邻居。你的手杖不可能把它们赶开。”

哈比布拉医生告诉我他在年轻时完成的长距离徒步。他曾经率领五十个人穿越群山前往奎达获取武器。从达来·塔科特走到那里花了两个月时间，然后回程又用了两个月。他们大多数时候睡在山洞里。然而现在，那双棕色的乐福鞋磨伤了他的双脚，到了这天结束时，他已经跛了。

“我会说英语。”哈比布拉医生用波斯语说，然后用英语补充道，“我爸爸叫阿齐兹。”他用英语数到二十，只是漏了数字八。

“不错。”我说。

“这没什么——我能数到一百。”

我说：“以后吧……”

那天晚上，我们留宿在达含·莱扎克，这是哈比布拉医生母亲的

村庄。这也是我在山区部落乡村度过的第一个夜晚。这个山谷狭长，没有空间开垦大片的田地，山腰的梯田上修了一些泥房子，两条硕大的牧羊犬正在平屋顶上睡觉。

村民们把自己称作塔吉克人，似乎意指他们操波斯语，且不是乌兹别克人、哈扎拉人或者普什图人。[1]但是其他人把他们称作古尔的艾马克人。尽管他们以彩色帐篷而闻名，但却只有夏天在高山牧场时才居住在里面，而在我造访期间，没有看到一丁点儿迹象。冬天，他们住在平顶的泥房子村落里，而不是像赫拉特平原上的许多穹顶房屋。最近，艾马克人的人口总数超过五十万人，定居在四个主要的部落群体中。[2]哈比布拉医生说这个部落以菲罗兹库赫人著称，意思是绿松石山城的艾马克人。他们居住在古代古尔王朝的中心地带。

莱扎克的每一个人都出自同一个祖父。这个村庄有四座房子和七十口人。但是他们声称有三十座房屋，借此从国际援助机构获得了更多的食物。发展机构把这片区域称作“饥饿带”，并预测在当年的冬天会有十万人死于饥饿。但看起来似乎没有人在挨饿，只有一家人因为缺少食物，已经举家离开此地前往赫拉特附近最大的难民营。然而这个村庄的饮食还是局限在早餐和午餐只能吃馕，晚餐偶尔能吃到豆子。

传统上，这个村庄的财富与其羊群相关，但是许多羊已经死于战

[1] 他们有时候也根据部落名称称呼自己，例如泰曼尼人、菲罗兹库赫人、贾姆希德人和哈扎拉·噶来·纳。

[2] 一些艾马克人拥有蒙古人的容貌特征。人们设想他们的方言也比其他讲波斯语的人使用了更多的突厥语词汇。也许因为我的波斯语不是那么好，或者因为他们避免用方言同我说话，我从来没有注意到这一点。艾马克人甚至不同意那些关于四大主要部落的说法。然而，在各个群体中，有绿松石山人、泰曼尼人、泰瓦拉、哈扎拉、贾姆希德人和泰莫尔人。1815年，埃尔芬斯通补充了祖里的描述，把菲罗兹库赫人和贾姆希德人归为哈扎拉人的分部落。

争，村民们现在以联合国提供的谷物和售卖少量的羊为生。男人们在伊朗做建筑工人贴补家用，女人们则编织可以销往伊朗和巴基斯坦市场的流行花样的地毯。[1]然而，和许多村庄的情况一样，他们的现金主要源自西方、伊朗和巴基斯坦，用以鼓励他们打击俄国人，还有阿富汗的其他群体。

莱扎克的头人赛义德·阿迦已经当了二十四年的军事将领了。开始，他和巴基斯坦的情报机构支持的一拨人合伙打击俄国人。后来"因为他们没有杀死足够多的人"，他转而为一个部分由英国支持的组织战斗。再后来，俄国人撤退了，他与亲俄的纳吉布政府、竞争对手北方联盟打仗。五年前塔利班接管该省之后，他决定，用他的话说，"从战斗中退休"。这说明他可能当过这一地区的塔利班将领。但是如果我问他，他会否认。也许是为了弥补这一失误，两个月前埃米尔凯旋，途经这里时，这个头人向伊斯梅尔汗献上了自己的私人马匹。

这个头人问我是否知道毛拉·穆罕默德·欧迈尔在哪里。我回答说他大概在南部。"不，他不在，"头人说，"他正坐在那里……"然后指着一个独眼男人。除了这个独眼男人，大家都大笑起来，看来他以前听过这个笑话。

去睡觉的时候，有人打开电台调到了 BBC 达利语频道。比尔·盖茨关于美国对技术垄断政策的一个演讲正在被翻译成达利语。人们专心地聆听。我很好奇，这些生活在不通电的国度又没有受过教育的人是如何理解 Windows 系统捆绑 IE 浏览器这一策略的。

[1] 她们的地毯经常被当成与此处相距上百英里的布哈拉的或者"火者·卢士奈"的地毯来销售。羊毛的费用构成了地毯的主要成本。而这些织毯的女人和少女通常月收入不足十美元。

战　犬

第二天早上，我去找哈比布拉医生，他正试着把另一个透明的黄油空包装袋缠在他的卡拉什尼科夫枪的枪托上。枪管上缠着饼干包装袋。枪管下方，泛黄的透明带碎片上印着印地语、英语和波斯语字母，宣传着大不里士和班加罗尔的食品工厂。微弱的晨曦透过小窗照进来，哈比布拉医生正在努力寻找透明胶的胶带头。他注意到我在看他，问道："你想不想要一条狗？"

"什么狗？"我回答道。

"有一条，在外面，他们要给你……他是条好狗。"[1]

我不知道怎么养狗。但是，我喜欢狗。

"给他看看那条狗，谢赫。"哈比布拉医生对着一个12岁的实习毛拉说。

谢赫把我带出清真寺。在昏暗的光线中，人们开始从自己的泥屋中出来，小心地踏在碎冰上，裹紧他们的毯子。三个老人已经蹲下，脱下了裤子。他们大声地咳嗽，把痰吐到潮湿的空气中。女人们将锡罐浸入山脚下冰冷的河水中。下一个小时，太阳就不会照进狭窄的山谷。

---

[1]　作者与大狗巴布尔一路同行，将其视为亲密的旅伴，并与之结下了深厚的友谊，因而，在本书中作者都用"he"而不是"it"来称呼它。——译者注

巴布尔所在村庄的实习毛拉谢赫

一条大狗躺在泥屋顶的毡子上睡觉，一夜的风雪覆盖在它的皮毛上。我看着狗的时候，有一群小男孩也在看着我。这里距他们最近的邻居要走两个小时，所以这些孩子所有的时间都是与表兄妹们在一起。到了十五岁左右，他们将迎娶自己的表兄妹。

一个叫侯赛因的年轻人戴着一条匆匆束起的头巾出现在门口。“这就是那条狗。”他说，“你想要吗？”

侯赛因走到睡着的动物身边，踢了踢他。狗睁开一只眼睛，抬头看了看，然后又合上了眼睛，抖了抖像熊一样的头，仍旧侧身躺着，伸伸前腿，弓起长长的背伸展身体。他叹了口气，费力地向前滚，然后站了起来。村里的男孩们很快后退，跌作一团。他有一匹小马那么大。

“他非常强壮，非常危险。”侯赛因说。这条狗，很显然是对着男孩们扫视了一圈，然后，左前爪悬在空中用三条腿僵硬地向前走了几步。然后，他又一次躺倒。他的背部形状像是阿尔萨斯犬或者狼，但是他更高，且非常瘦。除了一些黑色斑点外，他全身呈深金色，毛发在寒冷的空气中竖起。侯赛因用他的脚勾住狗的脖子，把狗带着滚到自己身边，一边说："好的，过来。"

那狗在那男人的靴子下伸长脖子，凝视着我。他的眼睛布满血丝，耳朵和尾巴都没了。

"你想要他吗？"侯赛因问道。

"我不知道。他叫什么名字？"

侯赛因转过头去大叫道："他有名字吗？"

"没有。"男孩们回答道。

"他是什么种类的狗？"

"战犬。"侯赛因回答道，意思是"战争之狗"，一种战犬。

"他在这个村里干什么？"

"他在这里杀狼。"

"请你把脚从他的脖子上挪开。"我说。

侯赛因放下他的脚。我蹲下来，呼唤着狗。他打了个滚，然后趴在那里，将巨大的爪子伸在胸前。我冲他吹口哨，打响指。他纹丝不动，就好像特拉法加广场上的狮子。这时，一个男孩发出啧啧声，狗猛地站了起来。

"瞧，他多么健康强壮。"侯赛因说。

狗缓慢地踱行，看着我。他的眼球呈黄色，眼神冷峻，像狼一样。我把手递给他嗅一嗅，然后小心地摸了摸他的头。我听到一个老人咕哝道："那个异教徒要被咬了。"

如果他知道我能听懂，就不会说我是一个异教徒了，但这里的村民们就是这么看我的。这是一个虔诚的穆斯林社群，仅有六户人家，这个小村庄建造了一座清真寺。每个村民每天都在那里礼拜五次，晚上倾听长篇的《古兰经》朗诵。

我回到屋顶的边沿，又一次呼唤大狗——这次用啧啧声。他只稍稍迟疑了一下便跟上我。他的左前腿毫无疑问是僵直的。他用那没有耳朵的头蹭我的腿。

“他的耳朵怎么了?”

“我们砍掉了。”

“为什么?”

“这样他就更能打架。他非常凶猛。”

狗打了一个哈欠，露出的牙龈多过牙齿。

“他的牙是怎么回事?”

“侯赛因用石头敲断了。”

侯赛因咧嘴笑了。他自己的牙还在。

“为什么?”

“因为他咬我。”

“那为什么他的鼻子上有白毛?”

“这附近的人很早就生白发。”

“这条狗几岁了?”我问道。

“五岁。”哈比布拉医生说，他出现在平台屋顶，正展现他作为兽医的能力。

“他不止五岁。他很老，有白胡子了。”我答道。

“他说这条狗有白胡子。” 哈比布拉医生重复道，大家都笑了。

“而且他缺牙齿。”我补充道。

“那不是因为年龄——那是因为侯赛因用一块石头把它们敲掉了。”

“瞧，”我说，“他的确是一条可爱的狗，但是我不觉得他能和我一起走到喀布尔。从这里出发要走七百公里，一路有很多雪，而且我们每天得走三十五公里。你看他多僵硬。”

“胡说，”哈比布拉医生说道，“我们了解这种狗——他不老，它身体僵硬只是因为早上天气寒冷。他是只有这里才有的血统高贵的狗，是这个省里体型最大的狗之一。你运气好他们才送你。他杀过很多匹狼。”我没有问他失去了牙齿是在这之前还是之后。“这个村子非常穷，他们每天只能喂他吃一片馕。如果你带上他，你会给他吃肉，他会变得更加强壮。对你来说，他是一条很棒的狗。总之，你要独自穿越群山，你会需要他来保护你不被狼群和哈扎拉人袭击。”作为一名艾马克人，哈比布拉医生坚信哈扎拉人凶暴而不可靠，一定会杀了我。

“你刚才为什么摸那条狗？”那个十二岁的实习毛拉谢赫问。

“我喜欢狗。难道没有人摸过他？”

“当然没有。他是不洁的动物。我们的先知告诉我们不要碰狗——特别是在我们做礼拜的时候。如果我们摸了狗，我们必须进行特殊的净礼。”

“这写在《古兰经》哪个部分了？”

“我记不清了。”谢赫说，“但是就在那儿。”

“我以为你是一名‘哈菲兹’——能背诵整本的《古兰经》……”谢赫从一个更遥远的村庄来到这里学习做毛拉。晚上，他常为村民们背诵经文。为了表彰此举，他获准参加我和成年客人的晚餐。

“我记得。”谢赫回答道，“我能用阿拉伯语从头背到尾——超过十万字。但是我不懂阿拉伯语，所以我不能准确知道具体的那些篇章的位置。”

一小群脏兮兮的孩子无聊地冲着狗大叫。他们其中一人向他腰部扔了块石头，但是他没有反应。我很好奇从来没有被抚摸过的狗会有什么样感觉。他的行动不知怎的有些笨拙，他的眼神冷淡，从不嬉戏打闹，对任何事物都无动于衷。我不能确定他是否非常抑郁，或者非常老，或者两者皆有。他回头看到了我，轻轻摇着残余的尾巴，步伐缓慢地向我走来。我决定把他带回苏格兰。

哈比布拉医生和我道别时，又补充说："你知道布莱顿医生吗？他是英国人。我们把你们都杀死了，但是我们把他留了活口并带到了白沙瓦……我认为阿富汗人会让你活着，像布莱顿医生一样。"[1] 半个小时后，我给了村民们一些钱，带着狗离开了。

我叫他"巴布尔"，意思是老虎，因为他那有斑纹的背部，也因为我们正走在巴布尔曾经走过的线路上。巴布尔跟着我爬上了第一座山的山肩。山肩呈现深紫色，坐落在群山环绕的齐斯特高原。这里被称作"印度之山"。头人告诉我，山顶曾经有一个印度教徒的村庄，但不知道村庄存在的时间。历史学家们并不清楚在皈依伊斯兰教之前，古尔的宗教是什么。而这个名字表明这里曾经信仰印度教。[2]

我们转过一个弯，巴布尔的村庄从视线中消失了。巴布尔活了这么大，只见过那六座泥房子和村民们在夏天放牧住帐篷时的高山牧

---

[1] 英国人从喀布尔的撤退发生在 1842 年 1 月，差不多是在我与哈比布拉医生的对话之前整整一百六十年。阿富汗人于六天之内在喀布尔的一个覆满积雪的峡谷中杀死了至少一万两千名英国军人和他们的随从。只有医疗兵布莱顿医生成功地骑马回到了贾拉拉巴德的堡垒。除了之后释放的仅有的几名俘虏外，他是印度军队中唯一的生还者。巴特勒夫人在油画中描绘了这幅场景：在城门口，身着燕尾服的布莱顿医生趴在自己的小马上，睁着眼，奄奄一息，像拉斐尔前派画笔下寻找圣杯而死的骑士。这匹马是他从一个阿富汗村庄里带出来的，后来却带着他找到了安全之地。最终他带着这匹马回到了苏格兰。

[2] 阿拉伯史学家也认为这里是印度教区域，但是他们倾向于称所有的异教徒王国为印度。研究古尔王朝的权威学者博斯沃思认为，古尔人可能有自己的本土宗教，但随着伊斯兰教的入侵很快灭绝了。

场。每年，他都在同一个牧场守候在羊群旁边，将巨大的爪子伸在胸前，等待着狼群。他从来没有离开村庄超过一天的路程，他从来没有见过一辆机动车、电或者超过六座房子的村庄，更不用说学校或者诊所。这同样也是莱扎克女性的真实境况。她们的丈夫们自豪地告诉我，女人们甚至从来没有到达离村子超过两个小时徒步路程的地方。只有男人有机会出现在其他地方。巴布尔将不会再见到他的家乡。走了十分钟之后，巴布尔在山顶遇到了寒风，他趴下不肯走，最终仅靠着一片不新鲜的馕的支撑走下了斜坡。

远离村庄，又经过一个半小时的嗅探和慢跑，巴布尔再一次躺下了，平静地看着我，眯起了他的黄眼睛。他对馕失去了兴趣。诱骗失效后，我抓住村民们拴在他脖子上的橘红色尼龙绳，拖着他那140磅重的身躯穿过沙砾。让我宽慰的是，拖了两三英尺后他吃力地站了起来，粗暴地甩了甩头，又跟在我身后。现在他的速度更慢了。但是通过催促他前进，我最终确认他能够全程跟着我到达苏格兰。就像是明白了我们的新关系，他不再对四处嗅探感兴趣。我们又马不停蹄地走了一个小时，直到遇见一个骑着白马的男人，后面跟着一群山羊。

“嘿，小伙子，”马背上的男人喊道，“过来。”之前没有人这么跟我说话。显然他以为我是一个等级非常低下的阿富汗村民，因为我在与一条不洁净的狗同行。“这狗什么时候打架？它是做什么的？你要带它去哪里？”

我礼貌地回答说没有斗狗，巴布尔什么都没做，我要带他去喀布尔。

“你在说什么？”那个男人认为我在说废话。在阿富汗，狗不是宠物，人们养狗是为了打猎，为了保护羊群，或是为了斗狗。巴布尔的体型让他看起来像是一个前途无量的斗士，骑着马的男人想要看他和自己的狗比赛，顺便赌点什么。

不能说这个人不喜欢动物。他给马披了一条很大的绒织马鞍毯，饰有三十条彩环，需要花费六个星期来编织。但在宗教意义上，一条狗却是不洁的、污秽的、危险的。后来，阿富汗人对巴布尔的形容五花八门，说他是巨大的、强壮的、凶猛的、无用的、疲劳的或者衰老的。可我称他是美丽的、聪明的、友善的。而阿富汗人习惯上只会用这类词汇来形容一个人、一匹马或者一只猎鹰。

巴布尔旅行的第一天，正在睡觉

卡门集的司令官哈吉（穆阿里木）·穆赫辛汗

我们继续穿越群山，山上鲜艳的色彩说明土壤蕴含着金属矿：先是一块表面呈糖果状条纹的岩石，一座覆盖着半融积雪的赤褐色山顶，接着是绿色和橘黄色的砂岩斜坡，最后是一座崖壁上有牛血般红色条纹的山崖。四个小时之后，我们到达了司令官哈吉·穆赫辛汗在卡门集的大院。

雪下了整整一下午，我大部分时间都在看着哈吉·穆赫辛房屋阳台上的巴布尔。我递给这狗一些馕，他像熊一样，用巨大的爪子抓住，用嘴撕着吃。吃完后，他围着柱子认真地嗅了嗅，看看能否找到一些碎屑，然后扑通一声坐下，把头搁在爪子上，闭上了双眼。他睡着时，前额的皱纹让他看上去很焦虑。我回到了客房。

这天下午的中间时分，司令官哈吉·穆赫辛汗的仆人瓦齐尔走进来，踢掉靴子上的雪，在火炉边放下一支新的水烟筒。房间里很暖和，司令官哈吉·穆赫辛汗仰靠在坐垫上，驼毛外套从消瘦的胸前敞开。他伸手拨弄着灰色胡须，好像在自我欣赏胡子的长度和不同寻常的整洁外观。房间里还有一名年轻的男子和他的父亲，他们从自己的村庄走了整整一天来见哈吉·穆赫辛，但是哈吉几乎不和他们说话。年轻人为哈吉·穆赫辛的水烟斗添上大麻和烟草。

水烟筒在他面前摆好了，哈吉·穆赫辛坐直身体，将丝绸头巾的一头甩到肩上，把水烟杆放在双唇间吸了起来。猛吸几口之后，他把烟筒递给那位老人，问我有没有吃饱。尽管哈吉·穆赫辛是一个大领地的司令官，但他只给我们吃了干馕。我向他道谢。

“绿茶还是红茶?”

“绿茶，谢谢。”

瓦齐尔走回到雪中去取茶，司令官倾身捡起我的念珠，把他自己的塑料念珠放进了口袋。几分钟后，他把我的念珠缠在他的手臂上，观察着不透明的西藏琥珀上的光泽。

四周一片寂静。

透过一扇小窗，我看到雪花正落在他的果园里，水泵和厕所上标记着一个国际救援组织的名称缩写。这个大院与村庄有一段距离，位于湍急的哈里河的另一侧，这样除了哈吉·穆赫辛的直系亲属，就没有人可以享用这个来自斯堪的纳维亚半岛人民的卫生礼物了。

男孩将水烟袋传回来，叫了一声“司令官哈吉·穆赫辛汗”，就好像司令官的名字是一个单词。“司令官”说明穆赫辛是一名军方司令，“哈吉”意味着他有钱去麦加完成穆斯林的朝觐义务，“汗”是说他的家庭在数百年间曾经是这片地区的两大地主之一。我曾经读过英国军官们在1885年记录的他的家族情况。他们形容其祖先是艾马克联邦的世袭统治者。这样一个人傲慢地对待访客是很正常的，就如同他有权力决定发展机构的厕所和水泵安放在哪里一样。

“给我看看你的介绍信。”司令官哈吉·穆赫辛说道。

我把来自古尔·阿迦·卡里米的信递给他。他皱起眉头，把它放到一旁，咕哝着说古尔·阿迦曾经和俄国人勾结。然后我把古尔老爷阁下的信递给他，和一封阿卜杜·哈克劝说年轻的司令官穆斯塔法写的信。他们应该会向沿途的每个人介绍我，但是哈吉·穆赫辛把信放

巴布尔在哈里河边

进口袋，留着这些信便于他将来请这些人帮忙。

“我可以把介绍信拿回来吗？”我问。

“不。信是写给我的。”

“但是我在沿途其他地方都需要介绍信。”

“那他们应该多给你几份。我会为你给其他人写一些介绍信的。”

我走出屋子。巴布尔在阳台的边缘睡觉。他的左侧腹部边上堆积着一块很厚的雪块。我把他带到哈里河边。他很沮丧地看了看水，又看看我，但是没有喝。我把他带到上游一点的地方，踏在河中间的一块石头上，等着。他用舌头汲水，水花溅在了肋骨上，从他的大嘴唇上滴下来。他整整喝了一分钟才抬起头。看我等着，他又喝了起来。

我回到屋子里的时候，其他人站起来跟我打招呼，但是哈吉·穆赫辛只是抬起一根眉毛，继续在坐垫上抽烟。他充满优越感的举止明显在展示他的社会地位。和许多封建领主不同，他在整个战争期间保住了自己的土地和权力。

“司令官哈吉·穆赫辛汗先生，您在过去的二十五年都在做些什么?”我问。

“嗯，我最开始是个老师。”一般人在名字上冠以“老师”的头衔，就像西方流行冠以博士学位，但是司令官哈吉·穆赫辛汗已经有足够多的头衔了。“后来我作为圣战者与俄国人作战。他们在卡门集丢下了十六枚炸弹，杀死了我的四十五个村民。北方联盟拿下喀布尔后，我被任命为恰赫恰兰的安全部门负责人。再后来塔利班掌权，我退休回到了自己的庄园，不再参与任何活动。我现在仍是退休状态。”

哈吉·穆赫辛的客人是过来讨论政治的，但是从讨论的语气看，我根本无法相信他已经退休五年了。他的家族曾经参与了前国王组建的阿富汗大国民议会，而且他们希望参加新的议会。

“你会加入卡尔扎伊的政党吗?”那个年轻人的父亲问道。

哈吉·穆赫辛汗不作声，专注地吸水烟。

五分钟后，他又问了一次。

“我老了，退休了，这与我无关。” 哈吉·穆赫辛汗说道。

十分钟后，那个老人第三次提问，这次或许得到了他期待的回答。

“我无意冒犯这个英国男孩。”哈吉·穆赫辛汗慢吞吞地提到我，“但卡尔扎伊是英国人和美国人的工具，我不会支持他。”

后来，我了解到哈吉·穆赫辛汗在塔利班时期并没有退休。他曾叛变投降塔利班，成为他们的地区司令。在伊斯梅尔汗挺进赫拉特的最后时刻，他和他的连襟莱依斯·萨拉姆汗曾向伊斯梅尔汗的部队开火，杀死了两名高级中尉。因此哈吉·穆赫辛汗受到了来自赫拉特的威胁。如果我仍旧和卡西姆或者阿卜杜·哈克，也就是伊斯梅尔汗的人在一起，恐怕没法走进这座房子。

那天下午和晚上的大部分时间都被哈吉·穆赫辛的清真寺的节奏所左右。从午餐到黄昏，哈吉·穆赫辛的私人毛拉三次走进花园，雪花轻轻地落在他的四周，他吟唱着召唤礼拜者前往哈吉·穆赫辛的私人清真寺。司令官和他的客人消失了三次，每次礼拜之后又回到他们的水烟袋和茶杯前。

晚饭时，哈吉·穆赫辛给我们每人一小块咸肉，我们还分食了一整盘米饭。也许是因为没有武装陪同，所以我不再拥有享用郑重的一餐饭的地位，或许他就是喜欢以俭朴的食物招待外国人。

像平时一样安静地吃完晚餐后，他倾身前来，近得我都能闻到他气息中的烟草味，说，“罗马—里加—马德里—基辅，名字对吗?”

“没错。”

“你们在英国造船吗?”

“现在再也不造了。”

“你们看，”他对那群人说，“英国人以前统治全世界时，他们因为偷窃而非常富有，所以给工人支付大笔的工钱。现在他们不需要工厂了—— 一切都从美国和日本进口，因为那里的劳力更便宜。”

“英格兰很富有吧?”那个老人问道。

“当然，”哈吉·穆赫辛说，“整个看起来像迪拜。”

瓦齐尔从门里探出头来：“现在雪至少有一米深了。这个外国人要

哈吉·穆赫辛汗

卡门集：司令官哈吉·穆赫辛汗（握着东西）与兄弟们和毛拉在一起；他的仆人瓦齐尔与巴布尔在旁边

在这里待两个月。”

那个老人低声说了几句，他们都笑了。

“花二十五年赶走了外国人，” 哈吉·穆赫辛的弟弟说，“现在他们又来这儿了。”

大家都笑了。

“他最好小心点。”老人说，“或者我们用在昆都士对付美国中央情报局军官的办法对付他。”在昆都士，美国中央情报局的军官被杀了。

“他不会真的认为那条狗可以保护他不受狼群袭击吧?”年轻人问道。

“别忘了他的金属头手杖。” 哈吉·穆赫辛说道。仅此一次，他忘了自己的尊贵，大笑着仰倒在靠垫上。

翌日清晨，雪依旧在下，他们设法劝我不要走。因为如果在卡门

集有一米深的雪，那在恰赫恰兰一定有两米深。但是我不想在卡门集被困两个月。

裹了三层夹克的瓦齐尔，领着巴布尔和我走出哈吉·穆赫辛的果园。他迈着一摇一晃的水兵大步，长皮靴子把雪踢得飞了起来。积雪压弯了苹果树和桑树黑色的细树枝，在石头墙上形成了厚厚的雪壳。巴布尔欢快地走在我们身边，在洁净的雪粉上留下他自己的足迹。但是，我们俩合力才把他从冰上拉过河。

走入宽阔的峡谷时，雪停了，太阳从云层中绽放出来，我们看到了其他脚印。

“你是哪里人，瓦齐尔？”我问。

“我是司令官哈吉·穆赫辛的人。在圣战期间我为他战斗，和他一起进入山区躲避俄国人，现在为了混口饭吃而效力于他。他是个好人。”

过了一英里，山谷变窄了，群山突然因几个身影变得生动起来，他们沿着山脊、滑下斜坡、击打山石、驱赶狼群。有人带着大狗等在山谷底部的隘口处。

“看起来这里对于一匹狼或者一支军队而言都是一个危险的地点，”我对瓦齐尔说。

“我们在这里曾遭到纳吉布的部队包围。”他回答道，“在那里有四十个人被处死了。”他指着雪地和果园之间轻轻流淌着的细长小溪说道。

我想当然地以为是哈吉·穆赫辛汗的士兵被处死了。但是那天晚上我又听到了这个故事，似乎受害人是另一方的。纳吉布总统曾命令一支直升机载特种部队来解除哈吉·穆赫辛的武装。十个哈吉·穆赫辛的人被杀死，但是许多纳吉布的人被俘。其中有三个是本地人，人们还记得他们的名字：穆拉尼·贾拉尼、哈兹拉·古尔和阿克巴尔·穆罕默德。哈吉·穆赫辛当着村民的面处死了他们。

在高克村外，三条狗——其中有一条哈士奇——龇着牙上前，冲着我们咆哮。我捡起一块石头来警告它们不要靠近，但是巴布尔庄重地缓步前行，就好像他们根本不存在。瓦齐尔让我把石头放下。我刚放下，领头的哈士奇就冲上前，扑到巴布尔的背上，扎下了牙齿。巴布尔被激怒了，转身就把哈士奇甩到地上；另外两条狗一起扑上来，我挥舞着手杖冲向它们，狠狠地打中了其中一条，它呜咽着退后。我并不喜欢打狗，但是我不准备让一条杂种乱咬巴布尔。而且我对瓦齐尔很恼火，因为他让事态发展到这个地步。这个上午剩下的时间里，瓦齐尔一看到有狗盯着我们，就抡起一块石头。

我们转入高尔茅山谷的一侧时，看到一队男人走过来，其中七个人走路，最后一个人骑着白马。他们都穿着雪鞋，扛着枪。他们经过的时候没有跟我们打招呼。

“他们是谁?”我问瓦齐尔。

“我不知道。他们不是这儿附近的。”

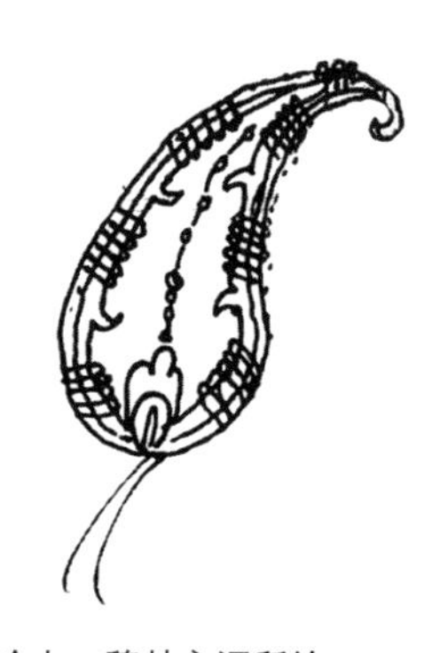

哈吉·穆赫辛汗所绘

表兄弟

山谷向上三公里，我们到达了高尔茅，这是我准备留宿的地方。我们走进客房，发现一个高个子男人坐在门边，周围是他的保镖。从他的举止及陪同人员来判断，他本应坐在房间另一端的尊者席位上。气氛有些不对劲。他没有和他的主人说话，也拒绝搭理瓦齐尔；只是神情严厉地问我有没有卫星电话，然后就离开了。我们的主人赛义德·欧玛尔目送他离开后才说道："我曾经会为这个人杀一头羊——现在我给他一杯茶，就算他走运了。"然后他叫人给我拿来一份煎蛋卷。我很饿，表示非常感谢。

赛义德·欧玛尔对待这个高个子男人的态度是联合轰炸之后权力快速更迭的一个征兆。平原地区有一半被民兵控制，就如同卡西姆在赫拉特之外的那些行动。但是在古尔的山区里，我穿行于彼此几乎没有任何交流的艾马克头人中，我对他们之间的差异只有一知半解。

伊斯兰教不鼓励过强的社会差异，而战争和村庄里的社会变革摧毁了阿富汗许多古老的封建结构。尽管如此，村民们非常清楚地知道彼此的背景。礼节、习俗和部落身份等众多要点就能区别出像瓦齐尔这样的仆人和像哈吉·穆赫辛这样的封建领主，区别出哈吉·穆赫辛和像哈比布拉·舍瓦尔医生那样的中产阶级兽医，或者是像年轻的奥贝司令官那样正处于上升期的毛拉。可阶层并不一定能反映出教育和经历。我当前的主人赛义德·欧玛尔，是一位来自受人尊敬并拥有土地的毛拉家庭的有钱人，但是他不识字，也从来没有出过国。而阿卜杜·哈克，出身于一个卑微得多的家庭，却识文断字并且到过很多地方。真正起决定作用的是权力，而那取决于盟友的支持。

许多接待过我的主人曾是战争领袖。他们中的大多数曾经和俄国人作战，但并不都在一个阵营。哈吉·穆赫辛和红胡子的古尔先生曾经是该省伊斯兰促进会的主要司令官，但是我的狗所在村庄的头人是巴基斯坦支持的军阀古勒卜丁·希克马蒂亚尔的司令官。

很少有人，像为我写介绍信的古尔·阿迦·卡里米那样，曾经为俄国人工作。他们过去与俄国人的合作已经基本上被原谅了，但是下令空袭哈吉·穆赫辛村庄的克格勃－卡德（阿富汗秘密警察）的俄国头目如果踏进这片区域，则会被杀死。[1]

塔利班时期情况变得更加复杂，因为反对俄国的人发现自己成了对立分子。一些人，例如古尔先生，明智地退休了。哈吉·穆赫辛汗曾经是亲塔利班分子，在塔利班时期他因此受命管理这些山谷达五年之久。

塔利班的倒台表明所有一切在不到两个月的时间里又发生了变化。反塔利班的指挥官[2]重新从哈吉·穆赫辛手里夺回了这一地区的控制权，派自己来自沙赫拉克的亲信进行管理。这就是为什么瓦齐尔

[1] 在那些被原谅的人中有俄国占领时期古尔的长官法扎勒·艾哈迈德汗，他现在是这个省基督徒互援会的代表，住在沙赫拉克。他来自一个比哈吉·穆赫辛的家族还要庞大的封建家庭。哈吉·穆赫辛的家族是汗王后裔，是这一地区的重要人物；而法扎勒·艾哈迈德的家族是泰曼尼人，曾在皇室庇护下有效地控制着这个省。他的卡德安全部门头目穆赫丁，则被迫躲藏起来。

[2] 哈吉·古尔。他和突然成为古尔政府首脑的易卜拉欣博士是这一地区极少数积极打击塔利班的人。

在雪地里没有认出那些从我们身边经过的持枪者。同时，哈吉·穆赫辛也拒绝交出他的塔利班副手。[1]

我的主人赛义德·欧玛尔，是哈吉·穆赫辛汗的人，而刚离开的高个子客人是哈吉·穆赫辛的敌人。但是十年前，他们曾肩并肩在河边向纳吉布拉的人射击。

“为什么你要做一名圣战者?”我问赛义德·欧玛尔。

“因为俄国政府让我的女人不戴头巾，还没收了我的驴子。”

“那你为什么打击塔利班?”

“因为他们强迫我的女人戴面纱，而不是头巾，也偷了我的驴子。”

看起来，似乎如果政府不干涉他的女人的头饰以及他的驴子，赛义德·欧玛尔就不会反对它。但是赛义德·欧玛尔实际上并没有对抗塔利班。作为哈吉·穆赫辛汗的人，他曾一度是塔利班的代理人。

客房里有五个人，有两个小时我们谁都没有说话。这是一个阴沉的下午。赛义德·欧玛尔坐在一扇大窗户旁，拨动他的念珠。他转过头望着黑色的山脊、河底的泥和雪上的印记。他偶尔叹一口气，或者清一清喉咙。门外发出嘎吱嘎吱的响声，一匹马嘶鸣着。半小时后，两个衣衫褴褛的男人牵着他们的驴子爬上山来，村里的孩子们朝他们扔雪球。这两个在一天的长途跋涉后已精疲力竭的男人脸上露出了笑容。

因为下雪，赛义德·欧玛尔和其他人不能下地干活儿，他们从小

[1] 高克的毛拉·侯赛因。

就住在这里。最近没有发生什么特别值得谈论的事情，而且他们都是文盲。整个漫长的下午，他们安静地等待着宣礼、召唤晚饭和就寝。

一百年前，还没有人在这个山谷定居。赛义德·欧玛尔的曾祖父是一名毛拉，从南边的山区来到这里。当地四名地主每人分了他一块地——他在每块地上安置一个儿子，又建立一个村庄。高尔茅是这些村子之一。它的土地赠自哈吉·穆赫辛的先人，最终传给了毛拉的三个孙子——其中之一正和我坐在这个房间里。毛拉儿子的八十二位男性后裔住在高尔茅（赛义德·欧玛尔用不着考虑女性的数量），这块地皮原本对于一个人而言十分宽裕，但现在却非常拥挤。每名男性要么娶了本村表姐妹，要么娶了其他三个原初村庄的远房表姐妹。

财富和权力的明显差异出现在四十年后的子孙中。赛义德·欧玛尔是个有钱人，比他的首领哈吉·穆赫辛要大方很多。除了午餐的煎蛋卷，他还为我准备了一整只鸡（在当地这是比羊肉还要贵得多的佳肴）和米饭，一碗牛肉清汤，一盘炸扁豆，以及浸泡在化开的山羊凝乳中的面包屑。之前我好不容易才说服哈吉·穆赫辛给我的狗一点点面包。而赛义德·欧玛尔给了我四条面包来喂巴布尔。趁其他人没有看到的时候，我又加了一点儿肉。相比之下，赛义德·欧玛尔的大表哥总是衣衫褴褛。他比赛义德·欧玛尔年长，右半边瘫痪了。他坐在角落里，用干裂的舌头喃喃自语。他向我要钱，我给了一些。

这是我连续行走的第十天，尽管饱餐了一顿，但我仍感到体力开始下降。我腹泻了四天，可能是鞭毛虫病引起的。当天晚上，我决定开始吃一个疗程的抗生素。我的膝盖因为长时间爬山而感到疼痛，我准备将膝盖束紧。我已经用完了给这个地区的所有介绍信。哈吉·穆赫辛给我的介绍信被赛义德·欧玛尔揣进了口袋里。他大字不识带来了双重混乱：既无法读信，也没法再给我写介绍信。

高尔茅的赛义德·欧玛尔

第四部分

艾马克人是严肃的逊尼派。在战争中……他们显示出一种在阿富汗人中从未听说过的残暴。我有关于他们的真实可靠的描述，称他们把囚犯从悬崖扔下去，用弓箭射死他们。在一个曾跟我交流过的祖里出席的场合中，他们真的喝了那些受害者的血，并把血擦到自己的脸上和胡子上。

——蒙特斯图亚特·埃尔芬斯通：
《喀布尔王国及其属地》，1815 年

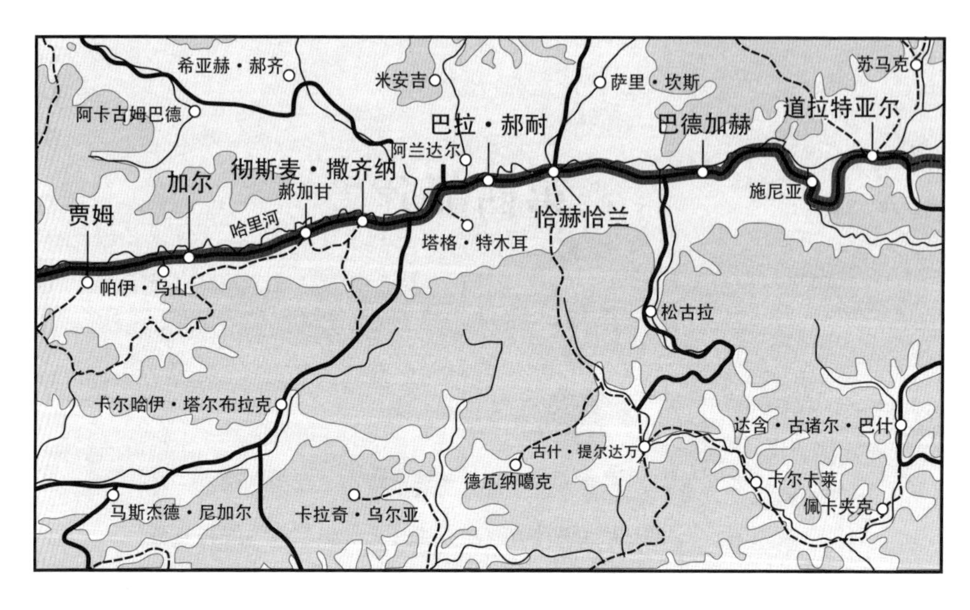

干道　道路　小道　河流　作者的路线

0 公里 50

0 英里 30

0　900　2750　3650　4600　5500 海拔（米）

0　3000　9000　12000　15000　18000 海拔（英尺）

第十二天——从贾姆到加尔

第十三天——从加尔到彻斯麦·撒齐纳

第十四天——从彻斯麦·撒齐纳到巴拉·郝耐

第十五天——从巴拉·郝耐到恰赫恰兰

第十六、十七天——恰赫恰兰

第十八天——从恰赫恰兰到巴德加赫

第十九天——从巴德加赫到道拉特亚尔

贾姆宣礼塔

第二天一早，太阳刚刚照射到山谷的地面，我走出屋子，踏进雪地，巴布尔撒欢地跟着我。雪下了一整夜，到处都覆盖着洁白的雪。赛义德·欧玛尔骑着马跟在我身后，身上裹着厚厚的毯子。他很困惑为什么我拒绝骑马。积雪只有一英尺深，很容易就能爬到山上的小路。我走在雪里，手杖在我手中摇晃，发出嘎吱嘎吱的声响。雪壳闪烁着碎片般的光，就好像挡风玻璃的碎片散落在雪地上。

贾姆宣礼塔

爬到一半，巴布尔停下来嗅了嗅黑得发亮的鹅卵石。他的长鼻子贪婪地

赛义德·欧玛尔在途中骑着马

顶穿我们的脚印触到沙漠的地表，寻找雪壳下那些消失的动物留下的气味。探查完之后，他昂起头，严肃地盯着远方，抬起后腿撒尿。接着，他用前爪刨土来掩盖自己的痕迹，然后赶紧走开，转过头，让自己与气味的印迹保持距离。一分钟后，又一块卵石吸引了他的注意。就这样，十分钟内我们停下了六次。

巴布尔似乎准备对接下来六百公里路途的每一米都进行探查，用尿标记，并宣示占领。我在穿越亚洲的十八个月的徒步中，只有一两次感到对脚下所接触的土地有着某种神奇的宣告主权的冲动。但巴布尔显然一直有此感觉。他留下带着体温的尿液，好像在他的新帝国插上旗帜。他的全部行为就是征服和占领。看起来他已经准备好估量和掌控世界上的每一寸土地，就如同犬类世界的亚历山大大帝。他从没有遇到过如此大的空间和如此紧迫的时间，以至于不可能嗅闻和估量每一块石头。在这种情绪下，他大步奔向顶峰，身上的皮毛因为寒冷和用尽全力而竖起。

道路上的积雪更厚了，赛义德·欧玛尔在我们下山之前不得不下马步行。在山脚下一片狭长的果树林里，一条河流蜿蜒而过，沿河紧凑地排列着一些小山丘，山峰和雪地的景象在此突然从视线中消失了。赛义德·欧玛尔在前方策马疾驰。他非常想让我丢下巴布尔，因为带着他我们很可能被村子里成群的狗咬死。他说如果我解决掉这条狗，他会陪我一路走到恰赫恰兰，但是因为我坚持留下巴布尔，他很遗憾地离开了。

正如赛义德·欧玛尔推测的那样，每一个果园的围墙边都聚集着成群结队的狗，朝我们龇牙咧嘴，我不断地转过身驱赶它们。在打另一条狗时，我不小心打中了巴布尔，他蜷缩在我脚下呜咽起来。在此之前，他还在我身旁小跑着，帮助我朝其他狗吠叫。但此后每当我举起手杖试图保护他，他都惊恐地趴下，以为自己做错了什么，等着我打他。这让他在愤怒的狗群前变得易受攻击。于是，当我一边向狗群扔石头，一边退回路上时，不得不拖着他那 140 磅的身躯。

我们沿着一条小道，离开村庄，狗群退远了。路旁山崖逼近，河流更加蜿蜒曲折。我们沿着一条小道，径自在像迷宫般狭长的峡谷中走了二十分钟。淡黄色的峭壁耸立在路旁。除了河流轻快的哗哗声，一切都很安静。看不到人，也看不出过去二十四年阿富汗战争的痕迹。

我们来到一处碎石坡的边上，看到一座塔。那是一根两百英尺高的修长的陶土柱子，柱身精雕细刻，还点缀着一行绿松石瓷片。除此之外再无其他。重叠的山峦在塔四周围成了一个紧密的圆圈，塔下是两条河流，沿积雪的小径而下，穿过山涧流向荒野。暗淡的长条形砖块组成了一串密集的五角形、六角形和菱形图案，缠绕在柱子上。塔颈处，在波斯蓝的瓷片上——那是阿富汗冬天天空的颜色——写着："吉亚苏丁·穆罕默德·伊本·萨姆，王中之王……"

吉亚苏丁是古尔王朝的苏丹，他修建了赫拉特的清真寺，修筑了齐斯特·沙里夫的苏非教团穹顶和绿松石群山中消失了的城市。

我绕着塔基而行，视线紧随这一串高大而丰富的多边形圆案，它们拼写出了（尽管我读不懂这种几何形的文字）阿拉伯语《古兰经》的最长章节之一。[1] 这座塔建得十分精致，有如一颗象牙棋子。八角形基座、三层塔身、残存的阳台和华丽复杂的几何表面都递变为逐渐变细的光滑线条和浅褐色的烧结砖。地上的积雪躺在阴影里。在阳光的照耀下，唯有马赛克组成的窄窄的蓝色线条在咖啡色的群山中引人注目。塔柱的轮廓倒映在四周峭壁的曲线中，如同在齐斯特·沙里夫一样，古尔人利用自然地形来强调建筑物的色彩和外形。

尽管19世纪来到阿富汗的旅行者没有一个人知道这座塔的存在，但法国人安德烈·马里克的确于1957年到达了这里，并确认这座塔在其建造的年代是世界上最高的尖塔。此后，许多考古学家艰难跋涉到达这里，但他们无法确定这座塔与神秘的古尔王朝的关系，而1979年俄国的入侵则终止了人们进一步的探寻。

一些考古学家认为这座塔曾经是清真寺的一部分，将其称作"贾姆之塔"，并在山谷中寻找绿松石山城。除了距离塔基两公里以外的一小片12世纪的犹太人墓地，他们几乎什么都没有发现，这更增加了几分神秘的气息。其他人，援引南希·杜普利在1976年所述，"山谷的狭小隐秘，以及重要建筑遗迹的缺失，（令人信服地说明）绿松石山城位于泰瓦拉，在距此向南两百公里开外的地方"。还有一些人坚称这个

[1] 麦尔彦章，关于尔撒（即耶稣）的母亲麦尔彦（即玛利亚）。

山谷曾经是前穆斯林时期的圣地，而这座塔是一座独立的胜利之塔，古尔人建造这座塔以纪念一个孤立而神秘的异教徒据点向伊斯兰教的皈依。然而，考古学家在两件事上达成了一致：一是这座塔是早期伊斯兰建筑的一件独特而重要的作品，二是它面临着行将倒塌的危险。

在我到达之前，阿富汗文化遗产保护协会的官员已经八个月没有收到关于这座塔的可信报告了。在过去的十年里，阿富汗的大部分文化遗迹或被迁移或被破坏；喀布尔博物馆已遭洗劫，而塔利班也已炸毁了巴米扬大佛。在喀布尔，没有人能确定这座塔是否还竖立着。

留下巴布尔围着塔基嗅闻，我爬上离地面四英尺高的塔洞，无意间钻进一处旋转楼梯。头顶上嵌有狭窄的天窗，但里面很黑，台阶陡峭而狭窄，而且已经腐烂。我没走多远就滑倒了，一下子就跌进一片漆黑之中，头撞在了楼梯上。我紧紧抓住砖块试图停下来，可手掌被磨破了，砖块从我的手里滑过，我继续跌落，当我撞上外墙的时候，塔身似乎都在摇晃。有那么一刻我在想，自己是否因为毁掉古尔人的最后一座建筑珍品葬身于此而被后来人所铭记。然后我停了下来，塔身也不晃了。梯井的底部安静而阴冷。当我重新开始向上爬时，缓慢地用双手抵着两边的砖墙。我的右腿一直在颤抖。

向上爬了大约一百二十英尺之后，我来到一个圆形的房间。那里延伸出又一段旋转上升的楼梯。这里，更为窄小的砖阶已经从墙上脱落，我不得不撑着我的双臂爬上屋顶。接着又是一段老旧的台阶，就这样我向上又爬过了三个房间，一直爬到天窗下面。在我头顶上方是被烟熏黑的木质横梁，这里过去肯定有一个伸出去的露台。我从天窗望出去，在正对着的山脊上看到两座荒废的小塔，令我惊奇的是，碎石坡上挖有一连串的深沟。

我从塔上下来的时候，发现巴布尔正抬着他的后腿抵着塔基，一个男人蹲在地上，警惕地看着他，怀里抱着卡拉什尼科夫枪，轻抚着又长又白的胡须。他站起来和我打招呼，把手放在胸前，用很快的语速说道：“祝您平安。您怎么样？您健康吗？”我随即接过他的话，说道，“您好吗？您的家庭兴旺吗？祝您长寿……”还有其他一些客套话。我推断这个人是该地区的司令官布什尔。我以前听说过他。他曾经带领八十人抗击俄国人。在过去的五年间，他在老首长的支持下抗击塔利班。他曾一直打击赛义德·欧玛尔，即前天晚上招待我的主人。布什尔现在已经不打仗了，但我听过别人仍然叫他“司令”，他依旧是贾姆山谷中的一方势力。

布什尔邀请我留下，领着我们穿过哈里河面的冰层，向上走到西边的峡谷里。在路上我们遇到布什尔的一头母牛，它的鞍囊里还背着一只活山羊。“山谷里没有足够的牧场可以放牧，”布什尔说道，“所以山羊饿坏了，没力气走路。”

阿卜杜拉，司令官布什尔的儿子

在布什尔的泥房子附近，巴布尔围着雪地里一块奇怪的石头嗅来嗅去。我把它捡起来，发现是一块灰色的大理石，上面雕刻着一条花纹饰带。在客房里，我们坐在地毯上，布什尔的儿子正把小树枝丢进火炉里。

“你现在做什么工作？”我问道。

“我现在是一个护塔社团的负责人。”布什尔回答道，“我们从外国

贾姆：一头母牛驮着一只饥饿的山羊

人那里筹钱来保存它的历史。”

“那你弄清这座塔的历史了吗?”

“嗯，我们从地下挖出许多东西。”

“什么样的东西?”

“哦，我们已经把大部分东西卖给了赫拉特的商人，但我肯定还留下了几片。儿子，去看看隔壁有什么。”

他的儿子阿卜杜拉拿来一个托盘，上面放着绿茶，以及几样用布包裹起来的东西。布里面包着一块雕刻着花纹的大理石板（和巴布尔在外面找到的那块一样）；一只陶瓦的大口水壶，壶身上有粗黑线条的波浪纹和鱼眼睛的图案；一粒青铜的六面骰子，每一面有五个点；一颗用骨头雕刻而成的半球形珠子；以及一个黏土制成的大圆盘，中间画着一只孔雀。

“这些是从哪里找到的?”

“全都是从山坡上。”

喝完茶后，我爬上塔边的山坡。沙砾松散，山坡很陡，我必须手脚并用。很快我发现自己爬到了崎岖不平的深沟上，有些地方几乎有十英尺深。沿着这些深坑的边缘堆满了沙砾和陶土碎片。我看见了一些亮黄色的瓷器碎片，半个陶碗，一段年代久远的排水沟，以及几把崭新的镐头。很显然，文物盗掘者没有偷窃彼此的工具，在挖掘时也没想着去保护那些他们已发现的建筑遗迹。只有山脊上很小的一段，你能找出房屋墙壁的痕迹。村民们只想尽可能快而深地向下挖，以便找到埋在下面的一切，挖掘过程中又毁坏了许多东西。刚才从塔底看不见这些壕沟，如今它们却横亘在我视线中的每一座山坡上。村民们显然在考古学家曾经失败的地方有所发现，并且揭开了一座古老城市的面纱。

我正从山脊向下望着塔下的深坑，听到阿卜杜拉，也就是布什尔的儿子在叫喊，他爬上陡峭的山坡走向我。“这里是公主的宫殿。”他走到我身旁时说道。

“你怎么知道的?”

“我们在这里发现了一块古老石头上有段铭文，一个商人给我们做了释读。上面说这座宫殿是古尔王朝的吉亚苏丁的女儿建造的。”

“这段铭文现在在哪里?”

“卖了。我们在山谷向上三公里的山坡上发现了些房子。”

我跟随他沿着壕沟的窄墙，滑下陡壁回到布什尔的房里。“你想要这个吗?”阿卜杜拉问道，他停下来捡起一个完整的陶瓦罐。

“不，谢谢。事实上我想这些东西应该放在博物馆。”

“确实。”阿卜杜拉说道，“你下次来的时候能给我们带一个金属探测仪吗?”

那天晚上，一大群人聚集在布什尔的房子里。他们听说我对历史感兴趣，于是希望从我这儿获取应该去哪里挖掘的建议。

“你什么时候搬到这里来的?”我问道。

“一年前。在此之前这里一所房子也没有。由于地势太陡峭，这儿很难建房子，而且因为峡谷太深，很少照到阳光；在这里我们无法种庄稼，动物也因为缺少食物而虚弱不堪。我们搬到这里来只是为了挖东西。”

“你们有多少人在这里挖?”

“几百人吧。现在人们还从四周的村庄赶过来，那些村庄距离这里有两小时的路程。”

“你负责挖掘的事吗?”

“不，不，每个人都是随意挖的。”布什尔说道，他作为司令官，在这一地区有些权威，“你也可以自己去试一试。”

“你什么时候发现这座城市的?”我问道。

“就在两个月之前。塔利班统治这里的五年间，我们就尝试进行挖掘，但是很难。一些塔利班毛拉与古董走私商关系很好，但是他们也会因为非法挖掘而杀人。现在好了，再也没有政府了，而且无论如何大雪已经封了道路，也没有外来者能够干涉。”

显然，我认为美国的军事行动对这个山谷几乎没造成什么影响的估计是错误的——他们打开了古董走私市场。作为一个伊斯兰文化遗址，相较而言，贾姆在塔利班时期被保护得很好。

“那关于这座被毁的城市的生活你有什么发现吗？”

“我不明白你的意思。”

我又问了一遍：“你有发现这座城市大致的布局吗？……巴扎在哪里，宗教学校在哪里？”

“没有。”

“那小型清真寺、花园、兵营呢？”

“也没有。你问的这个问题很难回答。我们只是向下挖，发现了一堆乱七八糟的东西。这非常让人头疼——昨天，我们挖了一个十米宽的坑，但没有发现任何值钱的东西。”

“那些普通的房子是什么样子的？”

“就像这座房子——是用泥砌的，房间非常狭小拥挤，而且大多数是多层的，可能是因为它们建在这么陡的斜坡上。我们有时能通过地基的情况猜测哪些是好一点的房子，但这并不能帮助我们找到宝贝——许多房子里什么都没有。一点儿也没有。”

阿卜杜拉插话道：“我想我发现了一间浴室，里面有许多浮石，还有水槽，将三公里外的泉水引上了山脊。”

“太有趣了。还有什么吗？”

“没有了。”

“你对住在这里的人怎么看?”

“赌徒,”布什尔说道,大家都赞同地笑了,“我们发现了好多好多像这粒青铜骰子一样供人娱乐的小玩意儿。”布什尔说道,“这个老头,”他指着一位牙齿掉光了的村民,“上个月在山上最小的一间房子里发现了一副象牙制成的雕刻精美的国际象棋棋子。我们的祖辈不是塔利班。”塔利班禁止国际象棋。“而且他刚刚卖给赫拉特商人一扇雕刻得很漂亮的木门,赚了很多钱。这扇门有一米半高,上面雕着老虎捕猎的场景。”

“这些东西你卖多少钱?”

“这个,”布什尔回答道,拿起一个 12 世纪的大口水壶,上面有粗线条的波浪纹路,“值一两美元——价格不错。这就是为什么我们会在这里。门或象棋棋子能卖更多的钱。但可能也卖不了多少钱。人们在城市被烧毁前一定拿走了很多东西。”

“烧毁?”

“是的。大多数房子里都有烧焦的顶梁。”

“古尔过去有一座非常有名的城市,叫作‘绿松石山城’,被成吉思汗烧毁,从此就消失了。”我说道。这些人都是文盲,我不确定他们以前有没有听说过这些。

“这儿就是绿松石山城。”一个来自贝墩的男人说道,那是一个距离这里八公里的村子,“我们两个月前发现的。”

“70 年代的外国专家怎么说?”

“我们记得他们。”发现了象棋棋子的老人答道,“在塔边他们曾经待过的地方有一家旅馆,我们在战争期间把它给炸了。我一直跟那些教授说,我的祖父们相信绿松石山城就在这里。可他们根本不听。你认为我们的部落为什么一直被称作费露库希艾马克(绿松石山城的艾马克人)?这些外国人不知道怎么挖;他们进展得太慢了,一次只挖几厘米。他们只找到了犹太人的墓石，那就在地面上。他们应该像我们这样挖。”

“我们小时候都听过绿松石山城的故事，那是古尔王朝的首都。”第二天早上，另外一个人说道，“传说有一条用木质横梁建造的栈道，架在河上长达几公里，因为对于来往的骆驼商队来说，这里的峡谷太窄，而其他道路又太陡了。宣礼塔下面还有一条隧道，从河底穿过，向上可以直达山上公主的宫殿……”

“而且，”老人打断道，“在城垛上有两只巨大的金鸟，其中一只被熔炼了，铸成了赫拉特清真寺中的那口大锅。”

“在我们村子，”那个来自贝墩的人说道，“曾经发现了一些武器，我父亲说那是成吉思汗第一次进攻被击退的地方。那一年差不多就是这个季节，地上仍有积雪，他发起了第二次进攻，从卡门集派出一支军队冲上了古老的木栈道。”

“这座城被毁了两次，”布什尔补充道，“一次是因为冰雹，一次是因为成吉思汗。”

“三次，”我说，“你们正在毁掉剩下的部分。”

他们都笑了。

古尔出土的供娱乐用的小玩意儿和大口陶瓦水壶

埋在土里的遗迹

如果这里真的是绿松石山城，那么贾姆尖塔的砖石就是用加兹尼臣民的鲜血筑成的，而这个村庄正在挖掘的便不仅仅是一种单一的阿富汗文化的遗迹。作为地处丝绸之路上的一个王朝的首都，绿松石山城容纳了12世纪从整个亚洲传来的艺术。伊朗瓷器的新颖色彩和主题，塞尔柱金属器具的新样式，可能与古尔人在建筑上的创新息息相关。我们对于这个时期所知甚少，因为成吉思汗不仅埋葬了绿松石山城，也消灭了东部伊斯兰世界其他伟大的城市，屠杀了当地的学者和工匠，将中亚的灌溉良田变成无水的不毛之地，给穆斯林带来了严重的打击，使其几乎无法恢复。绿松石山城可以告诉我们很多，不仅仅关乎阿富汗，而且关乎蒙古人统治前整个亚洲那失落的荣光。

编年史作者术兹札尼，生活于这座城市的巅峰时期。他曾写道，星期五清真寺塞满了从德里抢劫来的印度财宝，在“宫殿的堡垒处摆放了五座镶嵌着金子和两只金胡玛鸟的尖塔[1]，每一只都有骆驼那么大”。术兹札尼经常被人指责说对这个城市的描述失实，但是村民们的发现却证明他的说法可能是准确的。位于两座巨型尖塔之下的宏伟的

---

[1] 如果村民们是对的，那么这些就是镀金青铜而非纯金的，并且被熔铸成赫拉特清真寺的著名大锅。据信委托制作这口大锅的人，正是古尔王朝最后的直系子孙，所以，他很可能在这座城市衰亡两百年之后，重新利用了一件传家宝。

星期五清真寺曾经应该是跨越哈里河，占据了整个峡谷的底部。在清真寺上方，一堵由紧密地挤在一起的房子形成的墙几乎是垂直升起，与山脊线上的城堡相连。这座城市反映出古尔人对于景观的理解，体现在他们的建筑中，体现在他们对于陶瓦装饰、书法和瓷砖工艺的大胆运用上。然而，现如今只能通过孤零零的雄伟尖塔一窥这座城市往昔的壮丽。

村民们的挖掘已经造成了极大的破坏，这个地方可能再也不能揭示更多的古尔时期的神秘文化。大多数艺术品珍宝正途经巴基斯坦和伊朗被运往欧洲市场。但即使是那些散落在深沟周围的残片，都在暗示着这一文化曾经是多么的不寻常。

在齐斯特，古尔人通常把房子建在山上，我本来认为这种做法并不符合他们那个时代的经济和行政惯例，但我并没有想到他们把这一特点发挥到了极致。这个山谷几乎不到一百米宽，而且非常贫瘠，连布什尔的山羊都饿得没有力气走路。这个城市所需的食物、饲料及各种商品一定都是从外面运进来的，要么是从我们刚刚经过的雪道，要么是——如果村民们是对的——经由哈里河河面上那条长达五公里的厚木板栈道。

山谷两侧的石壁非常陡峭，容易发生崩塌，很难建造房屋。低处的房子一天应该最多只有一个小时能够照得到阳光。没有易行的道路可以通往古尔人在赫拉特、巴米扬和加兹尼的王国，更不用说去德里了。尽管如此，村民的发掘说明八百年前，在这个遥远的、不尽如人意又不适宜居住的峡谷中，居住着比今天古尔任何一座城镇都要多的人口。这充分说明了古尔人在当时的实力，以及他们对自身起源于山区的强调——与竞争对手平原地区的游牧部落恰成对照。

绿松石山城仅仅是普遍遭到破坏的阿富汗文化遗产中最引人注目且最晚近的受害者。对于这些历史遗存的兴趣和挖掘资金主要来自日本、英国和美国的交易商和收藏家。我离开村子后的一个月，来自贾姆的物件——它们被称为来自塞尔柱或者波斯，以隐藏其阿富汗出身——已经出现在伦敦的艺术品交易市场。

文物掠夺是一个古老且富有争议的问题，因为有利可图，几乎不可能禁止。[1]但是在贾姆的情况则相对简单。这是一个具有历史重要性的孤零零的小遗迹，位于易于被隔绝、管理和监督的偏远地区。任何从贾姆流向国际市场的文物都不是偶然发现之物，而是蓄意偷走的。当地的村民挖一天只能挣一两美元，其实考古队可以雇佣他们进行正式的挖掘工作，而非相反。相比于赫拉特的其他物品的跨境贸易，伊斯梅尔汗，这个省最有权力的人，并没有从贾姆的非法文物交易中挣到多少钱。他本可以把为遗址提供安全保障视作一个与国际社会合作的机会，这样所费无几，也无可争议。任意一位体力尚可、责任心还不错的外国考古学家，拿到不错的基金资助，随时都可以进驻来保护遗址。但是，我猜国际社会在为时已晚之前是不会行动的，而且我说中了。[2]

---

[1] 甚至在公元前 2000 年，古代埃及人就已开始这么做了。因此，在金字塔周围或之后土耳其米达斯王的坟墓四周，都精心布置了安全防范措施。

[2] 2002 年联合国教科文组织（联合国负责遗产保护的机构）访问了贾姆，举办了更多的研讨会，宣布其为“世界遗产”，但是没有采取任何举措以阻止掠夺。2002 年 8 月中旬，该组织仍旧拒绝承认洗劫的规模以及被搬走文物的价值。结果，他们继续声称这座尖塔“可能是一座胜利之塔”，而不承认古尔王朝的首都已被发现，且正在被毁灭。安德里亚·布鲁诺教授曾领导了 20 世纪 70 年代的挖掘和最近联合国教科文组织的造访，他仍旧坚持“‘绿松石山城’目前仅仅是一个传说”。2002 年 11 月，当我在大英博物馆的研讨会上遇见他和其他人时，得知一位考古学家将于 2003 年 4 月开始在贾姆遗址上工作，也就是我造访该地十六个月之后，而在那之前村民们早已经搬走了所有他们能搬走的东西。

就在我即将离开绿松石山城遗址之前，布什尔的儿子阿卜杜拉向我展示了他在当天早上新发现的三件文物。它们表明12世纪的古尔王朝在某种程度上比起今天赫拉特的政府更加开放。一件是一枚瓷器碎片，有着设计精美的釉里红图案，这是八百年前经过四千公里的商路从中国进口来的。第二件是一枚硬币，描绘了琐罗亚斯德教的拜火教徒，这是贾姆尖塔上所表现的复杂宗教混杂体中的要素之一：希伯来人的墓碑说明这里曾经有犹太教徒；当地人可能是印度教徒；古尔王朝的陪都巴米扬则被两座大佛占据。[1]第三件是一块盘子边缘的碎片，上面画着一个身穿鲜艳彩色长袍的男子，头顶光环，盘腿坐在一座花园里布道。摩尼，即现已消亡的摩尼教的创始人，就被人们认为与鲜艳的长袍和花园有关。人们一直认为摩尼教徒在绿松石山城之前几个世纪就已离开了这一地区，但是这枚碎片让我怀疑，他们是否在古尔王朝的保护下一直在此地生活到成吉思汗入侵之时。

绿松石山城遗址发现的文物

“这几件东西显示出绿松

[1] 在中世纪穆斯林占领的亚洲地区存在众多的信仰。在伊朗和伊拉克西部的山区至今仍有雅兹迪教，这是一个融合了伊斯兰教、琐罗亚斯德教和天主教，崇拜一个具有孔雀形象的堕落天使的教派。他们的传统圣像包括巨大的铜鸟——让人想起城墙上的胡玛鸟。他们所崇拜的孔雀，被描绘的就像布什尔向我展示的古尔人黏土盘上的孔雀。

石山城和阿富汗文化方面非常有趣的事情。”我说着，把它们递还给阿卜杜拉。

“我不懂这些，”他回答道，“而且我不会卖掉它们。”他微笑着说：“我喜欢这个盘子上的人，我想我会留着他。”

从贾姆到恰赫恰兰

巴布尔和我在赛义德·欧玛尔那里吃得很好，但是我们大多数时候靠干馕生存，它无法提供太多的蛋白质。我已经行走了十四天。尽管有抗生素，我的肠胃仍旧非常虚弱。我盼着早点到达恰赫恰兰，在巴布尔在位的时候那里是地区首府。尽管大雪封路，但我听说恰赫恰兰还有一条飞机跑道，英国士兵和红十字会的一个小分队还在那儿。我想象着能在一个单人房间里休息一整天，可以讲英语，并且在继续行进到哈扎拉贾特的山区前可以给巴布尔找到一些肉。

接下来的四天，我们继续走在狭窄的小路上，穿过了贝墩村。根据当地人给我看的一个蒙古剑头来判断，蒙古军队对绿松石山城发动的一次袭击曾途经这里。按照术兹札尼的描述，他们长途跋涉的进攻使古尔人感到惊异，就像现在我所进行的徒步行走一样，那是“地上仍有积雪”的季节。我第一天晚上住在加尔，第二天晚上在彻斯麦·撒齐纳，第三天晚上在巴拉·郝耐，第四天晚上到达了恰赫恰兰。这片地区海拔更高，雪下得更大，我们大多数时间都在雪地里穿行。

在印度的喜马拉雅，村民们用宗教神话来描述地形。他们会说“这座山是湿婆跳舞的地方”，或者“这片湖是阿朱那的箭形成的”。但是就像阿卜杜·哈克一样，艾马克村民则用与暴力或者死亡有关的行为说明地形。人们指给我看年轻的指挥官毛拉·拉西姆·达德曾经狂奔了一百码的地方，当时他遭到马杰尔坎达人的伏击，受了致命伤。然后，人们又指给我一个年轻人的墓地，他在前往难民营的途中死于饥饿。

苏格兰高地的许多地方也由于暴力行为而被人们所牢记：比如，阿德沃里的斯图尔特射死一个麦克唐纳袭击者的地方，或者麦克格雷戈尔斩首阿德沃里的连襟的地方。在苏格兰我家附近的地区，盖尔人的地名还记录着死亡：如“哀痛之地”，或者“哭泣之野”。但是在这里，地名所记录的都只是短短几个月前才发生的事件。

这里的人不只被俄国人折磨，还受到一个又一个团体的侵扰。坦吉亚的定居点现在只剩下一排红色的泥柱子，像腐烂了的巨型牙齿。加尔的学校已被摧毁。每个人都知道这些事是谁干的。他们眼睁睁地看着它们发生。

在离开贾姆的第二天下午，巴布尔和我从彻斯麦·撒齐纳开阔的雪地转而进入一个从干道上看不见的小山谷。当我们走到一条小溪和几座泥房子旁的一排光秃秃的银色白杨树那里时，一个男人向我跑来，喊道：“欢迎，欢迎。”他紧紧地握住我的手，吩咐一个人去喂巴布尔，然后领着我直接走进他的客房，并没有问我是谁。

这是帕安德医生，一个和哈比布拉·舍瓦尔一样的兽医。他的房间里贴着希克马蒂亚尔抨击俄国和美国的海报：“让我们联合起来，赶走红色和黑色帝国主义。”他同两个仆人以及他受伤的兄弟住在一起。帕安德医生让他的仆人们给我拿一些吃的。他们微笑着，但没有动。医生笑了笑，自己起身去拿。当他走出房间时，仆人们捡起我的夹克，仔细检查了所有口袋。听到他回来的声响，他们坐回门边自己的位置上。

帕安德医生的兄弟走路时拄着一根拐杖，跛脚。他为阿富汗援助组织工作，三个月前，即道路被大雪封锁之前，他乘坐的一辆吉普车开到了路的尽头，遭遇到伏击，腿上中了三颗子弹。他身边的司机头部被击中，一命呜呼。帕安德有足够的钱送他的兄弟前往巴基斯坦接受手术。他的兄弟刚刚出院，大腿上打了六根钢钉。他告诉我，那次袭击是一个误会。伏击者以为吉普车是阿卜杜勒·萨拉姆指挥官的，这位指挥官杀了四个来自巴拉·郝耐的人。因为伏击者是文盲，他们不认识阿富汗援助组织的标志。他们表示了歉意，因此没必要把这件事闹上法庭。[1]

帕安德医生说服他年轻的仆人为我做向导。天刚亮，我们便出发穿越一座刚刚下过雪的高原。放眼望去，似乎看不到尽头，好几个小时都没有发现一点儿有人经过的痕迹。雪很深，没过了我的靴子，最后浸湿了我的双脚。向左望去，山脉如波涛般起伏，延绵不绝，波谷又波峰，波谷又波峰，长达六十公里。我拿出墨镜，但是向导没有，我便把自己的借给他。在平坦的、没有阴影的雪原上，刺眼光线使我只能看清前面几码的距离。我不知道我们是在爬坡还是在下坡，半个小时没戴墨镜的我几乎什么都看不见了。闭上眼睛，强光在我的眼皮底下闪耀，我感到头痛。这个年轻人迷路了，我们多花了两个小时才穿过高原。

---

[1] 显然，阿卜杜勒·萨拉姆在我访问此地之后的第六个月进行了报复。古尔的居民告诉人权观察组织，2002 年 8 月下旬，伊斯梅尔汗下面的一名指挥官，即阿卜杜勒·萨拉姆，在恰赫恰兰附近一个叫作巴拉·郝耐的村子袭击了一个敌对方的指挥官。他杀了这名指挥官，俘虏了其军队的几个人，折磨并杀死了他们。“尸体送还给了他们的家庭，”一个居民说。这群人在折磨俘虏时损毁了他们的肢体：“当这些家庭收到尸体的时候，他们看到亲人们的手被砍断了，眼睛被挖出来，耳朵被割掉，很明显在监狱里受到了残酷的折磨。”《人权观察组织报告》，2002 年 10 月。

黎明时的礼拜者

穿过雪原之后，帕安德医生派的向导离开了。我继续前进，在太阳刚刚跳出地平线的时分到达了巴拉·郝耐。南面山坡上的雪已经融化，露出芥黄色的土壤。白雪覆盖的山顶呈现出一种温和的淡紫色，远处的泥房子像涂了油一般闪耀着。村子里，头人比斯米拉在街上盘问了我半个小时。他邀请我进屋时，他的狗攻击了巴布尔。我用手杖猛击地面，想要吓退它们，结果手杖从中间折断了。除了我，所有人都笑了。晚饭时，他们给了我干面包和一碗放了糖的水。那一晚，我和九个人一起睡在地板上。

我的主人四点半起床，出去了一趟又回来，洗完手和脚，便开始作礼拜。星光渐淡，雪峰上的天空更显苍白，但是天还没有大亮。因为在前一天走了十一个小时，这时我仍旧筋疲力尽，想要多睡一会儿。比斯米拉作完礼拜后，给火炉添了柴火，和我一起躺在地板上的其他人立刻卷起他们的毯子，然后跪成一排面朝西边麦加的方向。天很冷，他们作礼拜的时候打着哆嗦，秩序混乱地各自念诵、叩拜。

比斯米拉的儿子

毛拉念诵了《古兰经》中一段长长的章节，陶醉于阿拉伯语的喉音。村民们不说阿拉伯语，我怀疑他们除了几句固定短语——“以真主之名”“真主独一”“赞美真主”之外什么都不明白。最后，所有人弯下腰，用洪亮的声音清晰地念道“真主伟大”，然后站起来又跪下，向左右两边的人说了两遍“愿安宁与你同在”。

之后他们靠墙坐下，毯子搭在膝盖上以阻挡严寒，表情严肃地看着我，睡眼惺忪。像哈比布拉一样，他们问我那些听起来像人类学、但实际是基于伊斯兰实践的问题：“在苏格兰，寡妇可以再婚吗？她能保留多少她丈夫的财产？她能嫁给她丈夫的兄弟吗？”

毛拉告诉我他会背麦尔彦章，这是有关尔撒的母亲麦尔彦的章节，以显示穆斯林们多么爱尔撒。这也是在贾姆的宣礼塔上铭刻的那章。

我走出屋子。东边的山梁上浮现出一道细细的黄光，白雪在暗色的天空下泛着亮光。我挠了挠巴布尔，他费力地伸腰、呻吟、打滚，最后站了起来，面朝南方，用四声粗哑的犬吠迎接清晨。这个村子就是帕安德医生的兄弟遭袭的地方。看得出山上的墓地刚刚被挖过。我经过的几乎每一个村庄都在挖古董，通常是在古墓里挖。村民们给我看了腐蚀的矛头，带有雕刻的陶瓦罐，以及他们从骷髅的手腕上摘下来的青铜手镯。

阿姆鲁丁医生——三天前我在加尔的主人——是第一个带我进入阿富汗家庭的私人住所的人。当我们走进点着油灯的昏暗房间时，女人们四散开躲进阴影里。但是我看到她们戴着药盒帽和鲜艳的头巾，黑色的染料让她们的眉毛显得很浓密。之后，阿姆鲁丁拿出了高度风格化的陶制女性头部雕像，这是他在山上挖出的宽口陶器的顶部，它们被饰以深棕底色配白色泥釉，或是红底色配亮黄色泥釉。头像上的眉毛用夸张的黑色釉彩描画。在沿途的许多村庄，我都看到了同样的宽口陶器头部雕像，它们有着同样的眉毛和同样的尖下巴。

帕安德医生的房子往西，我们路过了达含·楚古尔的“蛇石”。这是一根四米高的柱子，用粗糙的泥沙砾建成，扁平的柱头向前弯曲，颇像蟒蛇的头。村民们在它旁边发现了一个前伊斯兰时期的墓葬遗址。蟒蛇崇拜是印度喜马拉雅地区存世的最古老的宗教，[1]我怀疑这里是否也曾出现过。

但是又一次，村民们对于记录或保存历史证据并无兴趣，不断挖出不同时期的物件。他们发现八九个人被埋在一个墓里，墓中放着木碗；还发现了极小的泥房子，其中存有陶器。但是这些遗迹是彼此相关联的吗？是谁做出了这些描绘着骑在马上举起长矛的男人的木碗？他们和村民们发现的那些长矛、头盔和盾牌的主人是同一批人吗？

我花了半个小时把玩一片花瓶的残片，这个花瓶的直径应该有两英尺，上面饰有黑色、奶油色、红色和棕色的图案。在一个白底圆圈的中央，清晰地画着两个黑色等腰三角形、一个有着螺纹边的等边三角形、一个螺旋纹、一个椭圆形和一只人的眼睛。这只超现实的眼睛巧妙地平衡了这些几何图形。这样的构图大概来自前伊斯兰文化，但是我们同样无从知晓，哪种阿富汗文化才是这些奇怪而自信的符号组合之来源。

[1] 蛇崇拜对于崇拜孔雀的雅兹迪教也很重要。

小小领主

从贾姆到恰赫恰兰这一路上，唯一一位和我攀谈过的封建领主只有十二岁。[1] 他从巴基斯坦被召唤回来见他的父亲莱依斯·萨拉姆汗，与一小队家臣骑行了一个月。我在贝墩村遇见了他，在那里人们给我展示了蒙古人的箭头。他的父亲是卡门集的司令官哈吉·穆赫辛汗的姐夫，是一个不受欢迎的人。很多村民告诉我，他曾窃取土地，还与塔利班合作，现在正东躲西藏，因为他杀过几个伊斯梅尔汗的人。但是他十二岁的儿子正像一位年轻的王子一样骑马前往恰赫恰兰。

六个保镖跟着那男孩走进我所在的房间。我站起来欢迎他，他会意地把他的小手放进我的手里，然后才在房间的主位坐下。他那浅褐色的长大衣——与他的舅舅哈吉·穆赫辛穿的那件一模一样——突显出他是多么的娇小。相比之下，我感到自己个头很大，蓬头垢面。他连续用抑扬顿挫的嗓音介绍自己，然后用英语补充道："这里太脏了。你不会生气吧？"

---

[1] 我几乎没有遇到这一地区的大指挥官和首领。我的主人都是较小的艾马克头人，拥有少量的财产，比如，巴拉·郝耐的比斯米拉医生开了一家机修店，而阿姆鲁丁医生和帕安德医生则是像哈比布拉·舍瓦尔医生那样的兽医。第一天，我看到一名首领的儿子骑着白马缓缓地穿过雪地，但是没有靠近我。第二天，一位老首领骑着马从我面前穿过雪地，一队武装人员跟在他后面跑。他告诉我，他们受召前往赫拉特，去见新总统。

“我非常喜欢。你不喜欢吗?”

“我对这里不是很熟悉。我在巴基斯坦的一所寄宿学校学习。一所教《古兰经》和英语的学校。”他轻抚脸颊上细软的黑色胡须。我已经两星期没有听到英语了。“一所极其优秀的学校。我非常喜欢巴基斯坦,我们在白沙瓦有一座大房子。但是我担心这些人都是农民,他们是没有受过教育或者没开化的人。是的,”他总结道,“我更喜欢巴基斯坦。”

“噢,你不应该这么说。他们会失望的。”

“恐怕他们会的,”他蹙着眉,“但是他们不会说英语,你也不会告诉他们我说了什么吧?拜托。”

“当然不会。”

“好的。我喜欢你。”

“你为什么来这儿?”

“因为我爸爸召唤我。我已经四年没有回过阿富汗了,这些对我而言都很陌生。我不得不从奎达入境前往赫拉特。我想我爸爸有麻烦了,他想让我回来帮助他。可我更想待在学校。但是我已经十二岁了,是他最年长的儿子。我能怎么办?”

“你的弟弟们在哪里?”

“在巴基斯坦。请告诉我——你要去哪里?”

“去恰赫恰兰。”

“那你应该和我一起走,我要去恰赫恰兰。你可以与我同行。”

“你什么时候走?”

“我会在大约两周后到达那里,现在不是很安全。去见我爸爸之前,我们准备先去查看他的几处地产。你要和我一起走。这样我就能练习英语,你到恰赫恰兰会和我还有我父亲待在一起。”

“恐怕我想更快一点到达恰赫恰兰。”

“多快?”

“三天。”

“可是你怎么可能走那么快？你没有马。我会给你骑我的马。”

“谢谢，但是我真的必须徒步。”

“我真希望你能成为我的朋友。我在这里没有朋友，他们的年纪都很大。”

一位老人出现在门口，对男孩耳语道，“阁下”。

“这是我的家臣。”男孩说，“他是一个好人，知道很多事情。你应该见见他。阿卜杜勒，这是罗瑞，他是苏格兰人，正在徒步穿越亚洲。”

“愿您平安。”阿卜杜勒说道，“但是阁下，我们该启程了，天要黑了，路上会很危险。”

“好，好。那么希望在恰赫恰兰见到你。”

我再也没有见过他。我最后一次听到他的消息时，他的父亲仍在躲避联军和伊斯梅尔汗。

也许因为生病了，我经常被村民和村子里的待客之道所激怒。第十四天，当我徒步五小时，成功地走出雪原，转进一个村庄希望能找到午餐时，我被丢在雪地里，背着背包站了半个小时，等待头人决定是否和我说话。而另一个村民告诉我，我在天黑前绝对到不了巴拉·郝耐。最后我咆哮起来：“好，就这样。如果这里不欢迎，我现在就去巴拉·郝耐。”我转身向外走。直到这时头人才邀请我进屋，给了我一些干馕。饭后，我发现了一条水沟，这是解决腹泻的好地方，于是半个村子的人跟着围观我如厕。回到村子里，头人的儿子问我他能否试试我的相机，然后开始将镜头对着地面，不断地按着，按着，消耗胶卷。我从这里到喀布尔只剩下一卷胶卷。那天余下的时间里我一直非常愤怒。那一晚我梦见自己正在买去威尼斯的飞机票。

白天，在到达恰赫恰兰之前，又只剩下我和巴布尔，我们循着一行没入雪原的足迹，眯起眼睛对着朝阳。巴布尔经常停下，追查在寒风中的气味或者撒尿。许多次我又转身走回来，晒一晒小山丘上充沛的阳光，观察我们在雪地里的足迹，或者调整我的背包。走了二十分钟后，我们才开始进入状态，适应周围的寂静和广阔的空间。这里没有鸟鸣，深蓝色的天空纯净高远，万里无云，唯一的声响是背包发出的有规律的嘎吱声，以及我们脚下坚实的积雪发出的咯吱声。

我们到达了一个村庄。下一个村庄有十五公里远，我想让巴布尔喝点水。干道以外，雪有齐膝深，巴布尔小心地踩着我的脚印前行。我怀疑他可能担心踩到地雷。哈里河冻上了，我用手杖的残余部分砸了许多次才砸开冰层。巴布尔只是站着，抬起头，注视着群山。我试着拉他低头，但是他又把头抬起来。我们在前一天下午没有找到水，而且我知道往后的一天都没有水。我在冰洞边蹲下，撩起一些水，滴在他的鼻子上。最终，他在雪地里伸开前腿，小心地向前探出脖子，开始喝水。他喝了足有三分钟。

当我们重新从雪野走上小道时，被一个扛着卡拉什尼科夫枪、领着一群年轻人的男人叫住：“嘿，小子！你要把那条狗带到哪里？”

“喀布尔。”我说。

他走近盯着我。但也不是很靠近，因为他担心巴布尔。

“你是外国人吧？”他说。

“是的，我来自英国。”

“来自印度……”他若有所思地说。

“不，英国。”

“是的。”这个地区的大多数人没有听说过英国，不过他们听说过美国。一些人甚至听说过世界贸易中心，但是关于它发生了什么，或者为什么联军要轰炸阿富汗，他们没有真正的概念。他停顿了一会儿，然后突然嚷道：“把你的狗给我。”

“不，这是我的狗。他和我一起走。我要带他去英国。”

“把狗给我，你就可以走了。”他又说了一遍。巴布尔和人群冷漠地看着我们。

“凭什么？”我喊道，“你以为你是谁？这条狗是巴拉·郝耐的比斯米拉给我的。昨天晚上我在他家做客，他是我亲密的朋友。如果你有疑问，你去和比斯米拉说。”我几乎不认识比斯米拉，巴布尔也不是比斯米拉的狗，但是这人看起来突然犹豫了，也许因为他看到这个带着一只脏兮兮的动物的人在和村子的头人说话时，语气充满自信。

“这是什么意思？他是谁？”他对年轻人说。

“我们听说昨晚有个外国人住在巴拉·郝耐的比斯米拉的家里。”

“那这是比斯米拉的狗。”

“可能……”

“就是这样，确实，”我冷冰冰地说，“现在我可以走了吧……”然后从他身边走过。巴布尔正趴在地上，但是我太着急了，没法考虑他的意愿。我猛地一拉他的颈圈，拖着他穿过雪地，直到他自己有意识地走起来，我们大步离开了。冲着人大喊大叫可能很危险。有十分钟，我都在等着听我身后的什么声音或一声枪响，但是什么都没有发生。

蛤蟆镜

黄昏来临前，在独自走过一连串峡谷之后，我到达了古尔省的省会恰赫恰兰。这座城镇由沿河散布的泥砖建筑群组成。我朝着城镇东边的军用机场走去。身穿牛仔裤、扛着大型自动武器的金发男人们从一个英国军队配给袋里拿出咸牛肉薯饼，正在喂一条阿富汗犬。

他们看见我牵着巴布尔走过来，穿着一身发臭的阿富汗服装，其中一个人用伦敦东区考克尼口音说道："这是谁?"。

我用英语回答了他。他们停止大笑，其中一人问我是否为英国政府工作。我说不是，我在休假。

"你看起来真的像在休假。"他说着，笑得更厉害了。

我在沿途的许多村子听人们说过恰赫恰兰机场的人。村民们喜欢他们。巴拉·郝耐的头人比斯米拉曾经说："英国士兵有着像马一样宽阔的胸膛。我们希望他们有更多的人来这里维护和平。每天早上，他们把脚钩在吉普车的保险杠上，双手撑着地面，推着身体下去起来，上上下下两百次不停歇。我不知道这是为什么。"

这些人的身份决定了他们并不探讨自己在做什么，所以我没有停下来询问。他们的处境很艰苦——被直升机扔在阿富汗中部好几个月，距离最近的补给地也有两百公里远——但是他们没有表现出来。他们为我泡了一杯加了牛奶的泰特莱红茶，送给我一大条吉百利牛奶巧克力，然后我跟他们谈了一点我的旅行。他们似乎很喜欢这个故事。他们很有趣，也很随和。我喜欢他们，而且讲英语令我感到神清气爽。当我离开的时候，他们给了我一本有关机场的惊悚小说，一些口粮，一些夹心车轮饼，装在印有玛莎百货的袋子里；还有一些给巴布尔的肉。这对来到恰赫恰兰的我而言是一个不错的欢迎式。

1995 年塔利班占领了恰赫恰兰，并且立即处死了六十四名缴械投降的北方联盟的士兵。2001 年 10 月 20 日，我到达此地的三个月前，塔利班撤退了。一些恰赫恰兰人过早地出来庆祝。一个塔利班纵队杀了个回马枪，在大巴扎碰到他们，于是从正午到下午两点之间就杀死了四十四个人。

我穿过巴扎时看到一些金发的孩子。阿富汗人通常是金发的。他们自己有时说这是因为他们是亚历山大军队的后裔，但是很可能在亚历山大到来之前该地已有金发居民。[1] 然而，机场的陆战队员认为这些金发阿富汗人是俄国士兵的后代，恰赫恰兰曾是俄国在阿富汗腹地少数的永久基地之一，曾有俄国士兵驻扎于此。巴扎里的阿富汗人告诉我，有一名俄国人被抛弃了，改信了伊斯兰教，在俄国人撤退后仍旧在恰赫恰兰待了十二年。他们不会告诉我他住在哪里。

那天晚上，我发现了镇子里的其他外国人。国际红十字会办公室有三位成员：一名瑞士的管理者，一名荷兰人，还有来自伦敦附近某地的科林。他们似乎都曾经在卢旺达工作过。现在他们在被称作“饥饿带”

[1] 中国的编年史家在耶稣诞生很久之前就形容蒙古的野蛮人长着红头发，而考古学家在中国西北部已经发掘出了保存在干燥空气中、有着四千年历史的红头发的干尸。

作者与巴布尔在徒步旅行的中间点

之中心的恰赫恰兰，协调食物援助，运行进出的航班。由于大雪封路，进出这个城镇只能通过飞机或步行。他们有一百七十五辆运送粮食的卡车被大雪困在从赫拉特来这里的路上。第二天，巴扎里的人们听说我认识红十字会的人，于是围着我要额外的配给票。

国际红十字会的人似乎对让自己生活得更舒适毫无兴趣。他们不会去巴扎购买当地的肉和蔬菜，因为他们觉得这样价钱昂贵，而且人们反对他们用空运飞机进口外国食品。他们已经靠着米饭和馕，加上一袋袋草莓酱生活了一个月。他们似乎对这个地区的历史和文化都没什么兴趣。他们也不与士兵们交际，因为想要保持中立。这一定相当压抑。但是他们对我非常友好，与我分享米饭晚餐，破例让我睡在他们办公室的地板上，之后还给了一些食物让我带走。

第二天下午，对阿富汗实行国际干预的第三支柱机构乘着两架巨大的支奴干直升机抵达了。直升机从东边山上的低空扫过，机枪手坐在敞开的机尾部。两名三十岁上下的外国公民在左右士兵的跟随下现身了。一名是德国人，戴着吉德拉尔帽子。另一名是个魁梧的爱尔兰人，光头，穿着传统长衫裤。他们是联合国的政治官员。

一个月前，有关建立阿富汗未来模式的协议已在波恩签署。五个月内，阿富汗大国民议会要选出新政府。拉赫达尔·拉希米作为联合国特别代表负责这个进程，他给他的政治事务办公室配备了一些侨居阿富汗的最有能力的雇员：他们能说流利的达利语或波斯语，在阿富汗工作了许多年，对当地乡村文化十分了解。但是这寥寥数人却不得不应付外国政府、联合国其他机构、军阀、国际组织和阿富汗技术官僚之间相互冲突的利益关系。他们了解太多当地的真实情况，因而不受阿富汗新政府或者国际官僚机构的欢迎。截止到当年年底，他们就被转而派去处理一些基本上毫无意义的工作。

但是，在此刻，他们仍旧掌管此地。德国人和爱尔兰人乘吉普车来到这个镇上唯一的混凝土建筑前。这幢建筑连屋顶平台的边缘处都挤满了围观者，每个窗口都人头攒动；门前的广场上还挤着一千来人。这几名外国人走下吉普车，穿过人群，和人们握着手。这一天阳光明媚，每个人都享受着温暖。

爱尔兰人站在麦克风前用达利语解释阿富汗大国民议会的进程。他讲话的时候，看到了人群中的三名外国人：来自红十字会的科林、我以及一个来自机场的士兵。他冲我们微笑。我们回之以微笑，我猜每个人都对身处阿富汗中部感到惊讶。

爱尔兰人向听众解释他们可以为阿富汗大国民议会选出一种新型的代表。传统上这个议会由像卡门集的司令官哈吉·穆赫辛汗这样的封建领主和地区首领所控制，新的计划使更多的普通人，甚至女性能够被提名。每个人都鼓起掌来。然而，我怀疑是否每个人都觉得这有可能。哈吉·穆赫辛当然想要加入阿富汗大国民议会，而且大概没有村民敢站出来反对。三个月后，就在喀布尔的议会召集之前，来自古尔的三名新阿富汗大国民议会代表被地方民兵杀害了。

古尔的新长官易卜拉欣博士站起来谈论民主。他戴着头巾和一副很大的飞行员墨镜。

“不要用‘民主’这个词，这是非伊斯兰的。”他身旁的一名毛拉喊道。

“‘民主’不是一个阿拉伯词汇，而是英语。”易卜拉欣博士回答道。

“好吧，如果这样的话，那可以。”毛拉说。我不认为这一对话对任何人有任何意义，但是每个人看起来都很满意。

半个小时后，直升机又起飞了。

第二天早上，我离开了恰赫恰兰。我已经休息了两天，但我没有如愿得到良好的休整。我在红十字会院内守夜人房间的地板上睡了一宿，在镇中心打扫干净的驴棚里度过了寒冷的一晚，还有一晚睡在阿富汗援助组织的办公室中。但是我的主人们太忙了，想让我一早就离开。在那几天中，白天我没有事情可做，只能背着背包，疲惫地徘徊于巴扎的两家茶馆之间。巴布尔跟着我。我保存着手杖两端的金属，说服五金商人把它们安在了一个新杆子上。我的日记上一个字都没写。我有偏头痛；努力吃下去的每样东西都让我感到不舒服，所以有一天半我什么都没有吃。

多风之地

我启程半小时后，所有关于离开恰赫恰兰的懊悔都渐渐消失了。我的背包依旧很沉，山很高，巴布尔也不情愿走，但是随着我的肌肉进入熟悉的运动状态，我感到自信和自在正在恢复。道路缓缓地从哈里河上升至高原，然后进入起伏的群山。在灰白小路上的兽迹、脚印和蹄印之间，融化的积雪留下一块块黑色黏稠的泥点。在我的右手边，山峰的轮廓起起伏伏，落下又升起，如同波浪和远洋轮船一般规律，向着东方延伸。

我挤着穿过一群满脸尘土的十几岁少年，他们赶着驴子，戴着破旧的头巾，正争执着谁来骑驴子。看到我的时候，他们用棍子戳向巴布尔，吹起口哨，喊着问话，抽打他们的驴子，使它们猛地冲向我的背包，几乎把我撞倒，他们还告诉我绝不可能在天黑前走到巴德加赫。

我很快把他们甩在身后。一个小时后，我在一堵泥墙旁边坐下，打开了装着英军饼干的绿色盒子，上面标着“饼干水果 S”。我只吃了一块便不想吃了，把剩下的都给了巴布尔，他碰都不碰。最终，下午晚些时候，我们走进了一个山谷。山谷底部有一个古老的泥筑商队旅馆，山坡上有两座泥塔。哈里河几乎全部封冻了，一列光秃秃的白杨树沿河岸伫立着。有位牧羊人坐在河边，吹奏长笛。

这里是巴德加赫，意为“多风之地”，指挥官哈吉·毛杜迪的家乡，他曾经与巴基斯坦支持的军阀古勒卜丁·希克马蒂亚尔结盟，现在是古尔唯一拥有毒刺导弹的人。我有一封介绍信给他，但是他不在。我在家庭磨坊里找到了他十六岁的儿子，全身都是面粉。他不知道该如何应付我，踌躇良久，还是领我走进一间客房，留我在那里过夜。第二天他没有过来道别。我很感谢他让我独自一个人待着。

第二天早上又开始下雪了。走了十分钟后，我拐上岔路让巴布尔去喝水。刚刚在上游，河水结冰了，我看到四个邻近村庄的男人跺着脚径直穿过三十英尺宽的冰面。然后我们绕开哈里河，沿着一个峡谷穿过山丘。一场温和的雪夹冰雹开始了。巴布尔金色的毛皮上竖起一些深色的毛发，每一根上都顶着一颗小冰球。但是有一段时间，天很暖和，无须穿着外套行走。后来冰雹加剧了，我从背包中拽出夹克。太阳藏在厚厚的云层里，我们顶着风雪在褐色的山丘继续走了三个小时。到目前为止，比起巴布尔大帝，我们遇上的雪算是比较幸运的：

> 我们越往前走，积雪越深。在恰赫恰兰，雪积到了马膝以上。离开恰赫恰兰两到三天，雪开始变得极深，没过了马镫。在许多地方，马蹄踩不到地面，而雪还在继续下。
>
> 我们的向导是一个叫作速檀·帕夏伊的人。我不知是因为年老，还是因为心力衰竭，又或许是因为这深得不同寻常的积雪，在迷了一次路之后，他再也找不到路了。我们是在哈斯木伯克[巴布尔年迈的大臣]的推荐下选择了这条路。所以，为了保住自己的声望，他和他的儿子们下马，在清开一片积雪之后，找到了一条路，我们沿此继续前进。第二天，因为雪太多，我们拼尽全力也没有找到路，只好停在原地。

在暴风雪的中心，我的狗巴布尔停下来品味一座湿润的青草山冈上的花丛。当我们继续前进的时候，天气变了，山坡的角度也发生了变化，显露出两边的山谷。我的思绪从记忆里模糊的诗歌转到了自己曾经做过的羞愧不已的事情上。我在这崎岖不平的小道上绊了一下，抬眼望着山峰后的天空，感受寂静。这就是我曾经想象的荒野的样子。

中午时分，我到达甘达波村，从那里离开干道，沿着一条狭窄的小径进入山区。“待在高处，走右边，”村民们说，“千万别走左边。”

当我们爬上半山腰，雪下得更急了，遮盖了我一直跟随的脚印。巴布尔和我跌跌撞撞，一次又一次走进三四英尺高的雪堆里，身上很快就被打湿了。能见度降到了五十码。最终我们爬上了一道山脊，阴云突然消散，露出了一些山峰。但是我看不到道路或者村子的任何痕迹。在我右侧九百英尺的上方好像是山肩和一条可能的小径。我开始穿越深深的积雪向山上爬去，每一步都陷进雪里，走得非常慢。积雪覆盖下的山坡看起来极其漫长。

在这个山坡上，巴布尔躺下了，不愿动弹。天空又开始被笼罩，雪下得更大了。我俯身抱住他。他颤栗着，将空气吸入肺里，发出哮喘患者般的喘息声。我搂了他两分钟，他颤抖着，喘息着，努力呼吸。一阵发作过后，他又能站起来了。我想我们应该下山，但是又看不到任何一条可能的道路。

我们又冷又倦，原本要在黄昏前赶到道拉特亚尔。方向理应往东，于是我起身，拖着身后的巴布尔横越山坡，希望不会碰到冰隙。经过半个小时跋涉穿过更深的积雪之后，我们走上了一道山崖。大雾升起，我看到下一道山脊上有一串脚印通向山下。我们开始跟着脚印走，令人欣喜的是，不一会儿就看到一个深紫色的石制箭头指向一个村庄，渺小的人影在哈里河岸边的白杨树间穿梭。我们奔跑着，滑下雪坡，进入宽阔的希尼亚山谷。

我们从这个村子继续向东前进。我穿过两条半冻的小溪，跨过冰上的裂缝，但是巴布尔不乐意前进，我只好费劲地拽着他走。那时，我们正顶着猛烈的雨夹雪。大雾弥漫开来，遮住了两边低矮的山丘。

我们踏上了一条有汽车痕迹的道路，轮胎留下了一条二十英尺宽的泥泞的深棕色车痕。我的靴子陷进了泥里，所以我走在路边沟渠的冰面上。这样好多了，不过冰面破裂时，我的脚会踩进冰冷的水中。巴布尔现在浑身裹着黑泥。我们已经走了九个小时。

距离道拉特亚尔只有十五公里，大约还有两个小时才会天黑，但是我忘了泥泞和湿雪让我的步伐减慢了多少。在大雪和浓雾中头戴防雨风帽，我感到耳目受阻，如同被囚禁。扯下风帽，又能听得见，看得到了。整整一天都很安静，平原看起来非常广阔。雪花以四十五度角飞进我的眼睛里，令人倍感自由，但是我的左脚冻得像是一块冰冷的铁板。

体能枯竭，但我的腿脚仍在机械重复，这反而在疼痛中创造出了一种愉悦和克制的间隔感。在这个当口，我看到两辆吉普车，亮着前灯，穿越大雾缓缓地向我们迂回前进。这是我到恰赫恰兰之后第一次看到汽车。车子开到我身边时，一扇电动车窗降了下来。车里坐着来自飞机跑道那边的特种部队的小分队。

“你，”司机说，“真是个疯子。”他笑着开走了，把我留在了雪地里。我在部队和外交部工作的时候见过这类人，对他们我想不到更好的夸赞之辞。我心情愉悦地继续前行。

天刚刚黑我们就到了道拉特亚尔。这是在进入哈扎拉地区之前最后一个艾马克人的村庄。它的头人是阿卜杜勒·拉乌夫·卡夫里。在恰赫恰兰每个人都提起他，强调他的封建家庭背景[1]、他在边界地区的地位以及他与哈扎拉人的关系。“他认识哈扎拉人的伯克（即哈扎拉人的首领）。”人们如是说，暗示着与哈扎拉人打交道是奇怪而危险的事情，这让他听起来像是苏族印第安领土边界地区的一名美国上校。

阿卜杜勒·拉乌夫·卡夫里并没有立刻走进客房。他进来的时候，带着一种傲慢的气场，这是自告别哈吉·穆赫辛汗以后我再也没有见到过的。房间里还有很多人，大家全都站了起来。他和我以及其他人一一握手，但是没有想要和我说话。我走出去看了看巴布尔。

巴布尔与我的关系越来越亲近了。他压根不是一条顽皮的狗，如果我靠近他的食物，他会咆哮。如果任何其他人接近，他就会害怕地退后。他正在开始信任我。那一晚，我把他放进一个马槽里，给他盖了一条毯子。作为回报，他用他那巨大的头蹭了蹭我的头。

我相当以他为傲。尽管他喝了使我染上痢疾的水，但还是穿过了一条一万英尺长、四英尺深的雪路，走了十二个小时没有休息。然而，我不确定他是否足够强壮可以完成全部的旅程。我不认为他天生就能每天走上三四十公里的路。

他是一种獒犬，人们驯养他保卫羊群不被狼、狗和人吃掉。在体型上，他类似罗马人从丝绸之路上引进的藏獒；在性情上，类似凯尔

[1] 他是一个来自封建家庭的富裕的军事指挥官。在他之前，他的叔叔曾掌管这个村庄，但后来俄罗斯人在恰赫恰兰囚禁并处死了他叔叔。

特人曾经用来与罗马人作战的英国獒。獒犬可能是世界上最古老的驯化犬种，早期埃及的壁画和亚述人的饰带上都出现过獒犬。他现存的近亲是安纳托利亚牧羊犬，一种散布于整个亚历山大帝国的品种，从土耳其到乌兹别克斯坦都有分布。在土耳其，他们被称作坎高犬或卡拉巴什犬（意思是黑脸的）。大英博物馆藏有亚历山大时期一只獒犬的希腊雕像的复制品。它的肩部有两英尺半高，前爪放在身子前面，坐着，后腿蜷在体侧，头高高昂起，耳朵和尾巴像巴布尔一样被割掉了。

从现在开始，人们会带着几分崇敬地认为巴布尔是一条艾马克狗，从他的体型能辨认出他来自古尔。古尔的狗在关于这个省的最早描述中就被提及，并且总是被归类为极其特别的獒犬。根据11世纪塞尔柱编年史家所述："在古尔有一种相当优良的犬种，它们力气很大，在骨骼和力量上，每一只都堪与狮子相匹敌。"

绿松石山城的国王曾经拥有两条古尔犬，一条以他的名字命名，另一条以加兹尼统治者的名字命名，他会让两条狗互相打架。当其主人不在的时候，靠近它们会很危险。巴布尔这种类型的狗是古尔人进献给塞尔柱贡品的一部分，在伊斯兰文化中广为人知，以至于一位中世纪学者被如是记载："阿维森纳打不过古尔的一条狗。"

第二天早上，穿上两双湿袜子和湿靴子后，我出门向着马槽呼喊。巴布尔没有出来。他正躺在自己的呕吐物中，充血的双眼满是脓液，浓稠的唾液从他的口鼻中淌下来。

我无法忍受离开巴布尔，所以我留下等待，希望他可以恢复。我画了一张阿卜杜勒·乌拉夫·卡夫里的肖像。和我之前的"画像模特"不同，他坚持要保留这张肖像。我还给了指挥官一根他以前从没有见过的雪茄，他没有谢我就急忙塞进口袋里，这也算是一种致谢。

第五部分

哈扎拉人……暴力的什叶派的国家……比艾马克人的还要粗野。这片不毛之地的土壤和严酷的气候都不利于耕种。他们的女人……有着周边国家的女人所不可比拟的支配地位……这里盛行一种叫作 Kooroo Bistaun 习俗，即丈夫把他的妻子送进客人的怀抱。哈扎拉人非常热情、多变和反复无常。

——蒙特斯图亚特·埃尔芬斯通：
《喀布尔王国及其属地》，1815 年

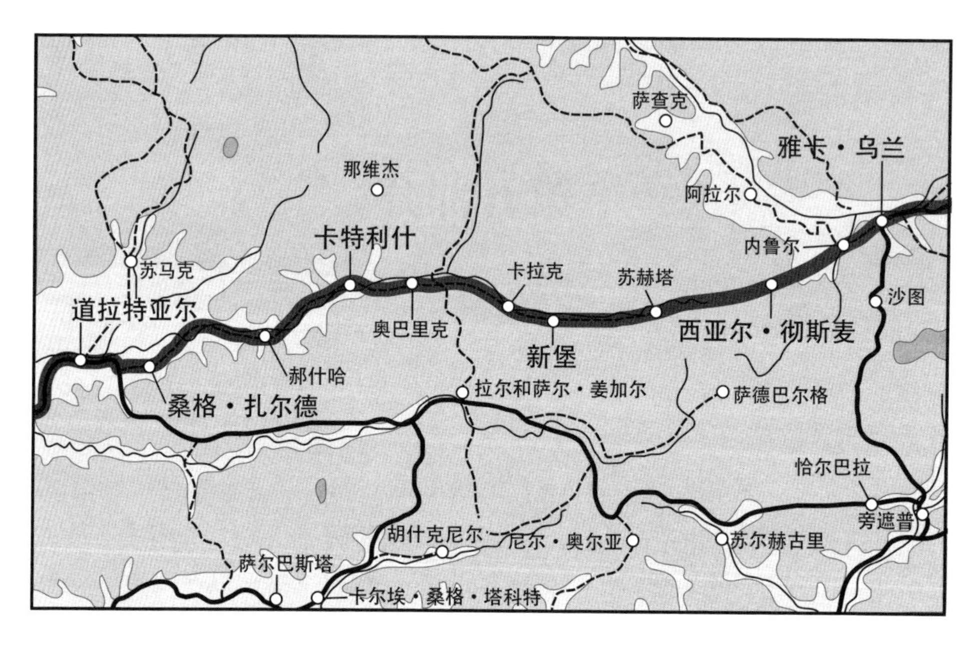

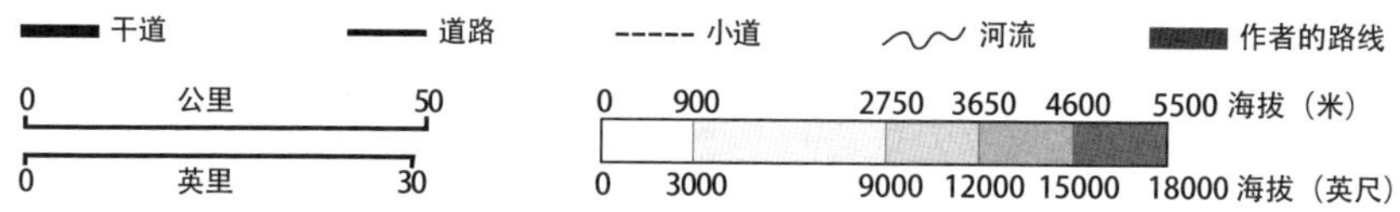

第二十天——从道拉特亚尔到桑格·扎尔德

第二十一天——桑格·扎尔德

第二十二天——从桑格·扎尔德到卡特利什

第二十三天——从卡特利什到新堡

第二十四天——从新堡到西亚尔·彻斯麦

第二十五天——从西亚尔·彻斯麦到雅卡·乌兰

名称导航

过了四个小时，巴布尔睡了一觉之后，看起来恢复了很多。前来查看他的各色村民一致认为他可以坚持一天的短途旅行。十一点左右，巴布尔和我把车轮印抛在身后，转向狭长的萨尔·姜加尔山谷。[1]巴布尔状态不错。在下午的早些时候，我们走进了一个小村落。这是第一次，我在街上看到了女人。她们戴着鲜艳的药盒女帽，身穿点缀着银饰的衣服。她们不仅没有遮住脸，而且静静地站在那儿看着我。我注意到她们的皮肤非常苍白，有着细长的蒙古眼睛，在阿富汗人中很特别。其中一个女孩露出了微笑。中央广场上有一些健壮结实的男人，他们有着高颧骨，面庞宽阔，脸色红润。他们直接邀请我进清真寺。这是我在阿富汗受邀进入的第一个清真寺。而这些人正是哈扎拉人。

他们的先人可能是来自蒙古的殖民者，与成吉思汗的军队一起来到阿富汗中央地带，取代了之前的居民。[2]巴布尔大帝遇到哈扎拉

---

[1] 我们在这里已经离开中央大道而走捷径。普通的机动车中央大道是从道拉特亚尔到莱伊，我们在一周后才从雅卡·乌兰重返这条路的一条支线。

[2] 1911年的《大英百科全书》称：“哈扎拉人有蒙古血统……是成吉思汗带来的军事殖民者的后裔……他们完全取代了哈扎拉贾特和古尔王朝之前的居民。”我最初以为这不过是另一个种族神话。因为19世纪特别热衷于整个种族集体迁徙的观点，因此对欧洲出土的宽口陶器所对应的新石器时代人种，就有论者试图主张他们在人种上与此地原有居民不同。我认定在所有这些种族相遇中，更常发生的是外来者和当地原有居民之间的通婚。但是（转下页）

人时，哈扎拉人已经占领了古尔、喀布尔和加兹尼之间的很大一片区域。他们中的一些人仍旧使用蒙古语，但是大多数人说波斯语。他们的中心地带由痴迷于象棋的祖尔奴·阿鲁浑统治。

巴布尔可能到过这附近的一个村庄，距离恰赫恰兰约五十公里，那时他派遣了六七十人去寻找能够给他担任向导的哈扎拉人。他们空手而归，可能因为哈扎拉人害怕且仇恨他，这是有原因的。[1] 下面是巴布尔在前一年的冬天所写的日记：

> 土库曼哈扎拉人已经在克什山谷建造了他们的冬季居所，现在我们向前推进去袭击他们。
>
> 我们发现了一头属于哈扎拉人的肥胖无毛的骆驼，于是牵来宰了。一部分烤着吃了，一部分风干。我从来没有吃过如此美味的骆驼肉。许多人还分不清这是不是羊肉……
>
> 哈扎拉人在一个狭窄的溪谷，用树枝修筑了一个渡口，固守在此……但是哈斯木伯克［巴布尔的老臣］发现了另一个渡口，并占据了河对岸的落脚点。他骑着马一冲向哈扎拉人，后者就无力坚守阵地，落荒而逃。我们的军队杀进他们中间，紧追不舍，下马砍杀了很多哈扎拉人……我们在哈扎拉人的冬天居所附近撞上了他们的羊群和马群，我夺得了四五百只羊、还将二十到二十五匹马留作己用……哈扎拉妇女和小孩步行逃到了白雪覆盖

(接上页）哈扎拉人的脸部特征是那么的分明，明显说明他们确实赶走了当地原有居民。巴布尔很了解他们，他写道，“在哈扎拉人中有一些说蒙古语”——暗示出他们有极深的蒙古渊源。但是到了 1507 年，他们大部分都开始说波斯语了。

[1] 事实也表明，他认为仅仅为寻找一个哈扎拉向导而派遣六七十名武装人员是必要的。

的山丘上，待在那里。我们懒得追踪他们。[1]

尽管哈扎拉人的数量有三百五十万，但他们是阿富汗最不被了解的群体。这部分是因为他们集中居住在高海拔且与世隔绝的中央山脉。直到 19 世纪晚期，尽管有诸如巴布尔这样的统治者的努力，哈扎拉贾特实际上仍是一个独立的国家。1880 年代，阿富汗国王阿卜杜勒・拉赫曼发起的一系列密集的军事行动才最终征服了他们，把他们并入阿富汗。他把哈扎拉人大部分土地分给了普什图人，迫使许多哈扎拉人成了奴隶，使哈扎拉人沦为阿富汗四个民族中最穷的民族。[2]

接下来的一百年，哈扎拉人往往被描述成无能、懦弱且无关紧要的人。俄罗斯战争期间，那些想要从东部的巴基斯坦进入阿富汗的外国记者，通常只能接触到塔吉克或者普什图社群，因此他们的报道很少提及哈扎拉人的存在。后来，在 1990 年代中期，哈扎拉人夺取了喀布尔的部分地区，其他阿富汗族群开始把他们形容为恶毒而残忍的。"他们是蒙古人，"有人对我说，"因此他们和他们的祖先成吉思汗一样残酷无情。"

塔利班在 1996 年把哈扎拉人驱逐出了喀布尔，1998 年夺取了哈扎

[1] 他继续写道：几个哈扎拉人埋伏在山谷附近的一个山洞里。谢赫・德尔维希，与我出生入死的结拜兄弟，没有任何迟疑，冲上前去，爬到贼窝口附近。这时山洞里的一个哈扎拉人一箭射到他的乳头下方，他当天就死了……之后我带领着一些士兵继续前进，抓住了那个射杀谢赫・德尔维希的哈扎拉人。那些卑鄙的人仍旧躲在山洞里，他们的血因为恐惧而凝固，我们的人上前朝山洞放烟，抓获了七八十个哈扎拉人，并用剑刺死了大部分人。

[2] 19 世纪，普什图人控制着宫廷，享受免税权，而在首都的哈扎拉人则大部分是奴隶或者手工劳动者。

拉人的首府巴米扬，迫使哈扎拉人的抵抗力量进入山区或者伊朗。哈扎拉人又一次成为受害者，而塔利班对待他们尤其残忍，部分是因为大多数哈扎拉人是什叶派，而塔利班和大多数阿富汗人是逊尼派穆斯林。哈扎拉什叶派认为自己更加文明，更加神秘，对待女性和其他信仰更加宽容。但塔利班把什叶派看作是异教徒或无信仰者。[1] 他们认为什叶派敬奉圣徒圣陵和先知家庭的画像，敬奉十二伊玛目（或者领袖）等，是偶像崇拜。他们坚信什叶派朝圣队伍中的哭号和自我鞭笞，以及做礼拜时放置在额头下的黏土小圆盘，都是迷信的表现。

什叶派和逊尼派之间的仇恨不是阿富汗独有的现象。我曾经见过巴基斯坦军方配备车载机枪，以阻止逊尼派激进分子袭击旁遮普省萨希瓦尔市的什叶派纪念穆哈拉姆月的游行队伍。但是，在哈扎拉贾特，宗教暴力包含强烈的民族和文化因素。大多数塔利班是普什图人，鄙视哈扎拉人的蒙古人种的外貌和传统，以及后者在喀布尔的行为。[2]

---

[1] 马扎尔的塔利班领袖对此做过一个明确的表态，鼓励“好穆斯林”去消灭他们，或者让他们改宗。

[2] 很难归纳概括出什么是什叶派、什么是逊尼派。最初在 7 世纪，争论围绕着谁是先知穆罕默德的合法继承人，但是 14 个世纪以来，每一教派都形成了自己的传统和惯例。一些基督教观察家把逊尼派比作伊斯兰教中的新教，而把什叶派看成伊斯兰教的天主教。他们指的是什叶派传统中阿亚图拉教士的权威性和感人而多样的苦修，以及吸收融合地方传统，还有对于圣徒和奇迹的关注。但是其他人则把什叶派看作是伊斯兰教中的新教，是早期逊尼派传统被权力腐蚀后出现的回归先知最初的教义的改革者。

且不论其神学基础，两个教派的冲突是阿富汗历史的古老主题。绿松石山城的古尔王朝属于逊尼派，曾在他们的区域内残酷地迫害什叶派。什叶派有个叫作阿萨辛的团体，以对大麻的狂热迷恋而得名，它后来声称刺杀了穆祖丁，即古尔王朝的王子和印度的征服者。(具有讽刺意味的是，这是一个山区政权毁灭另一个山区的非常少见的例子。阿萨辛派以厄尔布尔士山脉的偏僻乡村为根基，由“山中老人”所领导，古尔王朝则由马利克・杰贝尔——“群山之王”所统治，而蒙古人将两者都摧毁了。)

在步行途中，从没有逊尼派穆斯林邀请我进入清真寺。但是在哈扎拉贾特，我经常在受邀进入某家之前，被请进一座清真寺。在伊朗的什叶派地区也是如此。这一次，一位年老的哈扎拉男人让我坐在礼拜毯上，然后去取茶。就在我们啜饮、聊天的时候，三个男人在角落里做礼拜，另外三个在睡觉。我向老人咨询前方的路线，他列出了一些村庄以及它们之间的距离。

“你从多远的地方来？你要去哪里？”

“我徒步从赫拉特走到喀布尔。”

“徒步？那你正好走到了中点。我祖父告诉我从这里到赫拉特有十五法尔桑格，而从这里走到喀布尔也要十五天。我的祖父可以记住一个月旅行中每一天晚上的停留地点。很遗憾，他已经不在了，不能和你讲这些啦。”

我没有携带详细的地图，因为我不想被当成间谍。可读到巴布尔大帝在恰赫恰兰和雅卡·乌兰之间的一片区域中迷路的经历，我感到非常困扰。三天前，在恰赫恰兰的茶馆里，我与艾马克男人们讨论过路线和距离，他们知晓沿雅卡·乌兰至拉尔的干道分布的所有村庄。

一个老人听到我们的谈话，说道：“你真的是在步行？”

“是的。”

“那么忘掉干道吧，”他说，“因为你根本不会去拉尔……这至少会让你增加两天的行程。你应该从我的家乡道拉特亚尔离开干道——从这儿走到那里只需要两天，然后从一条古老的小道直接上到萨尔·姜加尔山谷，再穿过高地进入雅卡·乌兰。你一周之内就可以走完这段路程。”

“你走过这条路线？”我问道。

一位艾马克老人

“只走过一段，但是我爸爸给我讲过。”

“这条路对我们来说可能不安全。我们正在和哈扎拉人打仗。”一个年轻的艾马克男人说道。

我转向那个老人：“你能告诉我那个山谷中的大人物们的名字吗？”

“米尔·阿里·侯赛因伯克是萨尔·姜加尔山谷最伟大的人。”

“我从道拉特亚尔出发，步行一天能找到他吗？”

“不，”他笑了，“从道拉特亚尔出发要走三天。第一天你可以到达穆赫塔尔，米尔扎伯克的地盘，然后到达查拉西阿布，阿卜杜·雷扎克汗的家。”

“不，不，是达含·古拉马克的哈米德汗。”另一个老人在屋子的那头喊道。

每个人都点头赞同，重复道：“是的，米尔·阿里·侯赛因伯克。”

“然后是沙希·穆里的古拉姆·海达尔汗。”老人继续道。

“不，”另一个人打断道，“首先是伊斯皮亚伯的瓦基勒·哈迪姆伯克。”

我看着老人。他耸了耸肩。

“瓦基勒·哈迪姆？”我问道，记了下来。

“也许我弄错了……不是瓦基勒·哈迪姆……瓦齐尔伯克。”

“接着是沙希·穆里，”老人重复道，“一天，然后你就到雅卡·乌兰了。”

他们描述着超过一百公里的路程，沿途的村庄近二十五年内都没有人去过。他们知道的大多数路线都只是他们从父辈的客房里听到的传闻，但是每个人都记住了每一个方向的小径上的一长串名字和村落。这是一份非常有用的地图。它详细说明了对于一个徒步者来说所需要的一切：最好的道路、一天可以走完的距离、在每个村子要对话的人。距离描述者的家越远，描述的内容就越不准确。（在这个例子里，描述者说从米尔·阿里·侯赛因伯克的城堡到雅卡·乌兰只有一天的路程，实际上有四天，因为他不知道介乎两者之间的村庄的名称。）不过我能够从沿途的村子里补充细节，直到我可以凭着记忆把每个地方都吟唱出来：

> 第一天：巴德加赫的指挥官毛杜迪；第二天：道拉特亚尔的阿卜杜勒·拉乌夫·卡夫里；第三天：桑格·扎尔德的布什尔汗；第四天：卡特利什的米尔·阿里·侯赛因伯克；第五天：新堡的哈吉·纳西尔·耶兹丹尼伯克；第六天：西亚尔·彻斯麦的赛义德卡尔巴拉希……

我背了下来，把这个“介乎中间之地的地名歌谣”当作地图。甚至在离开那些村子之后我还一直在念诵，以这份清单为通行证。几乎每个人都知道这些名字，甚至远在一百公里以外的人也知晓。能够念诵这些帮助我融入当地人——让不确定是否带我进屋的主人安心；提示那些想要袭击我的人，我和有权势的人有关联。但是这些是活生生的人的名字，不同的名字会激起不同的反应。“你怎么认识米尔·阿里·侯赛因伯克的？谁告诉你他叫哈吉·纳赛尔‘伯克’的？”

名单上的那些人都居住在泥筑的要塞里，大多数位于哈里河岸边的山谷谷底，个别的在他们村子上部的斜坡高处。他们是哈扎拉人古老部落的酋长，其中地位最高者被称作“伯克”，就像巴布尔的老臣哈斯木伯克，在突厥语中“伯克”代表领袖。

陌生人的问候

艾马克人经常抱怨哈扎拉人的待客之道，但是我对在道拉特亚尔的清真寺受到的欢迎印象深刻。那天下午，我在一个村子的外围遇到了一群十来岁的男孩，我问其中一个桑格·扎尔德怎么走。他说他不知道，这让我很吃惊。这本应是很近的一个村子。我刚一转身，他就冲我扔了一块石头，打在了我的后脑勺上。

我叫起来："你哪来的胆子？你爸爸在哪儿？"

"我没有爸爸。"

我试图抓住他，但是他跑到山上，后面跟着他的朋友。我才一转身，他们又向我扔石头，并发出狼嚎似的吼声来发动他们的狗攻击巴布尔，一群狗狂吠着从山坡上向我们冲下来。当巴布尔朝它们怒吼，而我猛挥手杖的时候，村里的一个老人在一旁平静地坐着观看。

这是我步行十八个月以来第一次有人向我扔石头，而这只是我经过的第二个哈扎拉人村庄。我向着山上的老人跑去，孩子们在我前面四散开来。"你为什么不阻止这些孩子？"我叫道，"哈扎拉人就这样对待旅行者吗？"

老人耸耸肩。许多成年人从屋子里出来看热闹。另一条村子里的狗跳到巴布尔的背上，我用手杖使劲地打他，他只好一瘸一拐地走开了。这个人说："孩子就是孩子。你为什么带着一条狗？这是你的错。

就是这刺激了他们。”我怀疑如果石头砸破我的头，他们的反应是否会有所不同。

我沿着路又走了半小时，到达了一个小巴扎，三个年轻的哈扎拉人正站在那里。其中一个径直朝我走过来，有些过分轻松地笑着，问我是否累了，以及要去哪里。通常人们对我和我的狗都很警觉，但是他非常自信。我回答了他，继续前进。

几分钟后，道路转进哈里河边一个狭窄的峡谷。太阳要落山了。四周没有房子，只有一片碎石坡，我的左侧是直入水中的悬崖。我向后看，发现那三个人跟在我身后。我继续前进，突然身后传来轰隆一声。我吓了一跳，转过身，看到他们把一块大鹅卵石扔到水里。我停下来，等着他们走过来。

“你叫什么名字？”我问那个刚和我说话的人。

“我的名字？”那个人重复着，笑得更猥琐了。

“是的。你叫什么名字？”

“我的名字是……穆罕默德。”

“你呢？”我问第二个人。

“阿齐兹，”他像第一个人那样说道，“不，他的名字是侯赛因。”

“你们来自哪个村庄？”

“前面的一个村庄。”

“叫什么名字？”

“它的名字？”

“是的。你们的村庄叫什么名字？”

“埃米尔伯克。”

“桑格·扎尔德在哪里?”

“距离这儿两天的步行路程。”

我放慢了步伐，他们也慢了下来。我停下来系鞋带时，他们围了上来，其中一人和其他几人耳语。我扭过头发现一个男人沿路走过来，在我们身后三百码远的地方。我索性转身向他走去。

这三个人溜达了几步，然后停了下来，等着看我要做什么。向我走来的是一个年老的哈扎拉人，留着稀疏的花白胡子。

“愿您平安。”我对这个人说道。他看起来年纪很大。

“你也是。”他喃喃道，试图从我身边走过，似乎不喜欢黄昏时分在这条路上被拦下。

“我来自苏格兰，”我说，“我是一名旅行者，你们国家的客人。我能和你一起走吗?”

他向前走了几步，好像准备忽视我，然后停下来，看看我和巴布尔：“好的。和我一起走吧。”

我走在老人的身边，那三个人又走到了我们的前面。

“那三个人，”我说，“他们是来自前面的一个村庄吗?”

“不，他们来自我们身后的村庄。他们是坏人。”

“那个村子叫什么?”

“穆赫塔尔。”

天开始下雪了。我们沉默地走着。几分钟后，走到了一排房子前。那三个人转过身，看到我仍旧和这个老人同行。他们没有穿外套，站在暴风雪中大概不怎么舒服。

过了一会儿，他们拖着脚步走向一间屋子，进去，关上了门。

“桑格·扎尔德在哪里?”我问道。

“大概半小时步行路程。你想要和我待在这个村子里吗?”老人问道，“这场暴风雪可能几天都不会停。”

“谢谢你，但我还是应该继续走。”

“真主与你同在。”

雪一直在下，那三个男人没有再跟着我。

当我看到远处哈里河岸边斜坡上的村庄时，已是黄昏。山谷很窄，两边壁立千仞。透过破碎的河冰可以看见一股股昏暗而湍急的水流在涌动。河上没有桥。巴布尔和我在一条冰冻形成的狭窄的、覆盖着积雪的堤道上走了三十英尺，然后攀爬穿过积雪来到村子边上。村子里的房子是低矮的小泥屋，嵌在山里。雪在墙上和平屋顶上积成一个个雪堆，覆盖着储存起来用作燃料的嫩枝和动物干粪。道上的雪已经融化，露出泥土和人类粪便的混合物。也许因为天气太冷了，闻不到什么气味。

在桑格·扎尔德的哈扎拉家庭

这就是桑格·扎尔德。没有类似奥贝附近的水渠、花园和林荫大道，田地很狭长。卡西姆曾经称那种灌溉平原是“穷”地方。这里则是一个更穷的地方。我们走上通向城堡大门的陡峭小路，后面跟着一群孩子。

城堡的围墙有四十英尺高，每个角上都伫立着一座圆塔，上面建有城垛。穿过两人高的大门，一群有着中国人般苍白肤色的女人们跑了出来，冲向孩子们，用荆棘条打他们。孩子们四散跑开。我走进大院，那里相对于这样一个大城堡来说似乎非常狭小。

我给最年长的女人看了阿卜杜勒·拉乌夫·卡夫里给我写的介绍信，他是道拉特亚尔富裕的指挥官。“你可以把狗留在这儿，但是你不能待在这里。”她说，“我的丈夫不在家。你必须睡在清真寺里。”

我把巴布尔安排在一个马厩里，返回山脚下的清真寺，在那里我脱下了我的湿袜子。我湿透了，清真寺很冷。我刚在一块礼拜毯上坐下来，就觉得浑身难受。我踌躇着何时可以换掉湿衣服。有一个小时我看着做礼拜的人，回答他们关于我的旅行的问题，直到一个叫作阿克巴尔的人请我住到他家里。

他住在村子边上一个两层的房子里。上层有两间房，下层是一个大羊圈。圈里只有一只羊。

我脱下传统长衫裤，穿上备用衣服，把湿衣物挂在火炉旁边。阿克巴尔给我吃了一碗油腻的豆子汤。我吃饭的时候，他家的女人们靠墙坐在一起看着我。其中一人正在给孩子哺

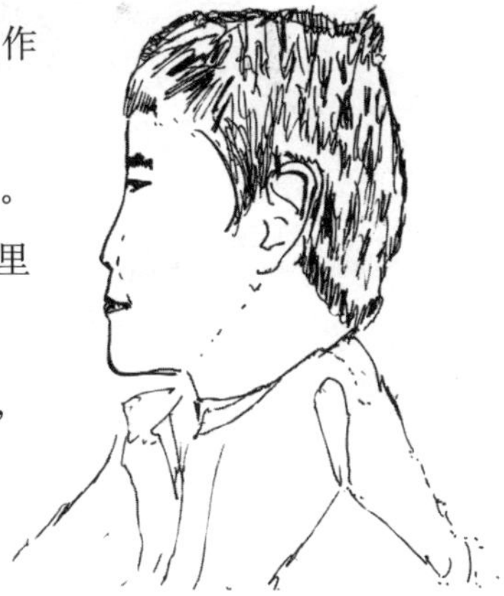

桑格·扎尔德的
布什尔汗之子

乳。阿克巴尔的祖母问我来自哪里。艾马克人曾经告诉我，“哈扎拉人对待女人的态度非常落后。”也许他们指的是哈扎拉人把自己的妻子借给客人的古老传说，也许他们仅仅指的是哈扎拉女人会和客人交谈。

这是我在阿富汗的村庄里第一次被允许和女性待在同一间屋子里。我怀疑这是不是哈扎拉人留存的少数蒙古习俗之一。在蒙古人的帐篷里，女人在谈话中扮演着主导的、受人尊敬的、大嗓门的角色。

在客房的墙上，有一张阿克巴尔五年前的相片。这张相片是在摄影棚里用手工着色的，因而他粉红的脸颊和柠檬绿色的夹克在鲜艳的热带日落天空的衬托下显得格外突出。

天花板上的树叶

晚上我不得不九次爬过阿克巴尔，他睡在门边。我摸索着走下没有点灯的楼梯，穿过羊圈，打开沉重的木门，蹒跚着走进下个不停的暴风雪中。村里的烛光在黄昏后不久就熄灭了，到处都没有灯光。我的痢疾太严重了，甚至有两次我刚走到门口的时候就弄脏了裤子。我严重脱水，服用任何抗生素或者遏制痉挛的药似乎都没有疗效。最近的初级诊所在另一个方向上，有三天的路程，他们可能有合适的药物。我只能寄希望于自愈。我怀疑自己会不会就这样死掉。

这三天大部分时间都在下雪，第二天早上雪仍旧下得很大。村民们坚持让我不要试图冒着暴风雪行走，仅此一次，我很乐于听从他们的建议。我受邀在城堡的客房休息，白天大部分的时间都躺在地板上。城堡不能提供太多的燃料，所以没有点火炉，不过我被允许点了一个小火堆。这里和任何一座苏格兰城堡一样冷。我穿着大衣，但是一直在打哆嗦。

我盯着城堡的天花板看了好几个小时。它是用白杨树的树枝搭的框架，棕色而卷曲的叶子仍旧挂在上面。泥地上的一部分铺着一条破旧的条纹毯子、两块深色的毛毡和一块廉价的布哈拉风格的小毯子。床垫堆在角落，上面铺着一块满是污垢的白床单。墙上没有任何装饰，除了一张我那缺席的主人的相片，即是封建领主布什尔汗，相片中的他有着铅笔一般细的小胡子，戴着软毡帽，看起来像是 1930 年代上海的流氓。

发烧让一切都变得缓慢而朦胧。我不能保持连续的思维，思绪常常跌入超现实的和不相关的事件中。我一直看见自己在雪地里蹒跚，偶尔被愤怒的狗所打扰。我担心前往喀布尔的一路上是否都会这样。

那天晚上，一个年轻人把我摇醒。“我病了，你能给我些什么吗？”他问道。

“我不是医生。”我说道。

“你有药。我们看到你吃过。”

“你怎么了？”我问道。

“我浑身疼。”他回答道。

我把八片布洛芬中的两片给了他，然后合上眼睛。不一会儿，我又被一个似乎穿了七层印染棉布的年迈女人叫醒。她坐在地上，一双细腿伸出来，很是触目。“我病了。”她说。

“你怎么了？”

“我浑身疼。”

我拿出剩下的六片布洛芬，给了她两片。她还夺走了剩下的四片。我又抢了回来。

她向我呻吟着控诉她的疼痛和世界的不公。我在背包深处找到一片扑热息痛，递给了她。

一个脸上有疤的男人走了进来，在低门楣那里弯下腰。他叫穆罕默德·阿米尔，穿着褪色的迷彩裤和黑色的飞行员夹克。他给我大讲干旱、衰败的田地和干涸的水井，让我写下有关收成的统计数据：“八千 tokm-roi-Zamin”。我写在了日记本上。我不明白这些词的含义，可能与土地产量有关。然后他请我向喀布尔的国际组织寻求帮助，又为一个朋友的妻子拿了些药片。他说她腹泻很严重，我把我最后疗程的抗生素递过去，有些沮丧，因为我自己也很需要它们。他请我为他作画。我照做了，但是我感到很难集中精神到纸面上。

桑格·扎尔德的穆罕默德·阿米尔

醒来之后，我觉得好些了。我看到一个女孩在火边。她看起来大约十七岁，美丽的苍白面孔因专注而紧紧皱在一起，正在吃力地掰碎干牛粪好扔进火炉里。她的头发和眉毛都很黑，好像染过一样。头戴用镶蓝边的包头巾缠裹起来的金色帽子，身穿蓝色印花布长裙，外面套着紫色马甲和镶绿边的羊毛背心，裙摆下看得见蓝灯芯绒长裤。她抬起头，和我目光相遇。我笑一笑。她毫无表情地看看我，转身离开了房间。

第二天，另一个黑眼睛女孩看着我和她父亲说话。她戴着用人造珍珠做的长项链，身穿用金银丝线镶边的紫色马甲。她手抚项链上的珠子，来回甩动项链，从一边甩到另一边，眼睛一直盯着我。我离开时回头对她说再见，她转过身去，笑了，但没有回应。

火　苗

那一晚，布什尔年迈的叔叔和我睡在一间房里，整晚都在打鼾。我醒来的时候感到精力充沛，更加振奋。走出屋子，步入灿烂的阳光中，发现孩子们把巴布尔带出了马厩，他正在城堡的屋顶上欢跃。我叫他的时候他没有像往常一样回应，但是看到我后就跑了过来。

在落满灰尘的客房，火苗在熏黑的水壶下闪烁。年迈的叔叔在用火烘烤袜子，轻抚着下巴和嘴唇上的一小缕胡须。其他阿富汗人经常嘲笑哈扎拉人，说他们长不出多少胡子。我们坐下吃面包喝茶时，我问他关于这一地区首领的事情。

“抱歉，”他说，“不要用这座城堡现在的境况来评判它和这个家庭。它的主人是伯克，哈扎拉布莱克福德部落的酋长，从桑格·扎尔德的穆罕默德·阿里·伯克·塔赫西尔达尔（意为‘收税官’）传下来，阿卜杜勒·拉赫曼王的收税官，两千户的世袭首领。这个山谷里四个伟大家族之一，其他三大家族是道拉特亚尔、塔拉斯的米尔·阿里·侯赛因伯克和我自己在穆赫塔尔的家族。”

“那现在呢？”

“他们连城堡客房取暖用的一个火炉的柴火都供不起。”

“为什么？”

“因为他们在战争中打得不好。”

“俄国人到过这儿吗?”

“不。战斗是在村子之间或者村内。伊朗人给毛拉武装，给他们钱，让他们把土地从封建伯克们那里抢走交给人民。这个家族最近十年里失去了一切，所有的羊群和土地。就剩这座城堡了。”

“那现在谁拥有他们的土地?”

“我们的新指挥官。他住在村子下面的一座房子里，没人能接近他。”

侯赛因，桑格·扎尔德的布什尔汗之子

主人让一个来自桑格·扎尔德的叫纳第尔的人给我做向导。我们从城堡出发时，巴布尔眨着眼睛，转身避开风，我拉上毯子围住脸。很难确定温度，但我猜有零下二十度。

也许因为休息得好，我对四周的景色有深刻的感受。深蓝色的天空一直延伸，与雪地交界。在太阳落山的地方，田地里的犁沟如同白色天鹅绒上的阴影。我们在冰冻的哈里河正中央走了大约一个小时，雪下得太厚了，我们只能猜测河岸在哪里。巴布尔大帝在他第一次袭击哈扎拉人的时候如此形容这里的环境:

> 那个冬天，雪积得很厚，致使离开干道变得危险。河流的浅滩附近的堤岸都被冰层覆盖，由于冰层和积雪，从干道以外的任何地方都无法穿过河流……

像山茱萸一样的高灌木丛在哈里河两岸伫立。它们橘红色和黄色的树枝从河冰上升起，好似一团团火苗。那里还有银色树干的柳树，长着深棕色的芽和稀疏的浅白色树叶，在刺骨寒风中嘶啦作响，犹如蝉翼。随着雪在阳光下融化，哈里河先是变成一块清透的绿松石冰盖，然后逐渐汇聚出一条蓝黑色的激流。我们爬上了岸。

在陆地上行走的最初几小时，都是踩在雪壳上。但是过了一会儿，雪就没到了膝盖。我们开始踏上那条早上曾经有人走过的道路，那上面留着压实的脚印。有时候经过一对鲜艳的尼龙旗子，标志着山上有一个烈士墓地。

尽管我抗议，纳第尔还是在前三个小时都背着我的背包。在阿富汗我一直自己背着背包，感谢纳第尔让我可以休息片刻。在接下来的五个小时我还是自己背着背包，然后我们看到了塔拉斯城堡的咖啡色城墙，山坡上堆满了光滑得如同一勺勺冰激凌的雪球，让城墙显得分外矮小。

城堡的守卫很热心，让我和他们待在一起，但是当我听说没有一个伯克的家族在塔拉斯，便决定赶往米尔·阿里·侯赛因在卡特利什的其他城堡。我认为比起守卫的房间，那里能提供更好的食物，也能聊得更好，而且我想试着从伯克们那里得到一封介绍信，因为他们是这个山谷里最重要的统治者。纳第尔和村民们试图劝阻我，告诉我距天黑只有一个小时，而到卡特利什要四个小时的步行路程。但是从他们的语调听得出来，这不是真的。

然而，巴布尔不太情愿继续走了。他趴在雪地里，不肯挪步。我试着拉他的脖链，但他纹丝不动。我半拎起他，最后，在努力让他疲惫的肢体活动了几下后，我拖着他蹒跚着走下一个雪坡，来到一片我以为是雪原的地方。在村民们欢呼的尖叫声中，一人一狗踩破冰层跌进了哈里河。

在接下来的一个小时我们一直在赶路，浑身透湿。太阳已经离开了我们这边的哈里河河岸，风非常大。一束强烈的淡紫色光线在我们上方的山峰上闪耀。天刚黑，我们就到达了卡特利什。当地人不太愿意给巴布尔找住所，但是我一直坚持。争论了一会儿后，问题终于解决时，他一定非常冷了。在把他弄干，喂给他一些食物，安顿他去睡觉后，我进了屋，终于松了一口气。

卡特利什的齐亚

那天晚上我又被要求睡在了清真寺。封建领主米尔·阿里·侯赛因伯克二十岁的侄子齐亚向我道歉，解释说这只是因为他的城堡没有供暖。但是在我看来，来访者似乎通常都睡在清真寺里。清真寺不仅被用作礼拜堂和招待所，同时也是饭堂、会议室和学校。这里的四面泥墙上布满抓痕，被油脂所污，墙面还有蚯蚓粪和蛀虫咬出来的一个个坑，墙上挂着一块黑板，以及一小幅麦加天房的刺绣。在伊朗，墙上会贴阿亚图拉·霍梅尼的海报，但是在这里没有政府人物被当作偶像崇拜，没有建国之父，没有国王。尽管如此，伯克很明显在清真寺上花了钱：这里有一块毛毡地毯，三面落地窗，天花板上还有石膏雕花。

似乎是为了证实这座建筑的世俗一面，中庭挂着三只有着卷曲的三英尺长角的野生山羊头。野生山羊是体型巨大的山区山羊，和雪豹一样是最受尊崇的亚洲山区动物。它曾经生活在横跨亚洲的鸟形山脉，此山脉从阿富汗绵延到哈扎拉人最初的家乡——蒙古。然而，和雪豹一样，它们现在几乎灭绝了。这片地区肯定已经没有了。[1]

那个晚上有大约四十个男人聚集在清真寺。齐亚坐在房间的前

[1] 野生山羊在蒙古艺术中是非常常见的题材，腌制的野生山羊血很稠，是半凝固的红色液体，我觉得难以下咽，但蒙古人认为是非常强劲的补药。

部，我在他的右边，毛拉在他的左边。村民们在冬天包裹得严严实实。年老些的穿着大麻纤维的裤子和他们妻子织的厚袜子，腿肚子处绑着羊毛。许多年轻人穿着迷彩裤。所有人都穿着衬衫、背心、羊毛开衫、马甲和夹克，一件叠一件，可能里面还有很多层。他们把黑色头巾缠在下巴上，盖住耳朵，勾勒出布满皱纹、留着胡须的一张张棕褐色的面庞。村民们冬天不洗澡，味道很大。

齐亚戴着一顶整洁的绣花礼拜帽，穿着一件别致的腈纶羊毛开衫，就好像刚刚从一家德黑兰的购物中心回来。他脸色苍白，是我自阿卜杜·哈克之后见过的第一个剃干净胡须的阿富汗人。他开始了谈话。我已经听过一遍又一遍老年人发表的沉闷演说——关于伊斯兰的美德、圣战的荣耀、药品需求、发展援助以及阿富汗已经被毁了的现实——与此同时，他们的听众一直插话，附和那些更熟悉的短句。然而齐亚，看起来是一边说话，一边沉思。

“我们应该——我认为——感谢美国的介入，”他缓慢地说，“因为我们至少暂时获得了和平。”

“和平是因为塔利班走了？”我问。

“不……塔利班在这里不是问题。他们有过两次收缴武器的行动，作为他们解除地方武装行动的一部分……但是在那之后，塔利班再也没有来过山谷。”

“那么暴乱是怎么来的？”

“我们自己。”

“还有俄国人。”一个年轻人打断道。

“是的。在1980年代，这个清真寺和城堡被苏联武装直升机的火箭击中，但是我们原本没有内斗。在那之后局面开始一发不可收拾——人们开始反抗他们的部落领袖……”

“桑格·扎尔德。”我右边的一个人说。

“是的，在桑格·扎尔德，你昨晚待的地方，伯克们失去了他们所有的土地和权力……”

“不过伯克们没有失去这里。”年轻人插嘴道，大家都笑了。

齐亚伯克继续道：“但是在这个山谷里，不同村庄之间仍旧有斗争。我们杀了桑格·扎尔德三十个人，他们杀了我们十个人，所以我们和他们有血仇。二十五年来，你走的这条路我们不能从这头走到那头，因为这对于我们来说太危险了。只有对你来说是安全的，因为你是一个陌生人。如果我们去桑格·扎尔德，就会丧命。我们向东走的话也是这样。但是……这两个月都没有杀戮了。人们太害怕美国人了。”

“接下来会发生什么？”我问。

“不知道。”一个村民说。

“等着看政府是否会强迫我们归还在过去二十五年间我们互相窃取的土地和羊群，”齐亚说，“那将会非常困难。但是如果不这么做，仇杀还会继续。”

“我不同意。”一个村民说，“你是穆斯林吗？”

人人都敢打断、取笑或者反驳齐亚，尽管他是他们的封建领主。每个人都随意地开启话头或者向我发问。看起来，甚至某个抢别的村子或杀人的决定，也会在这样的讨论、推断或争论之后做出。但是当宣布晚餐时，每个人都安静下来。

齐亚让四个人去城堡的厨房，让另一个人在我们俩面前摆上餐布和面包。他们动作麻利。齐亚尽管唠叨，很显然也很受尊重。一个人端着银制的大口水壶和大浅盘走进来，把暖水倒在我们手上，用一块干净的白毛巾擦干。其他几人端来了米饭，一大碗盛满了专门为我切的、最好的羊肉块，一盘羊排和羊腰子，一坨新鲜的冻酸奶，还有来自伊朗的吉百利牌泡芙条。我吃完酸奶后，人们又端来一些。

卡特利什的米亚·阿里·侯赛因伯克的侄子，齐亚

在阿富汗人家过的最近六个日夜，巴布尔和我的早餐及午餐仅有面包供应。我们偶尔在晚餐时吃到过白米饭，但是没有吃过肉、蔬菜或者水果。现在我在品尝一位伟大的封建领主的食物，其意义远远超过这个坐着看着我的人。我非常感谢他的慷慨和他提供的蛋白质。我想拿些肉给巴布尔，但是肉非常珍贵，村民们如果看到肉被喂给了狗，会非常愤怒。

黎明时分，当上年纪的人做礼拜时，年轻的人们躺在床上多待了半个小时。我走出屋子。光线以一团弯曲的橘黄色的耀眼火苗之姿，从东方的山脊照过来，强烈而高远，射进一大团乌云里。一只准备落下的喜鹊扑着翅膀向前，在落地前盘旋于雪堆之上。每个人都饥肠辘辘，扛着一支枪，我自卡门集起就没有见过一只鸟。因为我提到过在英国吃鸡蛋，今日早餐就是铺在洋葱上的煎鸡蛋，两个男人坐在我身边，时时保证我的茶杯是斟满的，并且每一杯都拌入大量的糖。

巴布尔和我在狭窄的冰道上每天走八个小时，今天已经是连着第四天了。冰道是在三英尺高的雪墙间用脚印踩出来的。这次由侯赛因·阿里陪伴，他是一个来自城堡的宽肩膀中年男子。现在我离开干道更远，更深入萨尔·姜加尔山谷了。每个封建领主似乎都认为，兑现为我提供陪同的承诺是他的责任。我就像一个在生产线上传递的包裹，从一个领主到下一个。他们的人愿意走上一整天陪伴我穿过大雪，然后用一整天折返。我总是坚持给他们点钱，但是他们这么做是出于对旅行者的好意，有时候很难让他们收下。

巴布尔跛了。我停下来揉了揉他的左前腿，后来他走得稍微好些，但是我又开始担心他了。我也感到困倦。阳光落在冰道的左边，融化了那里的雪，因此道路向左边倾斜，而且被后来的行路者踩得更斜。在接下来的八个小时，我每走几步就摔一跤，烦透了。

侯赛因穿着一件厚实的夹棉大衣，用毯子包着头，大太阳镜的镜片正中仍旧贴着制造商的商标，一双橡胶套鞋，看起来不能防雪。他比我们两个更疲劳，我们得一直停下来等他。我给了他一些英国兵在恰赫恰兰送我的牛奶巧克力，这似乎让他加快了一点儿速度，尽管巴布尔有点不高兴我这样做。我很高兴有侯赛因作伴。但是，虽然我有哈扎拉人陪同，每个村子里的孩子们仍旧向我们扔石头，指挥他们的狗袭击巴布尔。

神圣的客人

那一晚，我们走下一座山崖，穿过一座木桥，到达新堡的城堡。侯赛因·阿里离开了。我带着巴布尔下到哈里河喝水，把一个蹲在桥下面解手的女人吓坏了。我来到清真寺的大院时，男人和孩子们出现了，无声地盯着我。我请求拜见哈吉· 纳西尔，我有一封给他的介绍信。没有人行动或者说话。我询问有没有地方可以安置巴布尔，他们回答："没有。"

"但是你们肯定有养牲畜的棚子……它们在哪里?"

沉默。

"哈吉·纳西尔在哪里?"我问道。

"也许在清真寺。"

我把巴布尔留在清真寺大院里，因为他被认为是不洁的，然后我走了进去。当我在大厅解开鞋带，脱下沉重的靴子之后，发现哈吉·纳西尔在等着我。他是一个瘦削的老人。我拿出介绍信递给他。

"我在往雅卡·乌兰走。"我说。

我等他邀请我留在这个村庄。他什么都没有说。

最后，我问道："我可以留在这儿吗?"

"看情况。"

"我有一条狗，有什么地方可以安置他吗?"

“没有。”

“有毯子给他吗?”

“没有。”

“拜托。”

最后，他让我带着巴布尔去城堡的地窖——一个分布着错综复杂的房间的地下墓穴，里面都是绵羊。带我下去的男人不敢接近巴布尔，但是他们告诉我要把他留在最里面的一间。巴布尔一到那里，就立刻趴在稻草上睡着了。

我又回到清真寺，脱下冰冷而湿透的袜子。哈吉·纳西尔看着我。他没有建议我在火炉上烘干，也没有供应茶。很明显我需要说服他我是个值得交谈的人。从卡门集到这里已经走了十一天，我们刚到达了一个没有听说过哈吉·穆赫辛汗的村子，所以我在接下来的自我介绍里没有提他。

“我是从恰赫恰兰走到这儿的，”我说，“第一天晚上我住在巴德加赫的指挥官毛杜迪那里，第二天和道拉特亚尔的阿卜杜勒·拉乌夫·卡夫里在一起，第三天是桑格·扎尔德的布什尔汗，最后一天是卡特利什的米尔·阿里·侯赛因伯克的侄子。他们对我非常好。”

新堡的哈吉·纳西尔伯克

然后我拿出笔记本，给他看我画的这些人的肖像。

他看着图片，说：“今晚你可以留在这里，有人会给你一些茶。”然后他走到清真寺里面的房间做礼拜去了。

在我旅行的所有国家里，都曾被骄傲地告知，“我们（伊朗人、巴基斯坦人、印度人、尼泊尔人或阿富汗人）以世上最好客、最慷慨而闻名。这对我们来说是宗教责任。每个人都会欢迎你直接走进他们的屋子，你会被招待得像真主一样。”

但是，我的经验却并非如此。尽管大多数穆斯林社群，无论伊斯兰的还是印度的，都会大谈特谈他们对于一位旅行者或者客人的正式宗教责任，但实际上人们经常不太欢迎我。这是可以理解的：他们通常非常贫困，生活艰难，对他们很少遇见的陌生人充满怀疑。我经常对他们的待客之道感到失望。只是过后我才开始明白，他们几乎每晚都给我提供住所和吃的面包，我是何等的幸运。

尽管冰道两边仍有齐腰深的积雪，第二天却热到要穿衬衫走路。抗痉挛的药片最终缓解了痢疾，但是我仍旧觉得虚弱。几个年轻人在路上撞见我，一个人叫道：“给我点钱。”

我说我一个子儿都没有。

“你在干什么？”

“我在写一本书。”

“给我你的书。”

“我只有笔记本。”

“留下你的笔记本。”

我绕过他走下冰道，陷入雪中，直至腰部；巴布尔向前扑倒，也深陷雪中，消失在我视线里。

“带我去英格兰。”那个男孩叫道。

“你没有护照。”

“把你的护照给我。”

“我很遗憾。”我已经把巴布尔挖出来，蹒跚着经过男孩走上干道。

“留下你的靴子。”

在他们讨论下面应该向我要什么的时候，我奋力前行。他们似乎以为，只有猜到正确的东西，我才会给他们，于是跟着我走了两个小时。最后，我停下来让巴布尔休息一下，他们坐在我身边。我把最后的两块吉百利牛奶巧克力递给他们。他们嚼了一小口，吐了出来，把剩下的扔到雪里，问道：“我们可以拿你的墨镜吗?”这两个从来没有离开过阿富汗的男孩对“游客”这一概念的熟悉程度令人惊讶。在尼泊尔，陌生人多次用要钱和要护照来开始对话，但在阿富汗这是我第一次体验到这样的对话。

中午时分，他们放弃了，把我留在了一个朴素的泥筑大墓边，这是为纪念一位在这里死于雪中的旅行者所建。村民们发现了他冻僵的尸体，根据他的衣服和书籍确定他是一名圣人。他们猜测他是一个云游的苏非派信徒，但是不知道他是不是一个齐斯特耶。现在有朝圣者来这个圣陵求子或治病，在圣陵附近被称为“沸腾的血”的温泉里洗澡。

在这里，村民们也发现了有着夸张黑眉毛的女性头颅的雕塑，类似于阿姆鲁丁医生在加尔发掘的文物。圣徒的死亡说明这里的冬天有多么萧条，头颅则暗示了在很久以前温泉周边就已经有人居住。这些头颅和一百公里外的头颅相似，说明同一个新石器时期的文化可能曾经统治着这里至贾姆之间的整个山区。

匝林的洞穴

我被告知现在距雅卡·乌兰只有两到三天路程了。到目前为止，我已经比巴布尔大帝或者那个圣徒要幸运得多：最近的暴风雪之后的那些天里，阳光灿烂，坚硬的积雪只有两英尺深，雪道很干净。巴布尔大帝曾经像我一样，跟随碎冰的痕迹前进，但是新下的雪又很快将之隐藏，当他继续在萨尔·姜加尔山谷行进的时候，找不到一个帮他的向导：

> 我们把命运交给真主，并派苏丹·帕夏作为先遣队，我们又一次沿着之前被困住而被迫返回的道路前进。这之后的几天，我们经历了很多艰难险阻：确实，这样的艰难险阻是我一生从没有经历过的。于是我写下了一首诗：
>
> 没有命运的暴力或者残酷
> 是我未曾经历过的；
> 这颗破碎的心忍耐了全部所有。
> 唉，还有没有哪个是我尚未遭遇的？
>
> 有大约一周的时间我们继续冒雪前行，但是一天前进不超过

> 一沙里 [两英里] 或者一沙里半……我、哈斯木伯克和他的两个儿子，以及两三个仆人一起下马，都参与到与大雪的斗争中。每走一步，雪都陷到胸口，但是我们仍旧继续把雪踩实。走在最前面的人在前进了几步后通常就精疲力竭，他停下来，然后另一人前进，代替前一个人。十个、十五个或者二十个人踩踏过的雪，就可以成功地牵上一匹没有骑手的马前进……部队的其他人，甚至我们最优秀的人和许多拥有伯克头衔的人没有下马，都低着头，沿着没有击倒他们的道路前进。没有时间来让他们烦恼或者行使权威。任何有一点精神的人都要工作。

鉴于巴布尔大帝在两天后出现在去雅卡·乌兰的道路上，他应该到过我正站着的村子附近，也可能是与这里平行的山谷中。

黄昏前三个小时，云层逐渐笼罩，我们向上爬过陡峭的斜坡，从沙希走进更深的雪里。背包经常甩得我失去平衡。巴布尔比我的脚步还要不稳，我俩都经常滑到深雪堆里。我们很快爬过了斜坡上的最后一座房子，沿着一条很长的山脊，掉进一个大的雪坑里。一个来自圣陵的乞丐和我们一起爬上道路，大叫着“叔叔”，然后用力扯我背包的后部。他在坡底离开了

巴布尔大帝出征

我们，那里的一块积雪覆盖的岩石下有一条细细的冰冻水流。他说，这是哈里河的源头。

我现在已经在这个山谷下六千英尺处沿着哈里河走了将近一个月。[1]在它流经灌溉渠与罂粟田之间的一个浅滩时，我见过阿卜杜·哈克背着阿齐兹蹚过这条河。这也是流经巴布尔故乡的河。在贾姆宣礼塔下的峡谷里，我曾穿过结冰的河流；在哈扎拉人首领米尔·阿里·侯赛因伯克的城堡下，我们曾踩破冰层掉进这条河。现在我们把它甩在了身后。

在离开前，乞丐指向一座悬崖，那是雪中唯一的一块陡然耸立的岩石。他说，如果我翻过那座悬崖，再向北，会在两小时后到达一座村庄。我站了一会儿，看着他那微小的暗色人形爬出了雪坑，在山脊上停留了一会儿，最后消失在视线中。现在是下午四点半，又开始下雪了，雪地中只有巴布尔和我。我不确定我们能否在天黑前到达某个村庄，否则这将会是露宿野外的难熬的一夜。

我刚向悬崖迈出第一步，就发现自己被埋到了胸口。我把背包从背上甩开，使劲向上爬，直到平躺在雪地。我起身试着多走了两步，然后又陷了进去。巴布尔在我身边挣扎着。因为他的肩膀离地面只有两英尺半，他更难以把自己拽出来，所以我不得不提着他的后颈拉着他。我们花了二十分钟才到达悬崖。在它的底部，我看到一条陡坡通向悬崖东侧。巴布尔开始在我前面爬，我在后面跟着。我的大腿肌肉逐渐发烫，于是停了下来，在一个洞口前休息。我们正处在哈里河和匝林山谷之间的分水岭的底部。感谢大雪比巴布尔大帝那时要温和：

[1] 在赫拉特的外围，哈里河形成了阿富汗和伊朗的疆界，然后是和土库曼斯坦的疆界。

当我们到达匝林关口底部的库提山洞时，暴风雪相当猛烈。雪量很大，我们都认为要死在一起了。我们在关口停下。雪很深，道路很窄，一次只能通过一人。马匹在新开辟的踩实的道路上前进，步履维艰。这时白昼最短。先遣部队在白天抵达了这个山洞。到了昏礼和宵礼时分，部队停止进入山洞；之后的每个人都不得不下马，原地停下。许多人在马背上等候到天明。

这个山洞看起来很小。我拿起一把锄头，在山洞口给自己清理出一小块地方，有一块礼拜毯那么大的休息区……一些人希望我进到山洞里去，但我不想这么做。我知道我进去……会舒服一些，而我的人却在雪中游荡……我会因为待遇不一致而亏欠他们……无论他们遭遇什么，我都应当与他们同甘共苦。有一句波斯谚语说，与朋友相伴同死是场盛宴。因此我继续坐在我从雪中清理出来的这片地上。昏礼时，雪下得很大，我不得不一直弯着身子保持坐姿，头上、嘴唇上、耳朵上积下了四英寸厚的雪。那一晚，我的耳朵冻伤了……

宵礼的时候，一群查看了山洞的人报告说山洞非常宽大，足以容纳所有的人……我派人找来了附近的人手……一切可以吃的东西，炖肉、腌肉或者任何现成的食物，做给大家吃；由此我们逃过了酷寒和大雪，来到了一个极其安全、温暖与舒适的地方，在那里休整自己。

我们抵达悬崖顶部时，发现经过在山谷底部行进多日之后，突然能够向下俯视被雪覆盖的山脊，以及布满了小规模雪崩痕迹的斜坡。一束灿烂的绿松石色光线在东边山峰的山顶上四散开来。我们继续向南。光线几乎完全消退时，雪下得更大了，我开始考虑挖一个雪洞过夜。但是十分钟后，我看到右边有灯光。我们向那里走去，半小时后到达了一个小村庄，几个男人正坐在房顶上。这里似乎就是西亚尔·彻斯麦，我曾被告知可以找一个叫赛义德·卡尔巴拉希的头人。

“愿平安与您同在。”我向上喊道。

“你有一条斗犬?”他们说，显然对我们为什么在黄昏刚从山上下来不感兴趣。

“不，我在找赛义德·卡尔巴拉希家……我是一个赶路人，我需要住处。”

“要不要现在斗一下？我们的狗和你的……来吧……”他们吹起口哨。

“这不是一条斗犬。”我厉声说，“如果你们想要斗，我会用我的手杖打死你们的狗。”也许听出来极度的疲劳和愤怒充斥着我的嗓音，带狗的男人后退了。我走到头人的大院里，浑身颤抖，挥着我的介绍信。他朝下叫道：“你为什么到这儿？村里的清真寺就在往山下走二十分钟的地方。你应该去那儿……”

就像之前的许多夜晚一样，我急于为巴布尔寻找食物和安置处，也想为自己找个温暖之地。我强调我那些高贵的主人们和极其重要的介绍信。最终，他允许我进屋了。

虔　敬

我第一次与我的姑娘躺着的那晚，
来自宣礼人的宣礼声分出了夜晚与黎明。
噢，愚蠢可怜的人！这是何时
竟来提醒一名真主的信徒？

——米尔扎·迦利布

赛义德·卡尔巴拉希的客房很大，装饰着一些我见过的最昂贵的地毯。他说他忙着做礼拜，没空和我说话。一个年老的仆人送来了晚餐，有用腐坏的肉做的汤和面包，让我无法下咽。之后，赛义德·卡尔巴拉希派他的妻子送来了一些茶，但是他自己没来。我怀疑他是否在隔壁吃着更好的饭。

这是一个偏远的地方。送汤来的仆人曾经去过离雅卡·乌兰最近的巴扎，但他从来没到过恰赫恰兰或者类似规模的地方。在之后的谈话中，赛义德·卡尔巴拉希的侄子不得不向他解释飞机是什么。赛义德的妻子询问我的行程，但她没有听说过我那天所经过的任何一个地方。

“你去过哪里？”我问道。

“我出生在这个村子。我是赛义德·卡尔巴拉希的第五个，也是唯一活着的妻子，我活了四十年，从来没有离开这个村庄超过一公里的步行路程。”

她解释赛义德的父亲在1940年代从雅卡·乌兰搬到这个群山环绕的地方。他的家族似乎很昌盛。赛义德的所有兄弟都是高级毛拉，他的儿子在德黑兰学习。尽管赛义德的妻子已做了祖母，但是她依然感到和一个男人单独待在一间屋子里很不自在，所以谈了五分钟后便离开了。赛义德·卡尔巴拉希在晚饭后来到我这里。他的真实姓名是拉苏尔。之所以被叫作卡尔巴拉希，他解释道，是因为他在1950年代后期曾经两次前往伊拉克的卡尔巴拉，去拜访什叶派伊玛目侯赛因的圣陵，一次为期三个月，一次五个月。[1]

我问他为什么没有继续去麦加完成朝圣。

“那会非常贵。”

“但是既然你从阿富汗到了伊拉克的卡尔巴拉，离麦加已经非常近了。”

“那要走七天呢，所以我回家了。”

他打开电台，收听一个用乌尔都语广播的巴基斯坦频道。

“你懂乌尔都语？”我问。

“不。”他说，“我打开收音机是为了让你听。”

然后他开始做礼拜。差不多每一分钟，他就冒出一句话来打断礼拜念词，例如，“一会儿我要安排个人来弄干你的袜子。”然后他又会从头开始他的礼拜念词。我温和地建议他做完礼拜再说话。

“但是客人是真主安排来的。”他语带责备地说。

[1] 我没有问赛义德·卡尔巴拉希，但是我推测他像萨尔·姜加尔山谷的大多数人一样是什叶派。他对曾经拜访过位于卡尔巴拉的什叶派的伟大的圣陵感到骄傲明确说明了这一点。

西亚尔·彻斯麦的
赛义德·拉苏尔·卡尔巴拉希

“谢谢。”我回答道，“好吧，有些事情我想请教你……”

“我在做礼拜。我们待会儿再说吧。”

他结束礼拜后，拿起一本很大的《古兰经》，开始咕哝读着，然后抬头瞥了我一眼，问我有没有照片。

我把我的家庭合照递给他。他短暂地皱眉看了一下，递了回来。

“我从赫拉特走到这儿。”我说。

“我在读《古兰经》，你的波斯语对于谈话来说还不够好。”他回答道。

我们沉默地坐着，最后我决定躺下睡觉。

黎明时分，他又开始漫长的礼拜。结束的时候，一群村民来到客房里。赛义德·卡尔巴拉希拿起我的达利语—英语词典，有时瞥上一页。通常想让人看到正在读我词典的人都知道词典哪一边该朝上。赛义德·卡尔巴拉希不知道。

然后他移步到房间的另一边，小心地打开一个檀香盒子，翻开另一部《古兰经》。整个早晨贯穿着他与礼拜者们的闲聊，以及读一点儿《古兰经》，或者偶尔气急败坏地走到阳台上去，告诉想要见他的某人他正忙于宗教礼拜而不想被打扰。我想象着这就是赛义德·卡尔巴拉希大多数日子的过法。

最后我向他告别。出门的时候，我注意到客房墙上的两张褪色的铜版照片。

“他们是我的兄弟。”他说，“烈士……一个在拉尔被杀害，一个在去雅卡·乌兰的路上。”他们没有像大多数烈士一样打扮成圣战者，而是身着整洁的俄国制服。

山谷的隘口

赛义德·卡尔巴拉希让两个人陪我走。我很高兴有他们在，因为昨晚又下了一英尺的雪，覆盖了所有的足迹，我们不得不在村后陡坡上踩出一条新路。在松软的新雪上，我们每走三步就要滑回去一步。

巴布尔远不如我般享受这一切，我一路上不得不大部分的时间都拽着他。两小时后，我们爬上了山脊。这是把哈扎拉贾特西部与巴米扬省分开的中央分水岭，我们可以看见下面向东三十公里的沿着匝林山谷边缘裸露的山崖。那两人说，这个山谷标志着雅卡·乌兰的入口——是我那一天的行走目标。云在寒风中飘得很快，偶尔露出一点儿苍白的太阳。

萨马拉库特位于山坡底部。我带着巴布尔来到村子下面的一个冰孔中喝完水，哈桑·扎尔衮走过来欢迎我们。他是一个和蔼、热情且有礼貌的主人。他为我准备了两个半熟的煮鸡蛋，给巴布尔送了些吃的。像卡特利什的齐亚，他让人拿来一块白毛巾和热水来给我洗手，给我斟满了茶，加了糖。因为又开始下雪，他劝我晚上留宿在他那里。我告诉他，我想在当晚到达雅卡·乌兰。他说这不可能。雅卡·乌兰距此地有两到三天的步行路程。在我的一再坚持下，他吩咐他十七岁的儿子阿萨德和另一个男孩为我接下来的旅程做向导。

没有他们我是不可能穿越匝林关的。雪下得非常急。我们隐约见

作为向导的阿萨德站在暴风雪中的一块空地上

到黑漆漆的山石，山脊偶尔在大雾中显露一下，细小如沙尘一样的雪粒随着东南风急急地吹过地面。但是大多数时候，只有极猛烈的暴风雪。摸索着前行，我们翻越山脊寻觅道路，穿过深深的雪坑。我们看不到脚下的积雪的纹理。雪落在坚硬的雪壳上，有齐膝深。在这里，阿萨德可以找到路。可是后来他迷路了。我们得在更深的雪里跋涉，像相扑手一样，每一步都高抬腿走着。

一个半小时后，雪更加厚了，几乎没到脸部。我们都非常冷。在每一座山脊，阿萨德都转过身顶着暴风雪大叫："您可别累着！"我们陷进了一个很深的雪堆，阿萨德花了十分钟兴奋地绕了一个大圆圈，直到他搞清楚我们在哪里。我想知道这些山脊和山谷在夏天是什么样子。最终，我们到了进入匝林山谷的最后一个山坡，距离雅卡·乌兰只有二十公里。这段路花了我们三个小时，阿萨德和他的同伴现在要穿过暴风雪走回去。

我给了阿萨德一些钱，但是他吓坏了。似乎六小时来回穿越严寒的暴风雪和齐胸深的积雪的路程，是他能为一个客人所做的最小的一件事。我不想冒犯他，但是很想以某种方式报答他。我执意要他收下，一边觉得这样做很愚蠢。他拒绝了五次，但最终出于礼貌接受了，把钱给了他的同伴。然后他祝我好运，转身上山走向暴风雪。我沿着匝林山谷，向着雅卡·乌兰前进。

巴布尔大帝在到达雅卡·乌兰的前一晚所待着的山坡可能就是我们刚刚下来的这个：

> 在我们到达匝林山口的底部之前，周围的天已经黑了。我们在山谷的隘口停下。寒冷太可怕了，我们在极度的危难和痛苦中度过了那个夜晚。很多人冻坏了手脚。苦普克失去了他的双脚，西雍杜克·土库曼失去了双手，阿希失去了双脚。第二天一早，我们沿着峡谷往下走。尽管我知道这不是一条平常之路，但是凭着对真主的仰赖，我们经历困难和险峻，下行到了山谷。在我们到达山谷的另一端之前已是昏礼时分。最年老的人都不记得有人曾经在地上有这么大雪的时候走过这条路；也从来不知道有人甚至在这样的季节有走这条路的想法。我们虽有好几天深受大雪之苦，但到头来，正是由于这极端的环境，才得以到达目的地。如果雪不是深到都没有了路，我们怎么可能翻过悬崖和沟壑行军？如果没有这极深的雪，我们所有的马和骆驼应该早已陷入我们遇到的第一个深谷里：[1]

[1] 19世纪阿尔卑斯山的登山者同样认为，新鲜的雪覆盖冰缝从而让道路更安全。因此他们坚持在1月的新雪中穿过从沙莫尼山谷到策马特的“高路”。今天，人们认为新雪是危险的，人们宁愿在降雪量较少、冰缝可见的春天穿过雪坡。

每一种现存的美好与邪恶

如果你仔细留心，都会导向幸福。

当我们到达雅卡·乌兰并扎营的时候，已是宵礼时分。

五百年后，我在宵礼后的几个小时到达了雅卡·乌兰。阿萨德在大约下午三点离开我回去了。我知道我必须快走，才能在那天晚上到达雅卡·乌兰。山谷的地面低而宽阔，匝林由一串在砂石墙上挖出的山洞组成。大多数山洞的入口已经用墙封住，从煤烟熏黑的窑洞壁顶可以看出大多数山洞曾经住过人。这是我见过的第一个窑洞文化群。从这里到巴米扬，越来越多的村子有山洞，现在大多用来贮存物品和给牧群遮风避雨。山洞的对面是一座已毁的泥筑大城堡。

从匝林开始，我走上了一条畅通无阻的、宽阔的汽车道，这条路

雅卡·乌兰

始于拉尔。这是两周以来我看到的第一条畅通无阻的道路，但没有看到上面有汽车，可能是因为道路两边的入口通道都关闭了。第一次，在傍晚的阳光下，我看到了没有积雪的山峰的真实颜色。一座墨黑色的山峰有着硫磺色的山坡，一座祖母绿色的山，深紫色的悬崖和白色的山顶。在近处，淡棕色的砂石悬崖的底部有着如同深色小孔的洞穴，每一个都被煤烟熏过。

我爬进这色彩的光辉中，但是脚下的山渐退为灰白卡其色和铁锈的阴沉暮色。我们在日落时到达雅卡·乌兰的小溪和山谷，与此同时，雪开始下起来。在山谷的地面，玉米残株的暗黄色被撒上了白色，山丘转为一尊清代花瓶的烟熏粉色，在古典中国画般的层层起伏间，薄雾在山峰聚集，空气因着雪花而有了生气。

巴布尔这样描写他的到来：

> 雅卡·乌兰的人们在我们下山的时候听说了我们，带我们来到他们温暖的房子里，为我们拿出肥美的羊肉，给我们的马拿出充足的干草和谷物，还有大量的木头和干动物粪便以为我们生火。在穿过了严寒和大雪，进入这样的一个村庄和温暖的房屋，逃离了匮乏和痛苦后，像我们这样发现了如此充足而美味的面包和肥美的羊肉，那种愉悦之情，只有在遭受了类似的艰难险阻或者忍受了如此沉重的危难后才能体会。

我快步走进雅卡·乌兰，紧紧裹着毯子，巴布尔跟在身后。现在天黑了。我敲了很多门。尽管能够看到里面的光，却没有人为我开门。在第五个大院，一个人打开了一扇百叶窗。当他听说我需要一张床的时候，告诉我去无国界医生组织在山顶的办公室。我们照他说的做了。我一敲门，无国界医生组织大院的门就被一个澳大利亚男护士打开了。他吃惊地看着我，然后领我走进一间嵌在山谷一侧的干净的新房间。在那里，我受到了欢迎。洛拉，一位西班牙医生，给我一些肥猪肉喂巴布尔。我还得以洗了一个热水澡。然后是彼得，一个来自济世基金会的捷克人，在我吃玉米片、花生酱、蜂蜜、马麦酱，喝着热巧克力和咖啡的时候，坐在我身边。

第二天早上，我走过巴扎去看看那个留宿巴布尔的“温暖的房子”，只发现了烧焦的空外壳。雅卡·乌兰曾经是哈扎拉贾特地区最大的城镇之一，有着教养良好和关心政治的居民。塔利班在1998年袭击了这座城镇，在诊所的墙根处死了四百人。从此，75%的人口要么死了，要么逃走了。

在巴扎下段，那些曾经的商店、现在的空壳里，人们撑起带着雨篷的搁板桌。在一张桌上放着一个饼干盒，另一张上挂着一些牛肉。但是巴扎的大部分几乎是一片瓦砾，到处是人和狗的新鲜粪便。我走过一家又一家没有天花板或者顶壁的商铺，焦痕处处。大火的浓烟一定曾经充斥着这个狭窄的峡谷，而行刑队的自动武器的咔嗒声则曾在陡峭的山壁间回荡。

接待我的无国界医生组织的房子可能是无国界医生组织在阿富汗最偏僻、最与世隔绝的机构了。一个月前，其雇员通过一架巨大的安托诺夫运输机抵达喀布尔，然后在道路可以通行的时候开车进入雅卡·乌兰。在他们到达前，这一区域没有医疗设施。他们开了九个诊所，有一个设在匝林的山洞边。接替的员工在道路快要关闭前抵达。一些服务期满准备离开的员工被困在雅卡·乌兰已有两周，到不了巴米扬。

因为到巴米扬只有三到四天的步行路程，我建议他们和我一起走，而不是等着道路被清理干净，但他们反而想让我和他们乘车前往。那个澳大利亚护士曾看到一匹马和他的主人在前方的道路上被炸成两半，警告我路上埋了很多地雷。西班牙医生洛拉警告我，前面有一个非常大的雪原，三十公里内看不到人烟。她刚刚为一位曾经试图穿越雪原的阿富汗士兵冻伤的腿做了截肢手术，那天下午她在考虑将不得不给他的一个同伴的腿也做截肢。她提醒我，如果有了冻伤就吃阿司匹林。

他们是非常慷慨的主人，离开他们让我感到难过。巴布尔也是。无国界医生组织收养了一条小狗，它围着巴布尔绕圈子，朝着他的脚后跟狂吠，想让他和自己玩。巴布尔在大院的房顶上笨拙地绕圈子散步，假装小狗不存在。如果小狗叫得太厉害，他就偶尔粗哑地回应一声。巴布尔如果要玩的话，也是跟自己玩，只是远远跑在前面，在雪里打滚。但是他被招待得很好。我希望他已恢复力量，足以走到巴米扬，因为在那里道路是开放的，他可以乘车提前走，然后在喀布尔等我。

第六部分

我是比屯的坟墓，旅行者：

如果你从托龙到阿姆菲普利斯

给尼卡古拉斯带这条口信：他的一个儿子

在暴风雪中死去，在初冬，在日出之前。

——尼凯尼图斯，公元前3世纪

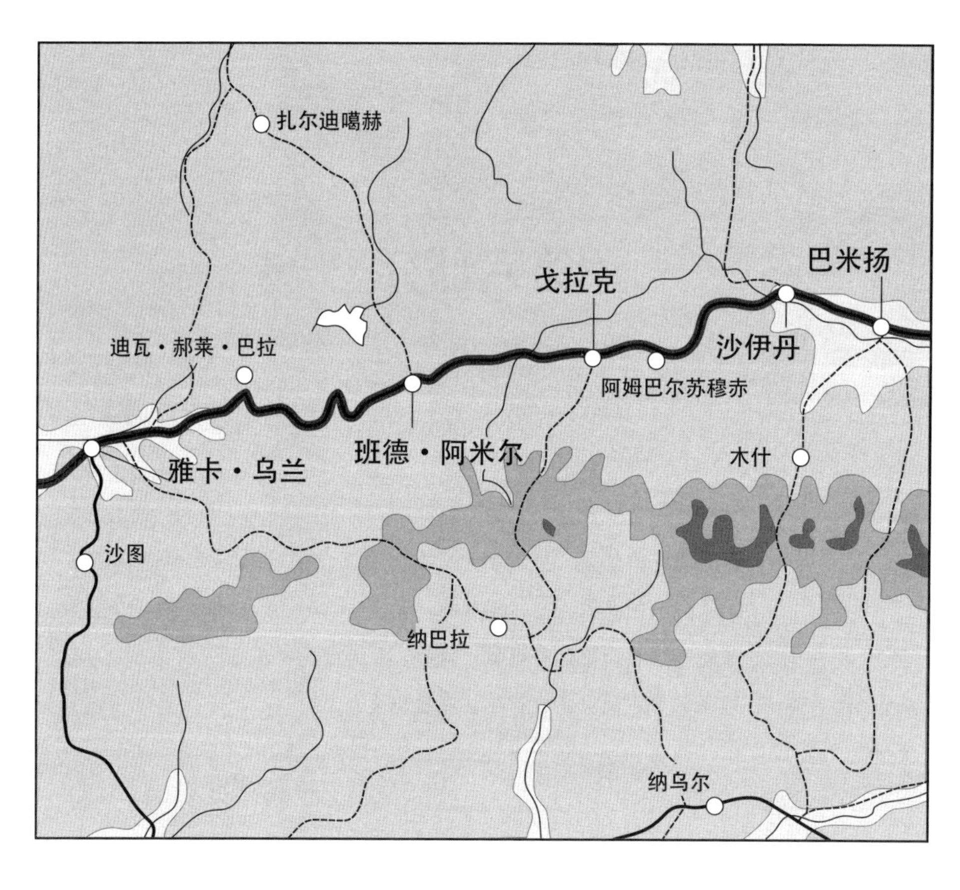

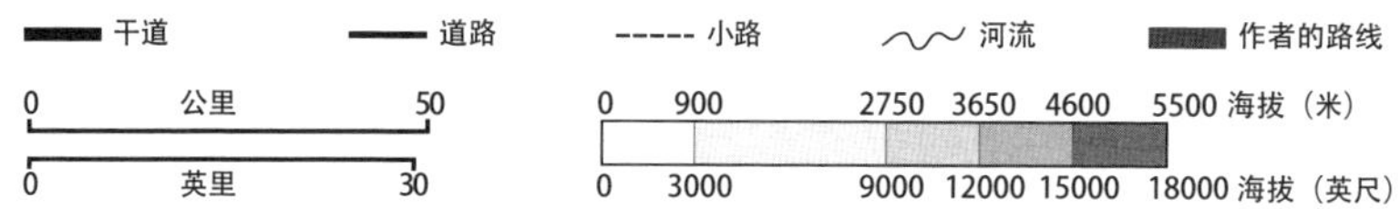

第二十六天——从雅卡·乌兰到班德·阿米尔

第二十七天——从班德·阿米尔到戈拉克

第二十八天——从戈拉克到沙伊丹

第二十九天——从沙伊丹到巴米扬

死亡的中间状态

从雅卡·乌兰之外一英里的山脊上回望，烧焦的房屋因距离太远而掩映在山丘以及一排排白杨树和柳树中。经过在雅卡·乌兰的休整和吃肉，巴布尔强壮有力地出发了，走得比我还快，甚至在前几个斜坡拉着我前进。但是很快，他又累了。两个小时后，在从费尔扎巴多平原通向宽广的雪地高原的最后一个陡坡，我看到了当天的第一拨人。他们正牵着一头驴子，驴背上驮着一个躺在担架上的人。我猜测他们是带一个亲戚去雅卡·乌兰的诊所。但是当我追上他们时，看到担架上的男人已不需要去医院了。

一边的脸颊上仍旧挂着一块泛光的粉红色的肉，但他的双眼已不知所踪，只有细细的一小撮灰发留在头颅后面。幸好还有足够多的肌腱，支撑着发灰的颌骨。他的膝盖合在一处，双臂僵硬地向两边伸开，头微微抬起。双手保存得很好，手指上的皱纹说明他年事已高。他穿着一件破烂的棕色土布短上衣，手腕上绑着两只透明的塑料袋，像手套一样，以驱走严寒。塑料袋没有发挥作用。人们发现他在雪地高原冻死了。

人们不知道他是谁，只知道他正从巴米扬走向雅卡·乌兰。因为他孤身徒步旅行，人们推测他是一个来自偏远地区的穷人。他可能因为开斋节而上路去探亲访友。而那天正是开斋节，为了带这个人的尸体去地区诊所总部，这些人已经错过了他们自己的开斋节。

我以前从未见过尸体腐烂的中间状态，只见过刚死的人，或者骷髅。我祝愿这两人顺利，然后继续走上这个老人曾经穿越的高原。寒风凛冽。雪道上的脚印是陈旧的。我非常关注在各个方向的地平线上不间断延伸的平原。两三个小时后，我停下来吃了几块薄脆饼干，喝了水，这时开始发抖，同时意识到自己的鞋子已湿透，孤身一人。我突然感觉要崩溃，本能地觉得自己没有力量能够到达喀布尔。但是我仍旧提起双脚开始走路，一开始很缓慢，然后逐渐加快，一边拽着身后的巴布尔，一边想着自己的肌肉什么时候会停止运动。

自从遇见尸体之后，我再没有看到一个人类。太阳落山时，我们到达了三块巨大的台地，台地很是平坦，然后我才发现它们原来是一串封冻的湖泊。一条瀑布被冻成了臃肿的钟乳石，纹理呈现出浓烈的铜绿、绿松石蓝和硫磺黄色，在接触到水面的地方是白雪般的奶油色。太阳落在了我身后悬崖笔直的皲裂处，冰块的彩色魔法被黄昏耗尽。

我看到湖对面有个村子，但是没有转身走向它。相反，我赶往分开上湖和下湖的一块岩壁。三个小时前我一度想要停下，现在准备徒步穿过平原。我想象着新雪上的星星，平原的宏大平静。我为自己前进的行动而狂喜。但是巴布尔躺倒在雪地里。我和他斗争，恳求他，但他就是一动不动。最终，我放弃了，跟着他走向一座我们在天刚黑时到达的房子。

这个地方叫班德·阿米尔，我们身处的破朽的泥屋子曾是旅舍。直到苏联入侵前，这些湖泊都还是旅游景点。后来，苏联士兵来这儿度假。我是旅舍主人十二年来第一个付费住宿的外国客人。我买了五条他在湖的冰洞里抓到的鳊鱼。他把鱼炸了，配着面包吃。他说我很幸运。塔利班用炸药在湖里捕鱼，鱼几乎已绝迹了。

长着翅膀的脚印

第二天清早，我穿越冰冻的湖泊，站在正中央，回望刻在榆木色悬崖上的清真寺。一层平滑的雪覆盖在冰面上，只被一串脚印和一串爪印踩破。

巴布尔和我爬上对面的悬崖，抵达我们前一天就走过的雪地高原。几分钟后，似乎我从来没有感到过如此孤单，或者到过如此寂静的地方。唯一的声音是我的行李和脚步发出的嘎吱嘎吱声。视线所及，高原上什么都看不到，除了雪地里我们的足迹，还有就是山峰。

巴布尔和作者穿越冰冻的班德·阿米尔时留下的足迹

雪很轻，在我的靴子下翻落。我回头望去，每一个足跟的印记上都好似飘起一片轻盈的羽毛。我们继续前进，长着翅膀的脚印和椭圆形凹槽变换了形状，凝冻住，然后又在阳光下融化。

我停步，坐下，起身又走十分钟，感觉要虚脱，只好再坐下，身体半埋在雪里，双脚尽湿，双手冰冷，风从雪面吹过来一阵寒霰。我推起墨镜，透过急骤的阳光，看到正在收缩、变形、腐蚀和消融的风景。既没有了长着翅膀的脚印，也没有了地平线。我都想不起我为何会走在这里。

我病了，肌肉僵硬。雪形成了一块干净明亮的床垫，刚好适合我的腰和背。躺下，我感到温暖、放松，闭上眼舒心一笑。我做的已经够了，没有人可以批评我留在这里。半睁开眼，太阳似乎特别亮，雪原一望无际。这是一个很私密的地方，埋在雪里，只露出头，好几天都不会有人来打扰我的尸体。我知道前面有村子，但看不出赶到那里去有什么意义。

在我旁边，巴布尔用他的大前爪捶打着雪，把鼻子埋进雪里，露出黑唇上那根白胡子忽闪忽闪，然后重重地躺下，头弯向一侧去舔冰。过了几分钟，又臀部着地坐了起来，然后僵硬地朝我坐的地方走过来。我的脖子可以感觉到他温热的呼吸，他正小心地嗅我的衣领，鼻子温柔地抵着我的耳朵。见我没有反应，他就后退几步，看着我，再一次近前。最后，他开始跨越雪原，偶尔回头看看。走了两百多码，停下，转过来，叫了一声。他的勇于面对现实让我感到自己的放弃实在是太夸张了。如果他能继续下去，那么我也可以。我站起身，顺着他的脚印走起来。

八公里以后，我们到达了在萨布兹尔和库尔·齐努提之间的一个小村庄。在那里，我们在一间村民们所谓很“简陋”的房子里得到了面包和茶。它确实很简陋。大多数房子的地上至少有一块彩色毛毯，一些腈纶毯子和一个装饰得很醒目的箱子，里面是新娘带来的嫁妆。但是这家地面上铺着没有染色的山羊毛，衣箱是纯锡的，毯子是家里铺地的毡子（home-walked felt）。[1]

在小村庄短暂休整后，我们又要再度翻越雪山。巴布尔的前腿非常僵硬，带领我离开平原似乎耗尽了他所有的力气。我走在前面，希望他看到自己被留在一片空旷荒芜的雪原上时会跟上来。但他并没有。他磨蹭着，几乎停了下来—— 一步一步跛着向我走来，垂着头——最后趴在了地上。我走回去，和他说了一会儿话。他有140磅重，我背不动。以这个速度，我们要花一个月才能到达巴米扬。我把狗绳套上，拉着他走，这比他自己走的速度要快一些。我必须拉着他至少到达巴米扬，在那里可能有机会给他找到一辆去喀布尔的汽车和一个兽医。

我们沿着一条河道行进。我很想给巴布尔弄一些水，但是冰层肯定有十八英寸厚，我用底部包有钢皮的手杖不管砸多少下也砸不穿。在更高的地方，冰层薄了一些。我呼唤着巴布尔："来吧，宝贝，来吧，我亲爱的……来吧——乖狗——水……"但是巴布尔只是躺在岸边，头放在两爪间，看着群山。我试图拉着他下河，他又往回拽。他之前不愿从班德·阿米尔的湖里喝水，也许因为水中有化学物质。我们往后一整天都将没有水。

我在砸开的冰洞边蹲下，又一次泼起水，滴了一些到他的鼻子

[1] 英语中的walk并不是印欧词汇，事实上是一种晚近才出现的对意为"按压潮湿的毡子"（pressing wet felt）的盎格鲁—萨克逊词汇的古怪运用，"走过"（walken）——通常是指一种用脚实现的行为。

上。他扭过头，表情痛苦，最终还是被吸引了，吃力地走到河里开始喝水。几分钟后，他挺直身子环顾四周，嘴边仍旧滴着水。我一直蹲着。他又低下头，开始喝起来。

我们那天有太远的路要走，所以没法停留太久。但从山脊下到帕苏鲁安后，我们还是停了下来。在这里我们重新走上从雅卡・乌兰延伸出来的干道。没有人选择这条路，因为有地雷。塔利班烧毁了帕苏鲁安和邻近的村子戈拉克，我们在黄昏时到了那里。

布莱尔和《古兰经》

在戈拉克村，我遇到了阿里，他是头人的儿子。我解释说我想要一张床过夜，他回答说这很难。

“过路人通常在清真寺过夜，但是你可以看到清真寺……”他指着那些被遗弃的房屋中的一个被大火吞噬的长长的空壳，“这里没法招待客人。”

我沉默地等着。一分钟后，他说：“我们可以见见我父亲。跟着我，小心地雷。”

“塔利班埋的雷?”我问，想要找个话题聊聊。

“不，我们埋的，但是我们不记得都埋在哪里了。”

我们爬过损毁的建筑来到半山腰，走进他家的屋院。这里和其他的建筑一样也被烧过，这家人修复了一间房的一部分。透过点着动物粪便的火炉的烟，我看不清里面坐了多少人，但能听到一个孩子在角落深处尖叫。阿里的父亲裹在毯子里，躺在一张很高的铁床上。这是我在阿富汗村舍里第一次看到床。阿里的父亲看起来有八十岁。他请我坐下，突然自肺部发出的断断续续的剧烈咳嗽，让他绷直了颤抖的身体。他眼睛湿润，喃喃地说着“以安拉的名义”，把痰吐到一个锡痰盂里。咳嗽和喘息平静下来后，他又躺下，闭上双眼，说：“我病了。请……原谅……我对客人的无礼。”

“我应该走……”

“你是我们的客人。你要留下来吃肉，”头人回答道，“一些米饭，一些肉……我的小儿子在哭。他两岁，我年纪大了，老到不能管教他了。请……接受……我的歉意。我的大儿子会告诉你有关塔利班和我们哈扎拉人的事。他们烧了我们的《古兰经》。看吧。”

阿里提起一个木雕盒盖子，亲吻了里面的一捆纸包，然后小心地解开，念了一句礼拜念词，打开《古兰经》。大火烧毁了《古兰经》的一角，暴露出一层层很薄的油墨纸。阿里打开经书时，一些灰烬从纸张中掉落下来。

“塔利班对我们神圣的《古兰经》做了这些。”阿里的兄弟说。

“如果你想要了解塔利班，就看看他们是怎么对待我们神圣的《古兰经》的。”阿里补充道。

这个村子没有电更没有电视。这些人从来没有去过阿富汗的城市或者遇到过记者。我奇怪为什么他们立刻向我解释塔利班做了什么，为什么他们关注这本《古兰经》，而不是他们的家和村庄。

“你能读《古兰经》吗？”我问。

“不。我们不会读写。”

“塔利班把它拿出来给烧了？”

“不。塔利班袭击村庄的时候，它就放在一间被塔利班烧毁的房子里。”

“那么这是一个意外。”

“是的。你看塔利班是怎样的人啊。”我猜他的意思是指塔利班是异教徒。

“塔利班在这个村子杀了多少人？”我问。

“五个。”

“六个，”另一个人纠正道，“侯赛因、穆罕默德·阿里、古拉姆·纳比……”

“六个。”阿里附和道。

“来自你的家庭？”

“是的。我的兄弟，他的爸爸。但是看看这《古兰经》。”

这个村子没有百事可乐，唯一的国际标识是伊斯兰教。阿里认为他和我唯一的共同之处是《古兰经》，我能理解任何烧了这书的人将因亵渎圣物而受到谴责，即便只是意外。他并不认为外国人会对他家庭成员的死亡抱以关怀。某种程度上他是对的。西方人很少关注哈扎拉人的被杀。震动他们的是巴米扬大佛被毁，或者是喀布尔动物园里狮子的命运。在英国和美国，为那头狮子募集了九十万美元。托尼·布莱尔特别关注《古兰经》，但是阿里恐怕很难理解布莱尔的观点。

2001 年 9 月 20 日，布莱尔带着他的《古兰经》访问中东。九个月前，他曾告诉一个采访者他拥有两个版本。现在，根据《卫报》的报道，他有三个。“布莱尔，”报纸声称，“现在一直带着一本《古兰经》，为了‘灵感和勇气’——这是他从克林顿总统的女儿那里学到的习惯。”在“9·11”之前，布莱尔曾经鼓励穆斯林学习他们的圣书，他告诉《穆斯林新闻》的读者，“作为指引人类精神的爱和友谊的概念是如此的清晰……如果你读《古兰经》。”在 10 月 7 日，谈到“9·11”的劫机者，他说：“这些人的行为与《古兰经》的教义相矛盾……这让我感到愤怒，这也激怒了大多数穆斯林。”

一周以后，他说：“我不能理解任何真正学习伊斯兰教教义和《古兰经》词句的人怎么能证明‘9·11’屠杀的正当性。”布什补充道：“伊斯兰教教义是好的，和平的，但是那些以安拉的名义做了邪恶之事的人亵渎了安拉的名字。恐怖主义是他们自己信仰的叛徒……”

布莱尔对于《古兰经》的处理和讨论可能会让阿里感觉非常古怪。在阿里看来，布莱尔不可能读懂《古兰经》，因为他不识阿拉伯文。《古兰经》不像《圣经》，《古兰经》是对真主的一字一句的记录，是通过穆罕默德之口用阿拉伯语说出来的，翻译不可被当作《古兰经》原文。有时，翻译甚至会被认为是亵渎真主的行为。

阿里小心地包裹好他的《古兰经》，放进木盒子里，搁在高高的架子上，只有在洗“大净”后和礼拜时才拿出来。如果阿里看到布莱尔在飞机上翻阅《古兰经》译本，或者听到布莱尔对《古兰经》含义的自信评论，应该会大感震惊。《古兰经》中丰富的隐喻、诗歌和暗示，习惯上由先知的圣训以及有着悠久传统的教法学和教义学注释来加以解释。因此，公开阐释《古兰经》的含义通常是最博学和最资深的毛拉的职责。

布莱尔对于文本自信而随意的处理，其本意并非自认高人一等或者放肆，而是表现了他对伊斯兰文化的认识。他似乎认为《古兰经》类似于新教徒的圣经，可毫无问题地被翻译，易理解，没有旁经，可由一般信众自由解释，且对它的翻阅拿取与其他书籍差不多。这一假设可能被类似于布什这样的基督徒“评论员”所接受。2001 年 11 月，一张照片显示，布什用他不洁的左手随意地从桌子上方接过一本《古兰经》，而向他展示这本书的毛拉挣扎着挤出笑容。

大多数英国媒体紧随布莱尔，几乎完全用《古兰经》定义伊斯兰教，而不是参考这个文本的文化背景。他们可能不会那么快地把天主教教会简化为福音书。但是可能他们更感兴趣的是改变伊斯兰，而不是描述它。2001 年 9 月 16 日，《卫报》评论说《古兰经》所承诺的忠诚的天国美女纯粹是一个纯洁的象征，而不是提供性服务的处女，并暗示自杀式炸弹袭击者被误导了。一个月后，《观察家》杂志描写了另一个版本的伊斯兰教："这并非伊斯兰教，就像三K党不是基督教。"评论家们很少描述伊斯兰教信仰和实践的多样性，这可能因为他们的评论主要是为了平复英国的反穆斯林观点（也可能类似托尼·布莱尔的例子，呼吁联合穆斯林伙伴）。反穆斯林的人也从不结合语境来阅读《古兰经》文本，尽管他们支持的是另一个方案。在11月，不列颠民族党主席写道：

> [我们]开始寻找自"9·11"以来一次又一次被引用的[《古兰经》]段落，包括乔治·布什、托尼·布莱尔、伊恩·邓肯·史密斯和无数记者都曾引用过的："凡枉杀一人的，如杀众人。"这句话是"政治正确"运动的核心，用来证明反伊斯兰恐怖主义的战争狂热不会激发对于穆斯林本身的敌意。毕竟，证据不是很明显吗？伊斯兰教从根本上是一个和平的、充满爱的宗教；它不过是戴头巾的天主教罢了。
>
> 如果这句话是真的，那以上的观点一定没错。但问题是这段引文是"政治正确"者捏造的。只要看看第5章第32节实际上是怎么说的：
>
> "除因复仇或平乱外，凡枉杀一人的，如杀众人……"

他继续引用了二十三条韵文来"证明"穆斯林是"对英国生活的一个威胁"。[1]

[1] 英国知识分子的反应更复杂。在"9·11"后，他们和主流媒体不同，专注于审视劫机者的动机，行动的象征意义，历史背景和任何反应所蕴含的困境。但即便知识分子有时也会说，许多穆斯林对于伊斯兰正统派的自信声明令他们讶异，或者他们不愿意承认相去甚远的文化之间的任何差异。因此，特里·伊格尔顿在《伦敦书评》写道："这是伊斯兰原教旨主义，不是亵渎《古兰经》的《撒旦诗篇》"，而玛丽·比尔德认为"全心投入的殉道者是一个稀有的群体，想象中的比实际上的要多"，这是基于她对于早期天主教的研究。

盐碱地和甘松

第二天，我跟随着从戈拉克赶着一头驴去巴米扬买盐的两个男孩出行。我们一口气走了五小时没有停歇，也许有二十五公里。我很少留意身边的风景，但是当我们爬上山脊时，我意识到赶着一头驴穿过厚厚的积雪是多么困难。

像许多村民一样，男孩们对待他们的驴子十分无情：我看到他们在它背上抽断了一根竹条，然后又用一块锋利的石头打它。但是在雪地里，男孩们也为它开路，然后耐心地回到驴子倒下的地方拉它。驴子跛着脚走上几步，然后又一次躺下，而他们开出更多的道路，回来又加倍打它，鼓励它，再一次拉起它。在卡尔甘那图山谷，男孩们指出了许多埋着地雷的地方，一些离道路只有两英尺。我抓紧了巴布尔的狗绳。

刚过晌午，我们经过通向锡伯图的道路来到一个哈扎拉人曾经的抵抗中心。在这里，哈扎拉指挥官哈里里建了一条飞机跑道，接收来自伊朗的供给。那个村子，只有一个房间幸免于难，现在里面塞满了东西，其他的建筑已因被塔利班烧毁而遗弃。这个山谷不仅被塔利班破坏过，巴布尔大帝在 1507 年 2 月中旬抵达这里时说：

> 我们从锡伯图山口走下来。在我的行军路线上，已有哈扎拉

部落的土库曼人拖家带口，携着家产宿营于前方，一点儿没有意识到我的到来。次日，我们拔营出发，闯进了他们的营地，冲进他们的羊群，劫掠了两三组毡房和羊群；哈扎拉人很是惊恐，他们放弃了营地，带着孩子逃到山上。

之后很快有消息说，他们有一伙人挡在狭窄的关口向我军放箭……我们的人都不知所措，已经停了下来。我独自上前，想要鼓舞士气。没人听我指挥，或冲向敌人，只是散散落落地立于各处。我没有戴头盔，穿盔甲，我的马也没穿盔甲。我只有弓和箭袋。我吩咐侍卫们进攻，在需要的时候证明对主人的忠诚；而不是在他们的主人抵御敌人向前冲时，在一旁袖手旁观；当我飞驰突进时……[他插入了一首关于这一事件的突厥语诗歌]

我的人，看见我前进，便也前进，

把他们的恐惧留在身后。

我们夺得了山顶，驱赶着哈扎拉人，

我们像鹿一样越过高地和山谷；

我们掠夺他们，瓜分他们的财产和绵羊；

我们杀死了土库曼的哈扎拉人，

还俘虏了他们的男男女女；

那些跑得远远的，我们也追赶上并俘虏了他们

带走了他们的妻儿。

十四五个带头的哈扎拉叛乱者和强盗头子落入我们的手中。我曾想在驻地用各种酷刑把他们折磨致死，以此杀鸡儆猴；但是哈斯木伯克碰巧见了他们，因着不可理喻的同情而放了他们[就像一位叫作萨迪的波斯诗人曾写道……]：

对坏人行善

正如对好人行恶；

盐碱地长不出甘松；

莫把好种子播撒其上。

墙上的黯淡痕迹

我们继续向上走，去往沙伊丹山口。背包似乎强拉着我坠向地面，挣扎着前行，全身只剩下喘气的劲儿。我低头看着道路，全神贯注于走路，步履缓慢，就像那头驴。巴布尔垂着头，伸着舌头，我知道如果松开狗绳，他就会彻底停下来。

一个在沙伊丹的年轻人正在弹奏一把简易的吉他

在沙伊丹山脊的一条小道上，我们略事休整。小道上到处都是防空导弹弹壳。塔利班曾经在这里向在锡伯图的哈扎拉的飞机开火。沙伊丹的村子在我们下山的时候看起来很美。河边有大片田地。城堡华丽的八角形塔伫立在一个有着八十家商店的泥筑的巴扎上空，通向一座神学院的大院。古老的杨树环绕着领主的果园。悬崖上古老的山洞装着木窗，在它们上方，一座一万五千英尺高的雪峰直刺深蓝色的天空。

但是到达第一座建筑时，我意识到这是一座鬼城。那些商店均匀地染上了焦黑色。在喀布尔，被机枪和烈性炸药击中的混凝土上会留下凹坑或弹坑。在这里，建筑物是用泥筑的，因此没有这样的印记。大火烧毁了门楣和椽子，留下烤焦了的松脆泥壳。一些房子烧焦的房顶残梁仍在；还有一些房子，房梁已毁，墙上留下了黯淡的痕迹，与领主花园里的杨树以及洞穴那空洞的窗棂一样黑漆漆的。所有的建筑都被废弃了。绿松石山城在成吉思汗的袭击之后一定像现在这样。

六年前，有两千个家庭生活在沙伊丹。三年前，塔利班在巴扎杀了八十个人。一年前，在刚炸毁了三十五公里以外的巨型佛像后，他们又杀了一百二十人。在我到来的七个月前，他们发现村子空了，于是付之一炬。大多数人逃到了难民营。

在赫拉特，许多战地记者[1]预测阿富汗人会仇恨美国人领导的对塔利班的袭击。他们说塔利班对女性的态度，对伊斯兰教法的运用，以及他们对巴米扬大佛的毁坏在乡村颇受欢迎。塔利班比起北方联盟并“不更残酷”，并且他们还改善了乡村地区的安全状况。出兵干预可能只是用一伙坏人替换了另一伙，在这过程中还会激怒阿富汗人。

我确实发现塔吉克和艾马克人社群不完全反对塔利班。他们认为在塔利班的统治下安全状况好一些。塔吉克妇女现在在村子里戴头

[1] 这可能是因为他们中的许多人曾经去过巴尔干地区，记得反米洛舍维奇的塞尔维亚人对于科索沃轰炸的暴怒。

巾，只有在去城镇的时候才穿上遮住全脸的罩袍，但是对于塔利班统治下妇女教育的缺乏或者伊斯兰教法的实施，无人反对。赛义德·欧玛尔，曾经是对塔利班抱怨最多的人（“他们偷了我的驴”），转而成了一名塔利班指挥官。

但是我遇到的哈扎拉人很高兴塔利班离开了，他们没有恨美国人赶走他们。除了这里，在阿富汗没有别的地方让塔利班的凶残显得如此无所不在，或者如此具有族群针对性（指塔利班对哈扎拉人特别丧心病狂)。在三天的行程中，从塔利班处决了四百人的雅卡·乌兰，到八十家商店的门面变成了黑壳子的沙伊丹，我见到的每一个哈扎拉村庄都被焚烧过。在每一个定居点，人们被屠杀，羊群被赶走，果园被夷为平地。大多数村子如今仍旧被废弃。

很少有哈扎拉人了解并关注美国的世贸中心。但是在短期内，所发生的一切开始让他们得到改善。他们得到了些许自由，和些许安全；他们再度拥有了一些权力；他们对于自己省的省长哈里里也比较满意。

@afghangov.org

我怀疑喀布尔的新政策制定者是否了解这些情况。在过去的三个月，每次在尼泊尔的小镇网吧查看邮件的时候，我都会收到信息，关于某人某人刚刚去管理阿富汗。联合国的申请表在2001年10月开始流传，之后就出现了通知："请不要指望给这个邮箱写信——在喀布尔没有互联网。"最终，消息从新的地址弹出——"@pak.id""@afghangov.org""@worldbank.org""@un.org"——谈论着山区的太阳。我现在有半打朋友在阿富汗工作，在使馆、智库、国际发展机构、联合国和阿富汗政府，掌握着价值百万美元计的项目。一年前，他们在科索沃或者东帝汶，一年后他们会在伊拉克或者纽约和华盛顿的办公室。

他们的目标是（引自在阿富汗的联合国国际援助团）"创建一个中央集权的，有着广泛基础的，多民族的，致力于民主、人权和法律规范的政府"。他们每天工作十二或十四个小时用来起草公文，内容关于重金资助"民主化""提高生产力""性别""可持续发展""技能训练"或者"防护问题"等项目。他们大多数年近三十岁，或三十刚出头，有着至少两个学位——通常是国际法、经济或者发展研究。他们来自西方国家的中产阶级家庭。每天晚上，他们相约吃饭，交换当局腐败和联合国无能的奇闻异事。他们很少开着他们的四驱车驶出喀布尔，因为安全顾问禁止他们这么做。

有些人，例如那两个在恰赫恰兰的政治官员就很有经验，对阿富汗农村的状况也很清楚。但在几千人中他们只有不到五十人。大多数的政策制定者对于农村的情况了解得极少，而在那里居住着 90% 的阿富汗人口。这些政策制定者来自后现代的、世俗的、全球化的国家，他们的国家在法律和政府管理方面有其开明传统。对他们来说，创立关于城市规划、妇女权益和光纤网络的项目，讨论透明、干净、可计算的程序，自由主义观点和公民社会，谈论“愿意付出任何代价渴望和平并理解一个中央集权的多民族政府的需求”的人民，都是天经地义的。

但是他们理解得了赛义德·卡尔巴拉希的妻子的想法吗？她在四十年里只到过离家五公里外的地方。或者哈比布拉医生，那个兽医，背着自动武器就像他们带着公文包一样？我遇到的村民大多数是文盲，远离电器或者电视，对外部世界了解极少。伊斯兰教的不同派别，种族划分的观点，政府、政治以及合适的争论决议的方法（包括武装斗争），还有二十五年的战争经历，每个地区各不相同。卡门集的人按照他们的封建领主哈吉穆赫辛汗来理解政治权力。赫拉特的伊斯梅尔汗想要一种基于伊朗伊斯兰政治体制的社会秩序。哈扎拉人，例如阿里，憎恨中央集权政府的方案，认为此方案会使他们被其他民族团体镇压和在塔利班统治下受苦。即便在短短一周的徒步旅行中，我就历经了本地伯克们被伊朗资金支持的社会革命所推翻的地区，和封建结构仍旧保持不变的地区；村民们遭受塔利班暴力的地区与村民们互相折磨的地区。这些不同人群间的隔阂很深，难以捉摸，很难克服。乡村民主、性别政策和中央集权在一些地区将很难有市场。

政策制定者们没有时间、机构或者资源来对一种异域文化进行认真的研究。他们通过关注贫困以及暗示不存在巨大的文化差异来为他们在知识和经验方面的不足辩护。他们假定村民们对于国际组织的所有优先议题都感兴趣，即使这些优先议题互相矛盾。

在喀布尔的一个研讨会上，我听到联合国人权高级专员玛丽·罗宾逊说："阿富汗人已经为了人权战斗了二十五年，我们不需要告诉他们，人权是什么。"之后，一个大食品公司的负责人私下补充道："村民们对人权不感兴趣。他们像全世界的穷人一样，想的是下一顿饭从哪里来。"一个提供咨询的阿富汗非政府组织的负责人回应道："对于这些人，要了解的唯一一件事就是，他们忍受着创伤后应激障碍的痛苦。"

政策制定者与像阿里这样的哈扎拉人的种种差异，远不止他缺少食物这一点。阿里很少担心他的下一顿饭。他是一个农民，在下一顿饭从哪里来的这个问题上比起其他人有更好的主意。如果他定义自己，那首先是一个穆斯林和一个哈扎拉人，而不是一个饥饿的阿富汗人。如果没有投入必要的时间、想象力和毅力来了解阿富汗人的不同经历，政策制定者就会发现用他们希望的方法来改变阿富汗社会是不可能的。[1]

---

[1] 批评家们将之斥为新殖民主义新一代管理者。但是事实上他们的方法不同于19世纪的殖民官员。殖民官可能是种族主义者和剥削者，但是他们至少在理解他们所统治的人民这件事上严肃认真。他们雇佣那些准备把毕生事业奉献给一个陌生国家的危险省份的人们。他们在教管理者和部队军官学习地方语言上投资，建立有效率的国家机构，培训本土精英，通过研究所、博物馆、皇家地理协会和皇家植物园等继续对他们的课题进行数不尽的学术研究。他们平衡地方预算、扩大财政收入，因为如果他们不这么做，他们本国的政府将很难摆脱困境。如果他们不能够成功地进行公平管理，人民就会暴动。

后冲突专家因为没有帝国主义的企图心或者特征而获得了声望。他们对于文化差异的含蓄否认是国际干预的新的典型特征。他们的政策失败了，但是没有人会注意到。没有可信的监督机构，也没有人承担正式的责任。官员个人从来不扎根在一处，也很少在一个组织里待足够长的时间以展开充分的评估。殖民事业没有这样的执行标准。事实上对于他们来说，极度无用反而让他们受益。不同于他们的殖民前辈，他们通过避免任何严肃的行动或者判断，能够逃脱种族主义、剥削和镇压的指控。（转下页）

在戈拉克，我问阿里，谁应该是阿富汗总统。

“哈里里省长。”房间里的人齐声回答。

“但是普什图人和塔吉克人不希望你们哈扎拉人来当阿富汗总统。”我说。其他的阿富汗人指责哈里里在喀布尔的暴行。

“艾哈迈德·沙阿·马苏德，”头人咳嗽着，“是唯一的全国性人物。”

他们都点点头。

“但是他死了。”我喃喃地说。

他们又点点头。

“好吧，那么，谁？哈米德·卡尔扎伊，你们目前的领袖？”

“绝对不是……不……一个普什图的美国傀儡……”头人说道。

“好的，那么，该是谁？”

沉默。似乎他们从来没有考虑过这个问题。也许他们认为并不是由他们来决定选谁当总统，或者喀布尔根本不在乎。

“请您吃肉。”头人边说边看着盛有米饭和不新鲜的面包的托盘。没有肉，因为塔利班把村里的羊已基本上掠夺一空。但是房间很昏暗，头人生病了看不清。

“说吧，”我说，“谁应该当你们的领袖？”

“国王……”有人最终建议道。其他人看起来有点儿不确定。

“但是他八十五岁了。”

（接上页）也许这是因为在发展中世界只需要一个行动的迷人错觉便已足够。如果政策制定者不太了解阿富汗，那么，公众对阿富汗就知道得更少。当只有在阿富汗才能感受到政策的影响时，几乎就没有人会关心其失败与否。

他们都点点头。

“如果真主愿意，未来可以没有战争，”阿里补充道，“但是未来我们将和其他人争夺许多东西。”

当音符缭绕时

在沙伊丹郊区，我们在一座改建为军事营房的大房子里留宿。巴布尔在残破的大院里找到了自己的房间。我和三十个哈扎拉士兵挤在一块很小的地板上睡，大部分人都打鼾。房间不够大，不能直躺。我们紧紧地蜷曲着，人挨着人，不能翻身。躺在我身边的人自我介绍说是巴米扬的淘斯。

大多数部队睡在美军发放的薄睡袋里，上面标记着“中度寒冷”。我怀疑美国国防后勤局（机密行动）的军官是否知道这里温度会降到 -40℃，或者他或她是否在意。一些士兵戴着羊毛突击队员小帽，绿色带子上挂着空的新水壶。许多人穿着挪威拉链 POLO 衫，棕色的毛毡连体衣裤，大概原是设计为内衣的。

我被偏头痛和严重的腹泻惊醒，走出屋子去解了几次手，几乎没有意识到满月的光亮度亦或寒冷都在雪中加倍。我注意到我的裤腰带现在非常松。回到屋里，我试图记录徒步穿越阿富汗的一路精彩。我写道：“步行全程中的一个高潮——沙漠——夜晚的天空——伫立在后方的封建领主的城堡——贾姆尖塔在狭窄的峡谷里露出的孤零零的尖顶——战争的国际层面——大雪。”

我写了超过三页纸，回忆在过去的一个月里我吃的每一顿饭，细细回味我吃过煮鸡蛋的那几天。黎明破晓时分的光亮不及满月夜，一线微弱的柠檬色光线穿过群山射向东方。其他人醒来，抱怨着寒冷。尽管人贴着人睡，我们湿漉漉的衣服还是结冰了。一些人蜂拥至厨房，用动物干粪燃起的火来取暖，给我们剩余的人留下一点儿空间来伸展四肢。

让我高兴的是，主人向我们提供了小巧卷曲的酥油甜点心，阿富汗人称之为巴斯拉格（basraq）或者哈珠（haju）。我一口气吞了十五个，大家都笑了，因为这种点心常被看作是儿童食品。吃饭的时候，我们的主人哈利发·埃米尔弹奏着一把用黄色的塑料小油瓶、一条桌腿和两根木头锥子制作的坦不拉琴。他只拨弄低音琴弦。我已经一个月没有听到音乐了，我的一天天都是在寂静中度过，在变换缓慢的风景中伴着思想的骚动。一个音符，又一个音符，音乐让我回想起时光的曼妙。每一次停顿都承接着对下一个音符的期待，以及对一个曲调的缓慢揭示。哈利发·埃米尔丈量着寂静，用一连串来自丝弦的清澈音符分割着每一分钟，然后又用他男高音的嗓子重新编织时间。在座的其

卡尔甘那图的哈利发·埃米尔·穆罕默德

他人在塔利班掌权的年代不能聆听公开表演的音乐，如今安静地倾听着。我不明白歌词的含义，但是这不重要。曲调、歌手的音调以及听众的表现中呈现出的悲伤之情很明显，这就是我们之间共享的美好。

正午，我在巴拉奇休整。我坐在路上方的一块平台上，点了茶和饼干。巴布尔躺在墙根处的阴影里，打起精神，从容地对着自己的回声报以粗暴的咆哮吠叫，舔舔他的私处，然后又躺下睡着了。只有这一次，蓝色的天空没有一点儿寒冷的迹象，河水在一排白杨树后奔流。我想起早餐甜甜的酥皮点心，享受着温暖的阳光。

茶店的出现说明我们正在接近巴米扬，同时说明这条路通向喀布尔。我们沿着一道干石墙往前走，每隔三米就有一块石头被涂成鲜红色，指示着路上有地雷。这是防汽车的地雷，我们的体重不会触发，所以我们安心地走在它们上面。防人的地雷似乎就铺在路旁。一个月前，一匹马在这儿受惊脱缰了，几步跑进沙漠里，然后和它的骑手一起被炸死了。

下午早些时候，我们离开了一处狭窄的峡谷，路过一眼温泉，像阿富汗的许多温泉一样，水只是微温，然后走进巴米扬山谷里宽阔而平坦的田野。随着那天逐渐变热，巴布尔开始冲进他能够发现的每一条阴影中去躺倒，而我不得不拉拽他的腿。

在山谷边上，我们被一队前往市场的驴子商队所吸引。两个小男孩穿着亮蓝色的橡胶靴，戴着闪闪发光的礼拜帽，坐在驴背上成捆的荆棘柴火上。旁边跟着一头小母牛，暗沉的牛皮从瘦骨嶙峋的髋骨上松松垮垮地垂了下来。这头奶牛是一个投机买卖：这个家庭三天前在一个山区的巴扎买下它，认为可以卖出两倍的价钱，但与此同时他们却喂养不起它。一个骑在骡子上的男人，由一路小跑而减慢速度，硬挤进驴群中，抢在我们前面慢跑着下到山谷的道路上。在他身后是表情严峻的人们，他们的驴子没有驮任何东西，准备去购买油和盐。

我们与四头驴子并行。驴子载着身穿褪色的天蓝色罩袍的女人们，为了庆祝去城里的旅行她们曾翻箱倒柜。她们提起罩袍下的裙子以便骑驴，从一个女人的淡紫色、深红色和紫色的内衣包裹中，我看见一个婴儿在向外凝视。她们的男人走在她们身旁，挥舞着皮鞭。驴子左右挪移，经常分心，向着村屋冲上斜坡，互相碰撞，所以赶驴子的人们在驴子侧面一直慢跑，推挤，把它们赶回到路上。驴背上的年老男人和年轻女人从不同的角度相撞。有一个步行的男人，橘色帽子顶在卷曲的生姜色头发上，脸庞黝黑，穿着棕色的灯芯绒传统长衫裤。他一直在奔跑，想要逮住一头驴子，因为这驴子想要带着他的妻儿跑进临近的田地里。

在一千三百年前，运进巴米扬的丝绸和佛教塑像一定同样是在翻滚的沙尘和赶骡人的喝叫声中到达的。早期旅行者，例如巴布尔或者马可·波罗，曾在一长串马匹和驮畜中前进。因为尘土，他们肯定没有看清沿途的风景。我很庆幸我通常独自旅行。

骆驼商队在巴扎的遗迹处四散而去，此巴扎遗迹是一种新形式的废墟：不再是结实的墙和烧黑的椽子，而是空袭留下的弹坑和破碎的建筑物轮廓。在一个我从赫拉特开始看到的最宽广也最肥沃的山谷的北缘，陡峭地矗立着高几百英尺的淡棕色砂石悬崖。在我左手边的悬崖上，凿有两个壁龛，每一个有两百英尺高，底部都是碎石。两座巨大的佛像曾经伫立在壁龛里，长达一千四百年。在我抵达这里的七个月前，塔利班炸毁了这两座佛像。巴米扬的这个山谷，有八千英尺高，曾经是佛教世界的西部边界。

第七部分

乌尔杜克 [普什图的部落] 都以农耕为业。他们是寡言质朴的族群。

——蒙特斯图亚特·埃尔芬斯通：
《喀布尔王国及其属地》，1815 年

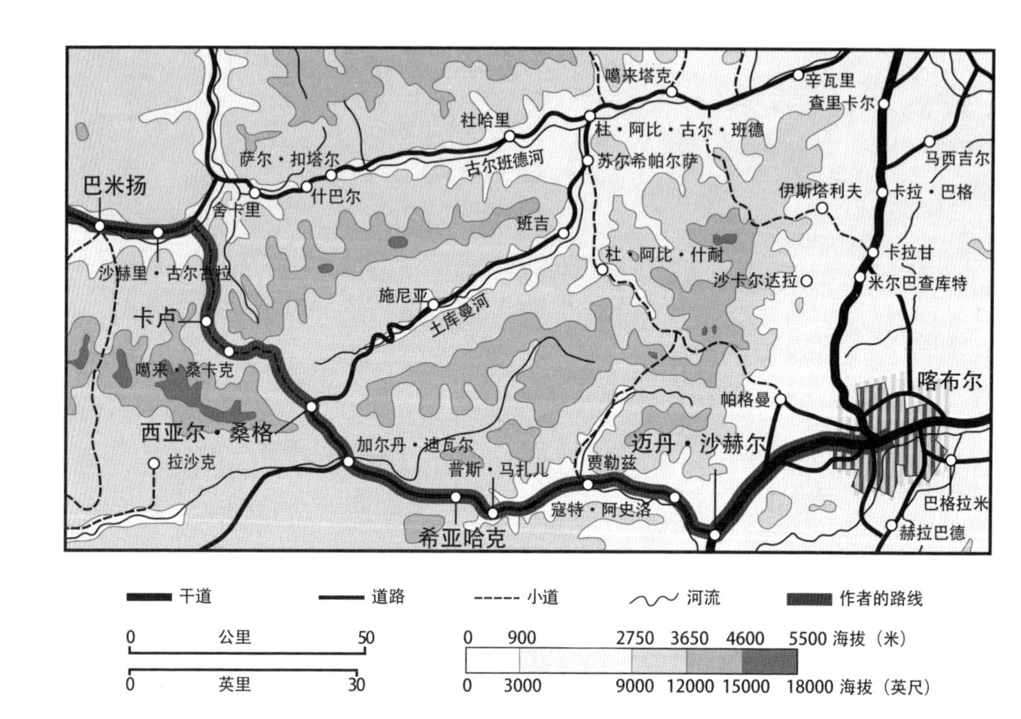

第三十—三十一天——巴米扬

第三十二天——从巴米扬到卡卢

第三十三天——从卡卢到达含·西亚尔·桑格

第三十四天——从达含·西亚尔·桑格到希亚哈克

第三十五天——从希亚哈克到迈丹·沙赫尔

第三十六天——从迈丹·沙赫尔到喀布尔

天花板上的脚印

宗教，似乎和骆驼商队一样，避行山路。佛教从佛陀在尼泊尔的诞生地向南传播迅速，穿过平坦的恒河平原到达斯里兰卡，然而，却用了千年之久才抵达中国，不是穿越喜马拉雅山，而是沿着一条抛物线向东一千五百公里，再向北五百公里，然后又向东五百公里[1]，最终延伸至蒙古和日本。在阿富汗，佛教只停留在一条狭窄的地带上，在凯拉什和古尔东西两翼的山谷里还留着许多未化之民。

巴米扬：佛像

佛教在传播的过程中不断变迁。在西藏，它吸收了先前的苯波教，衍生出大量的鬼神学。在8世纪的北印度，它演变成学术型宗教；在斯里兰卡的林间僧众那里，佛教是

[1] 一片丝绸可以在九个月内走完这段旅程，而佛教却用了将近一千年。

实用主义的；在尼泊尔的尼瓦尔，已婚僧尼践行左道密教；在日本，禅宗信徒要参悟禅机。在阿富汗，佛教与亚历山大的希腊艺术相遇，发展出自己最独特的艺术表达形式：犍陀罗风格，即人形的佛陀肖像。巴米扬大佛正是这一创新的遗产。

从东边佛陀壁龛的底部，我爬上四十英尺高的一个倾斜的泥台阶，走进一条开放的长廊，那里有一排空房间。我继续拾级而上。崖壁的每一侧都凿有阳台、环型楼梯和有着拱形屋顶的八角形房间，一层又一层，顺着岩壁上升。我继续跨过易碎的泥筑部分，爬到距山谷地面两百英尺的高处，这里曾经是佛陀的头部。

这是风格独具的依山建筑。阿富汗的犍陀罗佛教雕塑通常以其优雅匀称而闻名，但巴米扬大佛却笨拙而臃肿。它们的主要功能似乎就是要主宰地貌。在松散破碎的岩石上建造佛像，是不可能苛求形式上的细节或优雅的。只要能让佛像耸立在砂石崖壁上，其他也就顾不得了。

下行到另一个佛陀壁龛，我转入旁边的一个走廊。在那里，看到一个房间，里面有一列塑像残迹，深蓝与金漆的彩绘仍依稀可见。最后一批巴米扬佛教徒可能生活在第一个千禧年结束之际。他们的宗教，起初因印度教的复兴而削弱，然后被伊斯兰教灭绝。12 世纪在古尔人占领这个山谷期间，巴米扬和孟加拉国之间的佛教徒几乎已灭绝。巴米扬的佛教是什么样的？我们所知甚少。虽然有成千上万的寺院绵延一千多公里，但却只有舍利塔的碎片、雕塑、碑刻和抄本，以及中国旅行者的记录留存下来。

在另一条走廊的尽头，我见到了塔利班烧过的一间房屋的内部，大概是为了销毁一幅壁画，他们在房顶上踩踏出白色的靴印。这一定让他们颇费了一番工夫，因为房顶有二十五英尺高。

绿松石山城选择这个山谷作为他们的第二个首都，可能正是出于对这座别具一格的依山建筑的喜爱，才留下佛陀伫立于此处山崖。然而，因为反对偶像崇拜，塔利班炸毁了佛像。许多哈扎拉人似乎对此难以置信。“也许他们在寻找佛像下面的金子。”我问他们时，驴子商队里的一个人这样说。但他们似乎并不心存忧虑。一千五百年来，这座巨型塑像一直伫立于山谷，从哪个方向都触目可见，现在却突然消失了，真是奇怪。但就像这个人说的：“我们还有更重要的事呢。”[1]

巴米扬：从僧人的冥想室望出去的风景

我在一个与露天长廊相距甚远的僧人冥想室坐下，俯瞰着一百英尺以下广阔的绿色山谷，远处是白色山峰。这一景象可能和从前拉萨的一幅细密画类似：围绕着佛像的宏伟建筑物被漆成明亮的色彩，山顶飘扬着经幡，在宗教节日里，山谷中到处是穿着暗红色长袍的僧人列队吟唱。如今，被炸毁的崖龛与前犍陀罗早期的刻绘遥相呼应，龛中只有一个空空如也的坐处，表示佛陀曾经到过这里。

[1] 巴布尔在旅行中曾路过巴米扬，尽管他不可能过而不访，但却从未提及。似乎他对伊斯兰之前的历史无甚兴趣。这种不感兴趣可能反映了伊斯兰教对于异教偶像崇拜的反对。19 世纪时，当地人显然对这些雕塑代表着什么一无所知，正是经过对中国编年史及相关塑像的研究，一个英国团队才证实了它们是释迦牟尼像。

我就是变焦

巴米扬现在是一座要塞城镇，镇上有一个重要的简易机场，有外国军事人员以及大量的救济机构的办公室。这座城镇被新首长哈里里的士兵控制着。这是一群面颊收拾得干净清爽的青少年，他们穿着迷彩夹克和美国中央情报局提供的新军靴，军靴尺码过大，鞋带松散着，双排纽扣的衬衣下摆拖到了脚踝。许多男孩为了漂亮涂上了黑色的眼线。街上到处是他们的身影，吆喝街邻，窥伺商店，摆弄着背上的卡拉什尼科夫枪，盘问路人。丰田陆地巡洋舰汽车载着救济机构的人员和美国特种兵穿梭驶过。一辆阿富汗指挥官的皮卡车停了下来，车上一个表情冷漠的男子端着安在底盘上的沉重机枪。街上看不到一个女人。

北部道路的积雪已经被清理干净，可以在十一小时内驱车到喀布尔。每天有零星几辆汽车开过来。我想找个运输工具把巴布尔送去喀布尔，因为他病得很厉害，无法走完最后的一百英里。我在巴扎花了一个下午和卡车司机攀谈，但是没有人愿意带一条狗。黄昏时分，我开始寻找住处。大多数旅行者可能会睡在巴扎的一家餐馆的地上，但我太累了，不想把巴布尔留在街头，所以又一次求助于国际组织。我试图不去打扰无国界医生组织，因为觉得他们的职员在雅卡·乌兰对我已经非常慷慨了，但是发现没有一家其他机构愿意接受我之后，只好重回无国界医生组织，并且受到了热情的接待。

巴米扬的淘斯

在这儿休息的两天里，我大部分时间和也待在无国界医生组织的法国摄影师迪迪埃·勒费弗尔在一起。他早在1980年早期就和圣战者穿越过阿富汗，这次他又重回故地拍摄这场战争。大多数战地摄影师都拿着大型数码相机；迪迪埃仍旧使用黑白胶片和两台古老的莱卡相机。在战争地带，大多数摄影师喜欢使用变焦。迪迪埃没有这个。“我就是变焦。”他说。当其他摄影师乘坐汽车和直升机，在阿富汗的不同城市追逐新故事的时候，迪迪埃已经在巴米扬待了一个月拍摄哈扎拉难民。迪迪埃正要搭乘一辆无国界医生组织的汽车回到喀布尔，他和司机友善地同意带上巴布尔，然后把他放到一个朋友家里。

卡拉曼

第二天我去观看在田野里举行的阿富汗传统游戏——马背叼羊，地点就在空了的佛像崖龛的东边。那里，一些田野休耕，一些地已经被犁过开始耕种了。马背叼羊是一种马球运动，不过是用一头死山羊来代替球罢了。我到达的时候，年轻的马夫在遛马热身，更多的马匹在尘土中慢跑，鼻息喷在寒冷的空气中。穿着西服外套的白胡子老人在场地边低声聊天；骑手们把头巾紧紧地系在下巴上，来来回回昂首阔步，紧张地在他们的靴子上轻轻敲打鞭子。没有人有兴致和一个外国人搭话。

这是自塔利班禁止运动会以来最先恢复的比赛之一。人们在讨论那些聚在一起比赛的人：封建领主纳西尔、舒述里和卡拉曼——一个来自档格·莎菲拉克的著名选手，他戴着一顶高高的羊毛帽。来自雅卡·乌兰的指挥官亚瓦里，据说骑着一匹价值千万的阿富汗马，在埋有地雷的路上花了三天时间才来到这里。

有些马是村子里的小马，盖着朴素的毯子，系着帆布肚带和用带子做的缰绳，但大多数马被装饰得很是精心。来自沙伊丹的阿卜杜勒·古都斯，又在打理他那匹白色雄马。他已经为马儿穿穿脱脱战衣两回了。这匹马套上缰绳就变得紧张，口水滴在绷紧的马嚼子两边。一开始，古都斯用他妻子花了一个月才织好的朱卢姆毯子盖在马背上。这是一块两米长的绣花毯，上面有黑、白、红色交替的三十个圈，边上飘着一排颤动的流苏。他在朱卢姆上又另铺了一张鞍褥，并扎了一个亮橙色和绿色的结，叫作塔莱，绕在马的脖子上。他理了理散在马鼻子和脖子上的流苏，敲碰着缰绳上闪亮的金属圆盘，发出叮叮当当的声响。又将一条钻石镶边、垂挂着流苏的鲜艳的拼布脖盖，绕过马儿高高竖起、青筋暴出的耳朵，平铺到它宽阔的肩膀上。在马的前额正中悬挂上黄铜圆盘，盘面嵌着绿色玻璃。最后，他跨上马鞍和高高竖立的鞍桥。马鞍上盖着深紫红色的毯子，上面缝着黑色、橘红色和白色花朵，悬垂着鲜艳的绿色和粉红色流苏。

哈里里的士兵在陡峭的山脊上一字排开，下方是古老的佛教僧寮。天空明媚，映出士兵们的侧影。胖胖的安保人员戴着无线电设备和俄式帽子，在沿着斜坡和向北的崖壁上聚集的几千个观众中巡走。赛场南边，一群外国士兵身穿便服，持着长枪守卫。在他们上方，也就是医院的房顶上，安排有哈里里的座椅。

像许多骑师一样，阿卜杜勒·古都斯穿着一件崭新的美国棕色连体保暖战斗服作为他的马裤，棕色的毛毡绷带缠在小腿上。跳上马鞍前，他和他的马夫交换了鞋子——脱下了他破旧的白色棒球鞋，蹬上一双擦得闪闪发亮、缀有棕色流苏的乐福鞋。

这里的地面更适合障碍赛而非马球。古都斯加入到其他骑师中，他们正在练习驾马全速飞奔——越过沟渠、犁辙、田野的边界、岩石地面以及干石墙，骑师们身体倾斜，几乎平躺在马鞍上。

更多的哈里里安保人员从皮卡车上走下来。有谣传说 BHL——伯纳德 - 亨利·列维，一位法国哲学家，大名人，现在是法国总统的阿富汗特别代表——要从喀布尔乘坐直升机前来观看比赛，但他最终没有成行。

比赛开始，两队人都盯着那头山羊尸体。在疾驰中，一队领头的骑师在马背上向右倾下，手几乎碰到地面，抓住山羊的后腿和臀部，又挺起身子回到马鞍上。为了抓得更紧，他用腿夹住山羊，催着马儿后腿发力，飞奔起来。可他只坚持了一秒钟，山羊就被一个来自纳亚克的男子抢走了，向另一边跑去。一群马追着他，观众们从奔跑的马蹄边急急躲开，直到这群马又飞跑向场地的另一边。

指挥官亚瓦里没在比赛，正骑着他的灰马绕着场地走，大声叫嚷着要更换他的赛马骑师。这是违反规则的。那个骑师慢跑到人群边；马鞭劈头盖脸地抽向他。他从马上摔下来，另一个骑师跃上马鞍，士兵们举着来复枪跑上来，阻止新骑师重新进入赛场。这位骑师既没有对他们的威胁，也没有对人群的喝彩做出反应，只是皱着眉，全神贯注地盯着指挥官亚瓦里最好的这匹马的双耳间，纹丝不动。旋即他向着士兵策马疾驰，把他们赶到两边。他穿过士兵队群的时候，手放在马鞍的鞍桥上，就像在祈祷。他用脚后跟轻磕马腹，在马鞍上身体后仰，目光飞向山脊线，放马飞奔。在他身下，马蹄重重地踩着沙地，冲向尖叫的人群。

北风吹起尘土，我看到阿卜杜勒·古都斯的白马颤抖的后腿脱出了绳结，又被啸叫着的骑手用大腿挤了回去。就在亚瓦里的骑师引发骚动的时候，卡拉曼出现了。起初是慢跑，之后飞奔起来，追逐着一个来自沙伊丹的人。他们都抓住了羊的一条腿。扩音器叫嚷着："卡拉曼，卡拉曼。"人群跟着叫："卡拉曼，卡拉曼，卡拉曼。"由于没人知道那个来自沙伊丹的人姓甚名谁，似乎是为了回应他们的呼喊，卡拉曼突然带着羊跑开，干净利落地掷地，夺得一分。

巴布尔与一辆坦克在哈扎拉贾特的合影

第二天早上，我从阿齐兹那里得到一封介绍信，他是省长哈里里办公室的一名官员，友好而聪明。我带着巴布尔开始最后一段徒步行程。经过一天的休整，巴布尔又开始活跃起来，兴致盎然。我们爬上古尔大堡垒遗迹旁的高原，他在我身边慢跑，沿着小灌溉渠在一棵又一棵树干上留下记号。他跑进了堡垒，我叫他回来，他却充耳不闻，我只好去追。他跑到一辆老旧的坦克旁时，速度慢了下来，我得以抓住他的后颈，看看是什么让他如此兴奋。原来在坦克履带上拴着一头亚洲幼狼，有巴布尔的一半大。他的胸廓清晰可见，正绝望地转来转去。一群年轻的士兵坐在一旁，笑看着他精疲力竭地挣扎。他们说这是他们诱捕来的幼狼，准备卖给一个将军。

我转身离开，拉着巴布尔。他警惕地看着我，用他那黄色的狼眼。巴布尔只有一半家畜血统。尽管他已经选择跟着我，信任我，任由我抚摸他、喂养他，但我永远不可能拥有他。他从不乞求，也不刻意讨好，没有什么可以引诱他去追逐一根棍子，或依命坐下，或招之即来。我放开他。他跑到前面，在尘土里打滚，我靠近时，他又往前跑了。这是他喜欢的一种游戏。当我第四次走近他时，他气喘吁吁地向我滚过来，让我给他的肚皮搔痒。

我想着他未必强壮到能撑得住去往喀布尔的四天步行，也不准备让他冒这个险。所以我又挠了挠他，拉着他回到了无国界医生组织的大院，检查了他的饮水，确认迪迪埃愿意带他去首都。然后我把巴布尔拴在一根桩子上，从他落满灰尘的皮毛上扒拉下一些干泥，背上我的行囊，走了出去。

哈里里的军队

自从在达含·莱扎克遇见巴布尔直到现在，这是我第一次孑然一身。在大佛曾经伫立的地方，雪正穿过空空的壁龛落下。城镇外面的路上有三个检查哨所，哈里里的士兵拦下并盘问了我。[1] 他们大多是来自偏远乡村的男孩，穿着来自美国的新制服，拿着来自伊朗的薪水。他们不在乎被拦的人是谁。我很沮丧；背包很沉，而且我还有四十五公里的路要赶。在城镇郊外，从另一个岗亭里又跑出一个年纪大一些的士兵。

"你是谁?"他喝问。

"我叫罗瑞，来自苏格兰。"

"要去哪里?"

"喀布尔。"

"为什么就你一个人？为什么没有坐车？过来。"二十个扛着来复枪的哈扎拉人出现在他身后。

---

[1] 在塔利班离开后的第十一周，哈扎拉地区是和平的，哈里里省长（一个来自贫穷家庭的哈扎拉毛拉）没什么竞争对手。新的指挥官们，无论其出身背景为何，都表现得像旧式的封建领主。他们执法严明，分发发展援助，为省长代管他们所在的地区。他们没有受过教育，有的甚至不识字，他们还经常自行取用外国资金，但是他们所辖的地区惊人地平静。大多数人说他们支持哈里里，他甚至似乎和喀布尔的新政府一样受欢迎。

“很抱歉，我已经被三个检查站拦住过——我没有时间说这些。我这里有哈里里的信，有在这条路上行走的许可证。”

“我叫你过来！快点儿，你！”指挥官叫道。

“再见。”我转身继续走。

我刚走出二十码，就听到身后有人跑上来；我的袖子被抓住了；我转身甩掉抓我的人，他朝我脸上打了一拳，指关节打到我眼睛下方的颧骨上。我打了个趔趄，然后转身，握紧了拳头。他退后一步，我俩绕圈对峙。因为背着背包，我显得很笨拙。

指挥官和其他士兵跑上前来，聚集在我们四周。我只是意识到有人围观。我全部的注意力都集中在那个打了我一拳的人身上，他正在伺机再打我一拳。

“你干什么？”我叫道。“我是你们国家的一个客人，一个旅行者。”

我说话时，这个人冲向我的手杖。我们争夺了一秒钟，他把手杖从我手中抢走了。我对眼前发生的一切难以置信。我的反应似乎愚蠢地慢了一拍，自觉像一只被引诱的熊。这人在我面前晃着手杖，慢慢地逼我后退。他很从容，人群在观看，想知道他会如何伤害我。我的脸颊针刺般地疼，怒火中烧。他没有怒气，反而似乎很兴奋的样子，手里转着手杖，想着接下来该如何打我，打我哪里。他看向那个年岁大些的人，后者正在人群中冲他点头。然后他宣称：“我要打倒你。”

“停。”我说，“这不对。我是一个英国人，是你们省长哈里里的客人。你刚刚朝我脸上打了一拳。我可是一位要人；你不能这样对我。你叫什么名字？”

那个人不听我说什么。他用手杖佯攻，我退后。他又一次佯攻，缓慢得让我足以闪避。他逐渐对手杖得心应手起来，瞳孔张大，双手轻颤，嘴角的表情说不清是鬼脸还是微笑。他两手交替耍弄着手杖，手法娴熟甚至优雅。他可能以前做过很多次，而且其他人也见过。

我瞥了一眼人群，看到一个我曾在无国界医生组织房间里遇见过的翻译。“这个人，”我叫道，“他认识我。他会解释的。”

指挥官问：“你认识他吗？”

一阵沉默。拿着我手杖的人看着他的指挥官，然后翻译官非常确信地说：“是的，他是那个从赫拉特步行到这儿的外国人。”

“他为什么要步行？外国人都开丰田巡洋舰。”

他们谈话时，我把背包甩下来，打开最外面的袋子，掏出哈里里的代理人的信件。我把它递给翻译官，因为猜测那个人是个文盲。“听好了，”我对指挥官喊道，“哈里里请你帮助我，而不是朝我脸上打一拳。”

翻译官用平静而中立的音调读道：“省长要求他的指挥官帮助和保护哈扎拉人民的历史学家，罗瑞·斯图尔特。”

“为什么你不早点儿给我们看这封信？”指挥官问。

“我告诉过你了，”我喊回去，“但是你不听。你得和我一起去皇宫，告诉哈里里你为什么攻击他的客人。你会丢饭碗的。”

“我建议你忘了这些，”翻译官突然坚定地插嘴道，“他们不知道你是一个外国人。”

“我是不是个外国人跟这没关系，他们不应该对任何人这么做。”士兵们笑了。打人是他们的职责。“你们都笑什么？你们这些恶人……暴徒。”

“你才是恶人，”指挥官嚷道，“你指望看到什么呢？你就不该独自一人晃来晃去……”

让我松了一口气的是，无国界医生组织管理者现在也出现了。我告诉了他我的遭遇。他似乎有些尴尬。我能想象我现在的模样——一个刚与一群士兵打完架、满头大汗的肮脏的外国人。“刚才是谁打的你?”他问。

我看向那一排人。我的手杖已被丢在地上。我很确认就是那个高个子，但是他盯着地面，我被他的平静、故作受苦状的表现搞得犹疑不决起来。“这个人……”我说。突然，我对所有的事情都厌倦了：“算了……”我喃喃道。我捡起手杖，走开了。我是那么的愤怒，以至于在接下来的两个小时内想不起其他任何事情。我已经在指挥官的人面前侮辱了他，威胁要把他的行为报告给他的上级，然后独自出发，走上一条空旷的道路。没有什么能阻止这个指挥官派他的人跟着我，或用无线电通知前方检查站。

在接下来的十公里行程中，每听到一点儿动静我都转过身，考虑着走上小道进入山区。但是两小时过去了，什么都没有发生，我猜他不会再操心这件事了。在印度和巴基斯坦，安全部门对于袭击外国人可能会有所顾虑，怕被告状，或者丢了饭碗。但这些人似乎并不担心。他们可能认为省长不会介意他们欺侮一个旅行者。受到美国中央情报局上百万美元的支持哈里里首先考虑的是抓住塔利班和基地的逃亡者，而我或许是其中之一。不管怎么说，他们没有杀了我，我不确定是否因为我给他们看了省长的信。这一事件似乎证明，虽然在过去的二十四年里饱经创伤，哈扎拉贾特在某种程度上依然是一个有秩序的社会。如果你有一封信，或者不是一个直接威胁，人们很大程度上会对你置之不管。

在接下来的二十公里中，我又遇到三个检查站，都是一到我就拿出了信件。第一个检查站卫兵骂我是异教徒，但让我通过了。第二个检查站的卫兵也一样。第三个检查站位于佐拉客的红色要塞的谷底。这里曾经是古尔王朝的一个大堡垒。在这里，成吉思汗最喜爱的孙子被一支箭射杀，因此他曾对这个山区王国宣泄暴怒。这个检查站的卫兵读了信件，盘问了我之后，让我走了，然后又喊我回来，再读了一次信。之后我又上路，又被喊回来。指挥官声称他要开车带我到巴米扬的总部——我刚花了三个小时走出十五公里——进一步审问。虽然过去三小时里的遭遇告诉我，永远不要挑衅警察，但是这次我没了耐心。

“不，我拒绝。”我回答道，“我是一个客人，是省长的亲密朋友。我曾留宿过他的客房，是他给我了许可。”当然这些都不是真的。我继续走，不理会身后愤怒的叫喊，让我放松的是，没有脚步声跟来，叫喊声也逐渐没了。我拐进一个通向雪峰的狭窄峡谷，在接下来的四个小时里没有再见到一个人。

我也有我的报应

黄昏时分，我来到了哈扎拉地区边界附近的卡卢村。再过两三天，就要到达普什图人的领地。我爬上一个陡峭的泥泞斜坡，来到一座城堡，穿过一个近日被盟军炸弹炸出的弹坑，闻到了屋外人类粪便的熟悉味道。我敲门，铁链在黑色的木头上咔嗒作响 。一分钟后，一位老人出现了。

“愿您平安。”我说。

“也愿您平安。”他回答。他看了看我脸上的挫伤，说：“进来吧。”

我跟着他穿过大院来到客房。他没有叫我睡在清真寺里。他帮我铺了一个垫子，找来一些小树枝，添火，吹着，直到火旺了起来。然后他叫我把袜子脱给他，好放在火上烘干。我心怀感激地照做了。他起身离开，回来时带着一壶放了糖的茶，盘腿坐下，沉默地看着我喝茶。我喝完后，他拿来几盘米饭和菠菜，说：“在这山谷里虽然还是我们说了算，但塔利班杀了我们的羊群，所以很抱歉没有肉给你吃。这食物是外国人给的。”

看到我暖和了，也吃完了，他才倾身向前，问道：“你是谁？你从哪里来？”

我回答了他，也询问了他的家庭情况。纳西尔·耶兹丹尼说他是哈扎拉的贝素特部落的首领之一，与我在两百公里以外萨尔·姜加尔山谷遇到的伟大的伯克们有关系：布莱克福德和齐亚的桑格·扎尔德首领们，努鲁兹伯克的年轻的卡特利什首领，他们几乎都是伟大的哈扎拉人领袖米尔·耶兹丹·巴合什的后人或亲戚，自称是米尔的孩子们。19 世纪末，在阿富汗国王的命令下，米尔·耶兹丹·巴合什在巴米扬大佛下被处死。

晚饭后，纳西尔·耶兹丹尼给我讲起 1930 年代他的祖父去麦加朝觐的事，我也跟他说一点儿我的徒步经历。此时，他的孙子正坐在他腿上，他的侄子偎依在旁。

“你就一个人走?”纳西尔·耶兹丹尼问，“好客的哈扎拉人怎么会这样待客呢？我这个侄子明天会陪你到贝素特，我那里的表兄弟会和你去迈丹·沙赫尔。”

在纳西尔·耶兹丹尼说话的时候，我给他画素描。现在我随身就带着这幅画。他胡子稀疏，眼睛细长，脸上都是皱纹，看起来像是一位庄严的蒙古帝王。我没能成功地捕捉到他的微笑或他的和蔼表情。

我已经在哈扎拉地区走了几个星期，经历过萨尔·姜加尔封建领地的豪华排场，雅卡·乌兰的毁坏，哈里里士兵的侵犯，以及现在这温和有礼的接待。但我意识到我对哈扎拉知之甚少。

纳西尔·耶兹丹尼

晚饭后，我们走出屋子来到雪地上。一轮半月在山谷升起，卡卢河奔腾着冰雪融化的水。河流穿过狭窄的峡谷，绕过被成吉思汗烧毁的红色城堡，向着巨大的佛像壁龛消失在黑夜中。七十公里后，它流向那令人想起沙伊丹巴扎里的阳台的焦黑横梁，在那里河水冲进焦干的土地，淹没冬麦。

纳西尔·耶兹丹尼说他曾用火箭炮击中过一辆俄国汽车。在弹坑附近，盟军炸死了车里的四个塔利班。之后，他带我进屋，因为天很冷，他也觉得我累了。我告诉他，我曾经想要了解哈扎拉人，但只是收集了一些零散的、令人迷惑的奇人异事。我问他通过什么可以理解哈扎拉人。他笑了，在地面铺上干净的毯子。我躺下时，他从一个雕刻的木盒子里拿出一个包袱，亲吻它，念了一句礼拜词。之后解开包裹，打开《古兰经》，读道：

> 你怎能知道超越山径是
> 什么？
> 是释放奴隶，
> 或在饥荒日赈济……

我躺在那儿，想着他读的这个人是谁，他轻声继续着：

> 不信道的人们啊！我不崇拜你们所崇拜的，
> 你们也不崇拜我所崇拜的；
> 我不会崇拜你们所崇拜的，
> 你们也不会崇拜我所崇拜的；
> 你们有你们的报应，我也有我的报应。

世代谱系

第二天早上，纳西尔·耶兹丹尼的侄子和我一起出发。我们穿过巴扎，在那里，俄国人曾经杀死七十个男性，塔利班也曾带走过一百五十人。三个月前，一小群阿拉伯人曾经驻扎于此，为塔利班而战。我们开始攀爬一段长长的平缓雪坡，然后到达一千三百英尺高的哈吉·加克路。纳西尔·耶兹丹尼的先人米尔·耶兹丹·巴合什曾经走过这条路，成吉思汗的军队曾踏足于此，另外一百年前在一场伟大的战役中征服哈扎拉人的阿富汗国王阿卜杜勒·拉赫曼汗也来过这里。

在路的另一侧，我们遇到一队清扫路面积雪的人。一个老人舞动着念珠，指挥人们挥舞铁锹。这个监工是当地头领的表兄弟。[1]他领我走进隐藏在路边的哈儿扎德城堡旁边的山谷，给我吃了一种叫玛克斯的奶粉。然后，头领的儿子进了屋。我询问他家庭情况。他答道：

> 米尔·瓦伊斯·霍塔克是沙·阿什拉菲·霍塔克之父；而沙·阿什拉菲·霍塔克是沙·侯赛因·霍塔克之父，他被纳第

---

[1] 德瓦里·古拉克什的艾哈迈迪。

> 尔，也就是伊朗国王授予了坎大哈的管理权；
>
> 然后沙·侯赛因·霍塔克是马立克·瓦斯·霍塔克之父；马立克·瓦斯·霍塔克是阿卜杜·拉赫曼之父，他离开坎大哈，建造了贝素特城堡；阿卜杜·拉赫曼是努尔·穆罕默德之父，他建造了这个城堡，埃米尔·穆罕默德，是米尔·耶兹丹·巴合什的后裔；
>
> 然后努尔·穆罕默德是道拉特·穆罕默德之父；道拉特·穆罕默德是伊斯凡德·瓦基尔之父；伊斯凡德·瓦基尔是拉尔·瓦基尔之父；拉尔·瓦基尔是赛义夫拉·瓦基勒之父；赛义夫拉·瓦基勒是阿拉达德·瓦基尔之父；阿拉达德·瓦基尔是汗·阿里·瓦基勒之父；
>
> 汗·阿里·瓦基勒是哈吉·侯赛因·艾哈迈德汗之父；哈吉·侯赛因·艾哈迈德汗是哈吉·阿桑·将汗之父，生了穆罕默德·哈基姆，就是我。

他就这样凭记忆诵述了十五代人的繁衍。从以色列人被掳至巴比伦到耶稣，或从亚伯拉罕到大卫各有十四代，从挪亚到亚伯拉罕和从亚当到挪亚仅各有十代，头领所述的谱系比这都多。他能够也做到了按系谱关联告诉我米尔·耶兹丹·巴合什是如何从阿卜杜勒·拉赫曼传下来，而阿卜杜勒·拉赫曼反过来如何关联上卡卢的米尔·扎夫尔和他的曾曾孙纳西尔·耶兹丹尼，即我前一天晚上留宿的人家。尽管这人很年轻，但他是一个传统的哈扎拉人头领。和他的亲戚一样，他发迹于述拉·塔发格，这是在苏联入侵后的哈扎拉领主的党派。但像纳西尔·耶兹丹尼一样，他的家族很快认识到自身的错误，开始与哈里里联合。这让他们能够相对顺利地获得来自白沙瓦的武器供应，同时保持住权力和土地。大多数没有投靠哈里里的领主已经被伊朗人赞助的村庄革命推翻了。[1]

巴布尔不在身边，我的速度快了很多，两天走了七十七公里。我在天黑后一小时走进达含·西亚尔·桑格。天上下着小雪，冰在我的脚下咔嚓作响，没有月光照耀道路。我腹空肚饿，干咳连连。夹克上的拉链卡住了，一根鞋带拉断了，裹着背包的米袋子也已破得不成样子。身上有臭虫叮咬的痕迹和刺痛的疹子；指甲很长；头发已有四个月没打理了。在达含·西亚尔·桑格的指挥官房门口，我用脏手上下抚摸着我的胡须，我的黑眼睛，我长着水泡的嘴唇和脱皮的鼻子，看着我那已经三周没洗的衣服。我能够理解为什么指挥官没有立刻热心地同意我睡在他的地板上。

[1] 苏联侵略阿富汗与伊朗伊斯兰革命同时发生。伊朗政府是什叶派，他们特别关注什叶派的哈扎拉人，并且也支持他们抵抗苏联人，鼓励他们发动一场伊朗风格的革命。就像在伊朗一样，这一革命的基础要素就是从封建领主那里没收土地。

喀布尔河的源头

第二天，穿过明亮的雪地，我爬到一万四千英尺处，准备通过最后一道山口——乌奈，然后花了两个小时从山脊下山。下午晚些时候，到达一个已经坍塌近半的堡垒，那里有六角形的塔和垛口，形状像扑克牌里的梅花和方块。一位阿富汗国王建造了这座希亚哈克城堡来保卫喀布尔和加兹尼不被哈扎拉人侵犯，并任命了一个波斯人统领此处的军事。直到 1998 年，这里仍是哈扎拉人的边界。后来塔利班最终突破了希亚哈克，在他们前往巴米扬的路上杀死了一百五十人。现在这里又成了边界，贝素特・哈扎拉的一个卫戍部队驻守在这里，指挥官是外表严肃的穆罕默德・侯赛因・法希米。

城堡另一头是四眼神圣的泉水，它们形成了喀布尔河的源头。现在，我可以沿着这条河走出阿富汗。我之前在旅行中见到过这条河。看到它穿过狭窄的萨罗比峡谷，在那里，曾有一个记者被处死；然后它穿过贾拉拉巴德的橄榄树林，布里顿医生曾在那里蹒跚着走向安全之地。远在巴基斯坦的白沙瓦那边，我看过河水在石莎姆的植被和齐库尔树下面翻滚，听到八哥的啾鸣声。我曾在阿塔克坐于河边，看棕色的激流汇入印度河的绿水，在那里，古尔王朝最后一任花剌子模大领主策马疾驰，翻越悬崖，逃离成吉思汗的追杀，成吉思汗因此感慨道：“放他走。儿子不能没有像他这样的父亲。”就是在这个源头，涌出冒着灰色泥浆泡泡的涓涓细流，周遭遍地是蛋壳、土豆皮、洋葱皮、机油——希亚哈克的繁荣以及与喀布尔接壤的迹象，由此可见一斑。两岸的柳树都光秃秃的。

希亚哈克的哈扎拉部队的指挥官

那天晚上，哈扎拉边界部队的指挥官向我展示了他那些贴着屈他维林、扑湿痛和乐治宁标签的药片，借以彰显他的身份地位。他在逐类吞下每种药之前，都给周围的人分一圈，除了我，每个人都拿了一把。然后他拿起一个瓶子喝水。瓶身一边是一幅大脑的图片，另一边画着一队耕牛，看起来像是兽医用的。

早餐时，他提醒我已经到了哈扎拉省的边界。“你现在在瓦尔达克平原，那边是塔吉克人和普什图——塔利班——基地。从这里开始，道路都已清理干净并一路畅通到喀布尔。在此之前，积雪和山地肯定让你觉得难走。现在都是平地了。到喀布尔只有七十一公里，但是这里的人更危险。去坐一辆车，你在两小时内就能到喀布尔，而不是两天。别步行。”

我说我必须徒步前往喀布尔以结束我的旅行。我无法解释为什么我决定走完旅行中的每一步。我也认为，在步行了十九个月之后的最后一个晚上被人杀掉很愚蠢，但我不想在距离目标这么近的时候放弃。

“是钱的问题吗？我们可以给你钱弄一辆吉普车……”

最终，他非常不情愿地与我道了别，命令他的两个士兵陪我去迈丹·沙赫尔。这两个陪护我的士兵都是刚刚参军，背井离乡。他们中年龄大些的那个，纳西尔，有十七岁，在德黑兰待了六个星期后刚刚回来。他那剃得溜光的下巴和黄色的飞行员墨镜就是这次旅行的纪念品。在希亚哈克郊外，我们遇到一个看起来大约十四岁的女孩。她在汲水时瞥了我们一眼。“我们要抓住她干她吗?”他问。他的朋友大声笑起来。纳西尔问道：“你们英语怎么说‘干’?”然后不断地重复着我的回答，一次比一次笑得厉害。在伊朗，人们经常想要讨论波斯女孩的美丽，但阿富汗人和巴基斯坦的村民一样，从来不和我讨论女人。

士兵们领我走到一个供奉先知的叔叔的小圣陵，在那里我观赏了在喀布尔河的一个小池塘里游水的二十条黑鲤鱼。地面上没有雪，天气非常热。现在我们要跨过最后一条山路，这里的土地显见地富饶起来。在田地里劳作的塔吉克人的胡子比任何哈扎拉人的胡子都要长，都要浓密。他们的房屋有着长长的阳台，有双排白杨和柳树的林荫道排列在灌溉渠边。在塔卡纳巴扎，从许多屋檐下悬挂的笼子里传来盈耳鸟鸣，鸟笼下是一箱箱橘子、一罐罐鸡蛋、洋葱和敞着口的一袋袋粮食。从卡门集到此，我第一次看到了果园。

过了塔卡纳又走了十公里之后，我的陪同被认出是哈扎拉人，因而被一个地方指挥官拦了下来。他告诉他们已经过了边界，他们无权走到这里，应该返回。我没有坐视不管，跟他们争了一番。之后，他挥手示意我们通过，但是我能看出来这两位年轻人有些担心。之后每十分钟，他们就问我为什么不能弄辆车；他们越走越慢，以这样的步伐根本不可能在天黑前赶到迈丹·沙赫尔。最后，十七岁的纳西尔说：“我们遵命送你去哈吉·古拉姆·艾哈迈德那里，但他根本不在迈丹·沙赫尔……他在巴米扬。我们不能再往前走了。”

他们这态度明显地持续了一段时间。我让他们坐在几棵李子树下的小道上，给了他们点钱，还有一个士兵在巴米扬给我的肯达尔薄荷饼。我给他们的指挥官写了一封信，赞扬他们的勇敢工作，然后让他们回去了。距离迈丹·沙赫尔还有二十五公里。

塔利班

瓦尔达克曾经是塔利班早期的大本营，塔利班一个前部长仍旧控制着这片区域。[1]在我过去一个月走过的塔吉克和哈扎拉人地区，似乎大多数人支持盟军的轰炸。在瓦尔达克这里，一个普什图人地区，可能大多数人都是反对的。我非常清楚自己是孤身一人，在接下来的半个小时里几乎无心去看风景，尽管我应该发现这里很美。与山上相比，这里的阳光更加柔和，穿透云层，落在黄褐色的山上、不平整的梯田上，落在繁茂的果园里。

在下一个小巴扎，我走进第一个普什图人村庄。站在一家商店门口的一群年轻小伙把我喊过去。我走近时，他们都转身看着我，挺着胸。其中一个人手里有武器。我倒吸了一口冷气。

我郑重地跟他们打招呼："祝您平安，愿您不要太累。"

他们没有回应我。站在中间的一个留着胡子的胖子用达利语厉声问："你要去哪里?"

"你说达利语?"我问。

"是啊。"他说，带着几分困惑。

"那好，也许你没听见我说了什么。"我说，"我再重复一下。祝您

[1] 2002年，瓦尔达克的五所女子学校被一伙严格遵循塔利班观点的人们所烧毁。

平安。”

片刻静默。

“您也平安。”他回答道。

“您家里好吗？您身体强壮吗？您可别累着。希望您家庭繁荣，长命百岁。”

这次他立刻回答了：“我家很好。您家好吗？我身体很强壮。您身体强壮吗？您可别累着。您也长命百岁。”

我微笑，与他郑重握手。

但是当我试图抽回手，他却不让。有个人后退了一步，似乎不确定会发生什么。

“你这是干嘛？”我语气发急，“你干嘛抓着我不放？”

“我想带你去我的商店……”他回答。

“放开我。”

他放了。我转向其他人，解释说我正在写一本历史书，是从赫拉特一路步行过来的。在他们议论纷纷时，我干脆地说了一声再见，出发上路，一直等着口哨、叫喊或是射击叫我回去，但这些都没有发生。

十分钟后，我听到身后有人追上来。是个年轻小伙子，戴黑色头巾，扛着一把来复枪。我停下。“我是一个《古兰经》背诵者。”他介绍似地对我说。

“我是个历史老师。”我说。

他看了看我，说：“给我看看你的枪。”

“我说了我是个老师……你明白吗？……不是个士兵……我带的是书，不是武器。”我试图说得缓慢，有条理，带一点儿倦怠。他的两个朋友也跑过来，其中一人也带一把来复枪。我意识到自己不懂他们互相在说些什么——我刚刚从达利语地区进到一个说普什图语的地区，我不会说普什图语。他们用达利语问我。

“你从哪里来？”

“印度尼西亚。”我回答。之所以说印度尼西亚，是因为这是一个很大的伊斯兰国家，他们没什么可反对的，并且所知甚少。我猜测他们不喜欢英国人。

其中一个人笑了。“你在骗人——你的护照呢？”

“在喀布尔的护照办公室……我没有带在身边，因为我不想弄丢了。”它在我腰上的一个可存放现金的腰带里。

“那你说几句印度尼西亚语。”

“下午好，您好吗，都还好吧？有什么事吗？”

“说，‘我是印度尼西亚的历史学教授。’”

“我的工作是……”

“你是穆斯林吗？”

“我们都信神，同一个神，”我回答道，“我是耶稣的信徒。我们有三本经书，你们有四本……你们在拉马丹月斋戒，我们在大斋节斋戒。”我不想说我是一个穆斯林，因为怕露出破绽，但是我表现得像是一个非常穆斯林化的基督教徒。[1]

“你说英语吗？”

“是的。”

“为什么？”

“因为我是一名教授。”

我们并排走了一阵，然后其中一人说：“给我四百美元……”

[1] 穆斯林被告诫对于圣书的基督教和犹太教的子民要和气。如果声称自己是一个无神论者，或者是一个印度教徒，会被认为是挑衅而身陷险境。

“这是对天课的要求吗?”我问，指的是穆斯林向穷人捐献的义务。

“不,”他疑惑地说，“不，我不需要天课。”

“那么好吧，我会把钱留给更紧要的用处。”

又是一阵沉默，直到我们遇到一大群站在街中央的年轻毛拉。我停下，向他们自我介绍，邀请他们同行。遇到越多的人我就越有安全感。当说起我曾经去过巴基斯坦，一个毛拉即兴考了考我的乌尔都语。

“在印度尼西亚，妇女不戴头巾，穿裤子吗?”

“我恐怕得说，在村子里，只有很少的妇女偶尔不戴头巾。”我回答。其实在印尼，几乎没有女性戴头巾。

又一个年轻的毛拉加入我们。

“这个人,”其他人告诉我，“是这个村子的塔利班头目。”

“愿您平安。”我说。

他庄重地点点头。“也愿您平安。”他和我握手，询问我是否是穆斯林，等我说完了同样长的回答后，他问:“你怎么看塔利班? 你支持谁，美国还是塔利班?”

“我是你们国家的一名客人，不是美国人或者塔利班。我不能回答你这个问题。”

“你认为谁更好：奥萨马·本·拉登，还是乔治·布什?”

“我是一名印度尼西亚的历史学教授，是你们国家的客人。我对这两个人都一无所知。我的专业是研究成吉思汗……我可以告诉你有关他的事迹。你想要谁做总统?”

“毛拉·穆罕默德·欧迈尔。”他们齐声叫道。

“你认为谁更好：奥萨马·本·拉登，还是乔治·布什?”毛拉又问。

“我知道你认为谁更好,”我回答道，“但对这个话题我什么都不知道。”

“你知道这个国家有多少平民被美国和英国人杀死吗？几千人，”一个端着来复枪的人说，“几万人。”

“是在你们村子里杀的吗？”

“不，不是在这个村子。我们还没见过美国人或英国人。他们不敢到我们村子里来，他们怕死，我们会立刻杀了他们的。他们怕死是因为他们没有真主。他们可怜、颓废、堕落。为什么他们怕死？他们没什么值得活下去的信念。但我现在准备好去死了。我们现在都准备好去死了，因为知道我们会去真主那里。这就是为什么他们永远不能打倒我们，这就是为什么他们的文明会被毁灭，这就是圣战。”每个人都真诚地点头。

“不管怎么说，我们都能期望，”我说，“真主的意志，和平会到来。”

“只有外国人全都离开这国家，才会有和平。”一个新来的人打断道，“你是穆斯林吗？”

我又开始解释。他朝地上吐了口痰，转身走开了，后面跟着五个人。然而，那个塔利班头目离开时表现得很是温文得体。他拥抱了我，祝我好运。我和他拥抱时表现得尊敬而真情，虽然内心并没有这样的感觉。

又只剩下我和最开始时的那三个人。

“你为什么不去那边河边上去看一下泉水呢？”之前问我要钱的那个人提议说。

“不，谢谢。”我说，“我在赶路……我必须在天黑前到达迈丹·沙赫尔……我必须快点儿走。”

“去吧。”

“不，谢谢。”我严正回答，“我必须赶路。”

他们都笑了。

“你们为什么笑?”我问。

“因为如果你去了那里，你就会被杀掉。”他们回答。

我们沉默地并排走着，直到到达另一个村子。一队皮卡车从身后开过来，一个年长些的人在卡车上叫喊着。

“这是我们的指挥官哈吉·古拉姆·艾哈迈德。”其中一人说，“他要我们过去。我们现在必须过去和他打个招呼。我们会追上你的。”

他们并没有再跟上来。

我加快步伐，感到一阵疲劳和肌肉紧张。在过去的一小时里，我的头脑一直处在高速、务实的运转状态。我想要走到下一个村子，这几个人仗势欺人，要置我于死地，他们关于真主的信念很危险，对死亡又有一种愚蠢的痴迷。当地政府要对付的是这么样的人，让我觉得也没啥值得羡慕的。

我意识到他们一度可能真的会杀了我，但不确定他们是否真想这么做，还是只想忽悠我，也不知道对付他们的手段是否得当。也许我只是幸运，因为他们的指挥官露面了。在接下来的一小时里，我几乎无心欣赏风景，黯然神伤。尽管对我来说，被塔利班威胁的经验可以写成一则趣事，但大多时间里我在想着的，却是那些让人又反感又沮丧的对话。

脚趾头

我转出贾尔勒兹山谷，跨过一条平缓的山脊下山。黄昏时分，走到了一片土屋前，这里是迈丹·沙赫尔的营房。我敲门，门开了，同时有几支来复枪瞄准了我。从他们的迷彩背心、传统长衫裤、运动鞋和苏式腰带上，我判断不出这是些什么人。但是，他们的吉德拉尔帽子显示了对新政府的认同，因为塔利班通常是戴头巾的。他们大声盘问，我嗫嚅不知所言；他们派人去叫了一个头目来。我拉了拉背包带子以减轻肩膀上的重量，低头看自己的脚。他们又问了更多的问题，最后终于让我进去了。

他们把我带到一个苏联占领时期建造的政府办公室。这里的窗户上曾经是有玻璃的，一条主走廊两边四散着几间小而空的房间。我们十二个人坐在一个房间里的泥地面上。房间太小，不能让所有人都靠着墙，但其他人把我推到屋内上方，向我询问旅行和家庭情况。这里有一个汽油炉，我开始暖和起来。我也问了他们的家庭情况，也许是因为远离家乡的缘故，他们回答得很详细。许多人都曾是难民。

一个外表整洁、头发蓬松的年轻人被派到外屋去烧饭。他回来的时候端着两大盘米饭，我们分着吃了。士兵们被我的饭量逗乐了，一直鼓励我多吃些。

“刚才我们太粗暴了，很抱歉。”我们吃完后，指挥官说，“你穿着当地的衣服。你看起来不像个阿富汗人——你的脸，你的靴子。我们以为你是阿拉伯人，或者巴基斯坦人。在这里有很多基地成员看起来像你——精疲力竭，营养不良，背着包……他们的眼睛跟你的也很像。从贾尔勒兹到迈丹・沙赫尔山谷，仅仅是数个月之前，他们还有几千人之多……我们是塔吉克人，他们曾是我们的敌人。”

“那么现在呢?”

“他们走了。但是对我们来说这里并不是一个舒服的地方——周围都是仇视我们的人。”

一些人在玩一种有四十四张牌的游戏。我觉得很累但又很放松，抱着一杯热茶在手里，靠着墙，跟他们聊起天来。我们听到街上着火了，人们停了牌局冲出去。十分钟后他们又回来了，说没什么大事。

我跟他们讲起我在路上时和塔利班的对话。

“你见到哈吉・古拉姆・艾哈迈德了吗?”一个年轻人问道。

在迈丹・沙赫尔的塔吉克卫戍部队

我说我瞥到过他一眼。“为什么要问?”我问。

“他是塔利班计划部副部长。”那个做饭的年轻人说。我注意到他，是因为在这群人中，到目前为止他是唯一一个没说过话的人，也因为他把裤脚塞到了袜子里。“他仍是这一地区的指挥官。你走的那条路很危险。幸运的是你走出来了。那些人都反对美国入侵。”

“那你呢?”

“塔利班人砍了我的脚趾头。”他指着他的双脚。尽管他穿着袜子，但很明显，双脚的趾关节都没有了。当他看到我的表情时，轻轻地笑了。

“他们为什么砍你的脚趾头?”

“因为我没有留胡子。”

他现在留了胡子。很细，很稀，像我的一样，所以别人叫他“哈扎拉男孩”。

我们又挤成一团地睡去。夜里，不断有人爬过我去大院里蹲坑；有人一直开着电台。我们在天蒙蒙亮时醒来。但我睡得很好。我很高兴身在室内，觉得安全。早餐的面包是热的，茶是甜的。我开始给指挥官比斯米拉·法鲁赫画肖像，然后把我从赫拉特开始一直存在背包里的应急口粮送给他们。这是“菜单22：阿尔·弗来多素食通心粉”。我抽出只有一张纸的说明书，上面写着美国军人保持战斗体力需要多少卡路里，然后给他们看怎样给粉末兑水用以加热饭菜。他们不懂。我担心他们会吃了粉末，所以添了些水，给他们加热了食物。他们都尝了一点，但是觉得奶酪酱太多，令人作呕。

他们也送我礼物，让我带给我的家人：一小袋洗发水，一包奶油饼干和一些指甲花染料，用来装饰我母亲的双手。我把这些放进背包里。最后，我画好了指挥官的肖像，道了别。有一个人陪我走了头一公里，为了看我在路上是否安全，然后告诉我，遇见我他们是多么高兴。

当我从迈丹·沙赫尔转上加兹尼到喀布尔的干道时，一阵寒风扑面而来。天空阴沉，土褐色的砂石和尘土向两边延伸。用深红色颜料涂写的数字和字母标记着沿路的雷区。差不多每十分钟就有一辆卡车经过。

在村子里时我常常很不舒服，因为肮脏、寒冷、拥挤的房间、不识字的村民以及受限的交流。越是疲劳、受挫，我就越想离开这些地方。但是在营房的那个如归故里的晚上是一个转变的契机。这些人和我说话的方式一点都不自负、浮夸。我享受了热米饭，坚固的地板，遮风避寒的房间，还有友情。我懂得这些人对于他们所能够提供给我的一切感到骄傲，能与他们同处一室对我而言又是多么幸运。他们没把我当外人，我也没把自己当外人。

无论我经历过什么，徒步旅行都永远不能让我接近一个村子里日常生活的艰辛。但是，我一度曾感受到无须再向主人解释我自己——我终于有幸被允许坐在他们身边，与他们同吃一锅饭——我喜爱那样的夜晚，也喜爱那些人。

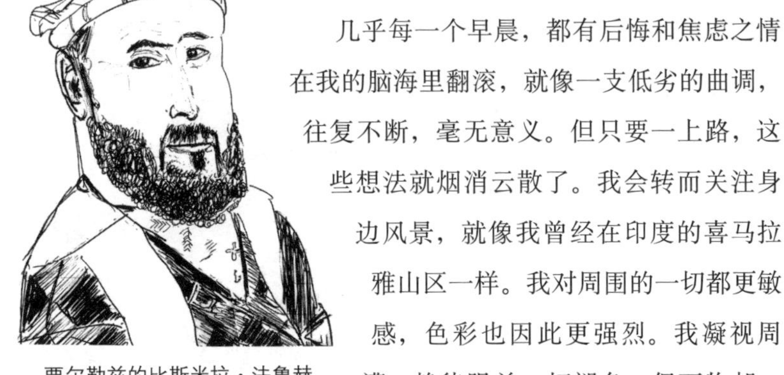
贾尔勒兹的比斯米拉·法鲁赫

几乎每一个早晨，都有后悔和焦虑之情在我的脑海里翻滚，就像一支低劣的曲调，往复不断，毫无意义。但只要一上路，这些想法就烟消云散了。我会转而关注身边风景，就像我曾经在印度的喜马拉雅山区一样。我对周围的一切都更敏感，色彩也因此更强烈。我凝视周遭，静待眼前一切褪色，但万物却一直在如实呈现。我会突然担心起来，不确定自己眼前的独特风光是否能维持。

这个时刻如同人生初见。之前既没梦见过，也没想象过。但我还是认出了这个地方。感觉就好像我曾来过，好像我早就知道这个地方。在徒步穿越阿富汗的最后一天的最后几个小时里，在几个月的挫折之后，这么轻易的，感觉似乎过于简洁了一些。可是我的确立即而且不容置疑地认出了这个地方。我无法解释。此刻，当写到这里时，我想说，那时我感到世界像是馈赠给我的独特礼物，而且每一个人都平等地获得了这份礼赠。我的行走已经完成，我可以回家了。

大理石

跨过山脊，我看到一片大平原，和一排水泥公寓建筑。在八公里外的另一座山脊上，是喀布尔洲际饭店。我下坡进入坎帕尼平原。这个城市的主要街道上到处都有电话亭，有穿梭在老式公共汽车间的骑自行车的人、出租车司机、戴着尖顶帽的警察，沿途还有摆着丰满的印度女星明信片的货摊。一个男人冲我叫喊。我转过身，他跑过来与我同行。

“离开街道，”他低语道，“这对你太危险了。前面有英国和美国兵。你不能就这么走进喀布尔；他们会逮捕你的。跟我走。你可以待在清真寺。”

“他们不会伤害我的，谢谢。”

他看着我，很困惑：“但你是一个阿拉伯人，难道你不是……”

“不，”我微笑道，“我是英国人。”

我走下干道。有将近一个小时，我穿梭于现代水泥别墅街区，其弧形阳台上满布装饰艺术派风格的远洋轮船图案。这些房屋大多是三层，过去一定是富裕人家的居所。透过围墙上的车道入口，我能看见里面的塑料装饰线条和大花园里成年树木的残桩。平坦的房顶是狙击手曾潜伏的地方，如今已经因为小型武器的交火而有些剥落，但是扇形的装饰仍旧可见。每一堵墙上都有一行凹坑——从左到右逐渐升高，就像手握一把自动枪支扫射而过——刻印在一块块绿色和玫瑰色的大理石上。宽阔的街道两旁立着烧焦的悬铃木，大多都废弃无人打理。但是我听到了孩子们的声音。宽大的窗子被泥砖封上了，一些房顶上搭着塑料挡板，意味着在那些房间里，生活还在继续。

我爬上山脊，一阵风来，吹起尘土，迷了我的双眼。我路过洲际饭店，想起上次我曾经来过这儿。在饭店墙壁棕橙色的饰带下面，一家英国报纸的“本·拉登研究专家”坐在一个角落的桌边：这构成了一幅有神秘色彩的抽象艺术。因为在前塔利班时期，这里安放的是一排佛像。这位专家身体贴着肮脏的桌布，将巴基斯坦威士忌倒进装有芬达的玻璃杯里，三个侍者和三个通讯员围着桌子站着。通讯员和侍者一样，都没有吃东西。你需要花十五美元才能吃到一盘难吃的烤肉和五根薯条。通讯员希望有人能够借给他们一部卫星电话，侍者则希望收走一只仍旧挂着一滴威士忌的玻璃杯。

我走下山脊来到城中心，穿过由七辆静止不动的白色丰田陆地巡洋舰导致的塞车地段。那些较旧的车两侧都写着 UN，车里坐着外国男女以及阿富汗司机。比较新且光亮的车则属于塔吉克高级军官，车牌上的号码是单数，发暗的挡风玻璃上贴着他们的烈士领袖阿赫麦德·沙·马苏德的照片。这些车因为一场游行而被堵住了。

五十个不同年龄的阿富汗男子穿着大了两号的制服，长满胡须的脏脸上方是闪闪发光的白色头盔，正迈着单一而拖沓的大步慢跑前进。他们咯咯笑着，眼睛扫来扫去，观察路人的表情。还有四对士兵手挽着手。这是美国建立的新的阿富汗军队。

一个排的英国伞兵全副武装，戴着贝雷帽站在下一条街上。一支巡逻队在一家超市查看哈布诺布饼干和迷你比克斯麦片包装，另一队正在购买古董。有下士在一枚古尔硬币和一个陶土胡玛鸟之间犹豫不

巴布尔在喀布尔的坟墓，由查理斯·马萨翁绘制，1842 年

决时，一个穿着天蓝色罩袍的乞丐试图让他在她皲裂的棕色手掌上放一张纸币。

我转到一条后巷，经过印度使馆时，从街上捡到一片纸。这来自于一份给阿富汗政府的提案的草稿，上面用英语写着：

> 阿富汗社会有一个共识：暴力必须停止，对人权的尊重将形成通往最终和平和全国范围稳定的道路。人民的意愿必须被一个有责任的、有广泛基础的、两性平等的、多民族的、有代表性的、传递日常价值的政府所代表。[1]

在右边，我看到隐藏着巴布尔大帝陵墓的山丘。他的陵墓位于一面黑色山壁下方的平台上，山壁耸立，平整得像大理石宝座的靠背。

[1] “阿富汗：重建一个国家：六个全国优先子项目”。阿富汗重建的国家项目。

陵墓面朝一个平缓的斜坡、一道宽阔的峡谷和哈扎拉贾特的雪峰。旁边是两棵巨型悬铃木的破碎树桩，可能正如巴布尔所述，这是他在结束徒步旅行十五年后在山上的花园里栽植的。巴布尔栽下这些树时快四十岁了。那些曾经在赫拉特资助过他的表兄弟们都死了，哈斯木也死了。赫拉特已被乌兹别克的军阀入侵，再也没有夺回。再也没有人来阻止巴布尔的酗酒：

> 21 号周四 [1519 年 4 月]，我指示应该在山上建一个围场，在我曾经规划的花园的悬崖绝壁上。23 号周六，我在围场里种了几棵悬铃木和西克莫无花果树。中午礼拜时，我们有一个饮酒聚会。第二天早上破晓时分，我们又起了个早去一起喝酒，就在新围的场地上。午后，我们骑马返回喀布尔。到火者·哈桑时，我烂醉如泥，就在那里睡了。

十年后，已经征服了印度的巴布尔，听说他的儿子胡马雍身染重疾。他派人经水道把胡马雍送到阿格拉，但医生也无计可施。一个朝臣说，如果一个人的朋友愿意贡献自己最宝贵的财产，真主有时候会让这个人活下去。巴布尔回答道，他自己的生命就是胡马雍最亲爱之物，就如同胡马雍对他而言；为了儿子，他会把自己献祭给真主。这个朝臣乞求巴布尔收回这个誓言，改用“光之山”钻石来代替。但巴布尔回答说，即使是那块宝石也不能换回一条性命。根据一个当时的人所述：“他在奄奄一息的王子身边绕了三圈，后退，向真主祈祷。过了一会儿，听到他大声叫嚷，‘我已经拿走它了，我已经拿走它了’。”

当胡马雍康复之后，巴布尔开始生病。他死于 1530 年圣诞节的次日，他曾要求葬于喀布尔的这座山上，让他的坟墓向着天空。他的曾孙在陵墓旁建造了一座大理石清真寺，上面有一个碑铭，彼得·列维曾翻译如下：

> 只有这座因着圣徒祈祷和天使显现而建造的美丽的清真寺、高贵的神殿，才适于伫立在如此庄严的圣所，作为诸天使长之通路、天堂之讲堂，作为蒙真主宽恕的天使王——征服者扎希尔丁·穆罕默德·巴布尔的长眠之地，天堂之光明园。

后来的阿富汗国王修建的侧殿已经损毁。水槽部分的下沉地面已破裂；石膏粉碎；弹孔星罗棋布于有着浮雕图案的皮革房顶。从被弹壳击穿的洞里可以看到道路另一边被遗弃的苏联公寓楼群。

午后的阳光穿过四通八达的小路和喷泉的遗迹，将小树长长的影子投洒在平缓的山坡上。巴布尔曾经建立了一个印度帝国，他的后裔将扇形的印度莫卧儿拱门融入清真寺的设计中。从他的陵墓所在的山丘向北攀去，就是他曾经从赫拉特一路穿越的中亚雪峰，再过去，就是他的家乡和撒马尔罕。

转进一条侧道，我打开了曾经是奥萨马·本·拉登第三任妻子的房屋的大门。门阶上，我的巴布尔正在睡觉。我放下背包。听到这熟悉的声音，他醒了，小跑过来，粗短的尾巴摇晃着。然后他躺下，在地上打滚，让我挠他的肚子。我从未见过他这样健康，精力充沛，充满生气。

结　语

本·拉登妻子的房屋现在被我的朋友彼得租下了，里面住满了在阿富汗工作的英国同胞。一个星期以来他们一直给巴布尔喂土豆牛肉饼。其中一个叫梅尔的人已经全身心地喜欢上了巴布尔，每天花大量的时间抚摩、梳刷或喂他。在吃了大半生的面包之后，巴布尔现在每天吃三次肉。他大多数时间在花园里睡觉，有藤蔓或者桑树给他遮阳。作为一条几乎是野生的狗，他似乎很快就适应了这种家养生活。

两天后，巴布尔和我乘车离开，沿着喀布尔河经过开伯尔山口前往巴基斯坦。车子很小，巴布尔和我一起坐在前排座上，他蹲坐在我两腿中间，爪子搭在我肩膀上，口水滴在我外套上。他怕汽车，在村子里他从来没见过汽车。他流了好多好多口水。

在巴基斯坦，我安排巴布尔接种疫苗，给他办兽医证明，弄了很宽敞的狗舍，以及他去往英国的飞机座位。巴基斯坦的夏天开始了。在雪里打滚会更开心的巴布尔觉得炎热。但我没有太担心。他似乎被苍翠繁茂的草坪和落满小鸟的树木迷住了。他要去我在苏格兰佩思郡的家，在那里的橡树下会很凉快。

最终，一切似乎都准备完毕了。我预订了回伦敦的机票，巴布尔会在接下来的一天飞过来。我出门走进花园，他醒了，抬头看到我，慵懒地滚了过来。我没有像我喜欢的那样挠他很长时间，因为不想让他担心。但我估计他猜到了有什么事情要发生。我上了车，他慢跑着绕过房子，皱起长着白鼻子的脸，在大门口停下，车子开上汽车道时，他远远地望着我。

在行走了二十个月之后，我飞离伊斯兰堡，在迪拜国际机场作短暂停留。在那里，麦当劳里一个来自吕宋岛的菲律宾人为我服务。我在伦敦降落，留意到商店的玻璃门脸和半裸女人的海报。在我到过的亚洲地区，柏油碎石马路逐渐变为铺满垃圾、寸草不生的小块土地。而在这里，街边的路缘和房子墙壁之间的水泥地整洁干净，整个城市侍弄得就像一个房间似的。中年男子穿着西服站在正午的街道上，看起来迷茫而温和。

我乘坐卧铺到达邓布兰，步行最后的二十公里回家。黎明了，街边的卤素灯仍旧亮着。兔子们站在一棵棵树下。羊群四散在一片草坪上，那里实际上可以供养一个数量是现在的五十倍的羊群。在低矮而狭小的天空下，河流平静而宽阔，有牌子上写着"私人领地，禁止钓鱼"。在一条两侧是光秃秃的山毛榉树的林荫道前，沿路栽种着一排水仙花。

干净的金属招牌显示这里有一所学校，所以每小时限速四十英里。一只猫跳过加油站的一堵墙。汽车停在一座座房子前，它们的"鼻子"刺在刚修剪的草坪上。在高及大腿的围墙和籽芽垂挂的给小鸟饮水的鸟盆后面，是温室和墨绿色的铁桌子。我想象着自己敲门询问："头人在哪里？我想要留宿。"

我来到一座建造于 18 世纪的桥梁前，它的宽度只够一匹马经过。旁边一块精巧的银色铭牌上写着这座桥曾经在 1990 年用欧盟基金修复过，也就是十二年前，后来一名将军宣布重新开放。桥上长满了荨麻，一根落下的原木挡住了桥的一端。

我爬上斜坡。两匹吃得很饱的小马，有着长长的鬃毛和盖住眼睛的头毛，穿过蓬乱的金雀花和薄雾，向我慢跑过来。这是苏格兰的薄雾，润湿了我的双手和脸颊。在缪西尔，我停下来，在一个小店吃早餐。女店主问："你为什么徒步旅行?"我想起了我说给阿富汗人的种种理由。她接着说："你这么做是为了慈善，还是只是度假?"

我穿过克里夫南端的古老石桥。转上汽车道的时候，碎石被我踩进脚下潮湿的泥土里。一棵悬铃木倒在地上，露出旁边的野营地。一些茂密的橡树枝伸展着，比两年前更浓密了。深色而坚硬的甜栗树的树皮裂得更开了，露出里面平滑的树干。有人——是我的父亲，我猜——从树林里移栽了六棵大黄杨树。我能看到前方的紫杉，然后是房子的灰柱子，因潮湿而颜色愈深。我大步走向台阶。如果我是坐着车来，会有人听见我到了，但这次一如既往，没有人在大厅里迎接我。

过了好一阵，亲吻了母亲并回到楼上自己的房间以后，我再一次回想起在伦敦时接到的电话。是爱德华从巴基斯坦打来的，说巴布尔死于登机前。有人喂它吃羊脊骨。吃了一辈子干馕的它，既没有牙齿也没有经验对付骨头。骨片戳穿了它的胃，巴布尔因此而死。我本来以为，它那样在通向远方雪线的荒野一路嗅着鹅卵石，在冰洞喝水，最终会抵达美好的肉食、橡树、兔群和温暖的房屋。然而结果它却死了。

我不去想象巴布尔是不是会很吃惊，如果它看见我正在哭泣，正一心想找回那相伴同行的五个星期，我的手搭在一个灰金色的头上，那正是巴布尔，在我身边，活得好好的。

后　记

当我开始写作本书的时候，塔利班政权刚倒台，国际社会的注意力都集中在伊拉克，而不是阿富汗。曾在长达十年的时间里，阿富汗，作为西方世界深陷其中又过度夸张的对象，成为最超现实、最令人震惊的例证。美国政府每年为此花费上千亿美元。那里仍旧有成百上千的外国军队，以及几乎同等数量的各国民间承包商。但是，国际社会已经决定在2014年撤军，尽管他们在“打击塔利班”和“建立一个平稳、有效和法治的阿富汗国家”这两个目标上已告失败。

因此，这本以一名旅行者的故事开头的书，需要一个后续故事，来作为对一个面临国际干预的国家的速写，甚至也可以读解为对这一干预，特别是“军事浪潮”的评判。自“9·11”之后，关于阿富汗的议会演讲和报纸专栏，已成百上千。在这些演讲、专栏中，发生在阿富汗的诸多事件，都作为极为恰切的“威胁”例证被反复强调：“恐怖主义”“全球伊斯兰极端主义”、毒品、国际犯罪以及“无政府地区”。例如，第一天晚上，有人告诉我在沙埃德的要塞，也就是我曾计划留宿的地方，已被基地组织的恐怖分子占据。第六天，我亲眼看到一个商队装载了鸦片去做海洛因贸易。招待我的主人之一赛义德·欧玛尔曾经为塔利班效力；另一个主人布什尔司令官掠夺古董。第七天，我在古尔省时，毛拉·穆斯塔法想要拿枪射杀我，因为他的表兄弟纳第尔·沙，曾和他打赌他不能袭击我。

在这部行记的其他部分，读者可以看到对于发展、“统治”和人权的讨论。我注意到哈扎拉人面临饥荒的威胁，而运送食品的卡车却在被积雪阻隔的道路上排队滞留，救助无法送达。在雅卡·乌兰地区，人们在非法采石。萨尔·姜加尔已经有几十年没见过一个公务员，这一地区的大部分村庄与其相邻社群一直在相互争斗（大多数人因为对部族仇杀的恐惧而无法与乡邻往来）。伊斯梅尔汗，即赫拉特的统治者，把控着赫拉特的海关收入，单独与伊朗政府交易。莱依斯·萨拉姆汗，小领主的父亲，会割掉属民的耳朵。这全都可以用来证明国际社会力图通过干预、“能力建构”和国家建构等想要解决的种种问题。

但是，我希望这本书同样能够指出，国际社会一度在怎样误读着阿富汗。毕竟，许多外国人不会说阿富汗各种语言中的任何一个单词，或者只有过短暂的旅行，对这些“威胁”产生的背景和文化，国际社会真正能了解多少？因为安全威胁，国际顾问和士兵不会被允许在某个阿富汗村庄中住上哪怕一个晚上。他们的许多策略和计划只是简单地套用自其他国家，因为这被假定为国家建构的“普世教程”，而非基于一个特别的文化或者历史（在某个计划中，似乎顾问人员只是简单地把“博茨瓦纳”“完全替换”为“阿富汗”）。对于外国顾问，很难让他们理解哪怕仅仅是保守的、宗教的且仇视外国人的乡村社会是什么样的，他们经历了多少暴力，种族和政治的紧张关系曾经多么深入骨髓，又或者阿富汗人是如何一如既往地表现出得体、和善、小心翼翼和大方。[1]

甚至仅仅在徒步穿越几百英里的旅行期间，我就见到了上述现

[1] 我在《干预是否有效？》一文中就此问题讨论了更多的细节。

象中的一些，并在此书中有所描述。我与来自哈扎拉、艾马克、普什图和塔吉克的什叶派和逊尼派同吃同住，这些人或老或少，有的受过教育，有的是文盲。我发现我的主人们曾经和俄国人、塔利班还有卡尔扎伊或者战斗过，或者合作过，或者对抗过。他们曾经接受许多不同团体的资金支持，有时甚至同时接受不同团体的资助。几乎所有人都曾艰苦跋涉进入伊朗或者巴基斯坦，或是流亡，或是寻求供给或军火。几乎所有人都曾经在圣战中失去最亲近的人。所有人背后都有武装了的追随者，其中许多人是他们的亲属。他们所有人都一天礼拜五次，并且与我诚恳地讨论伊斯兰教。他们所有人都对外国势力的占领表示反对。一些人还曾领导过基地组织。但是，他们把我请进他们的住所，招待我，一晚接一晚；他们一直希望并且也有能力保证我的安全；而且他们几乎从来不从我这里——或者从发展机构那里索取任何物资。这是一次相对短暂的旅行。但是，当我在喀布尔成为“国际社会”的一分子，我为与我有过类似经历的外国顾问是如此之少而倍感震惊。

外国人经常讨论阿富汗乡村是“一个失败的国家”或者“无政府地区”。但是，我在徒步中发现，大多数地方有严密的管理（虽然不是外国人所期待的那样）。尽管在阿富汗中部地区的村庄里已有超过二十五年没有警察和公务员，但事实证明，我还是有可能独自一人，无武装徒步穿越三百英里，经过阿富汗大多数偏远地区而不被抢劫或杀害。村庄的头领，无论是依赖他们的政治主张、种族身份还是过往历史，都能为他们的社群和过境的旅行者提供某种形式的公正和安全。我曾见过他们参加社区会议，倾听汇报，对犯错的村民施以惩罚，对来自邻近社群的威胁做出反应，组织人们去寻找粮食，分发资金。但是，对于国际社会来说，很难懂得如何应对这种类型的统治。因为这与西方模式下的中央政府、警察、法庭、监狱或者民法和刑法的卷宗毫无关联。取而代之的是，村庄对犯罪的探查似乎是基于村民们“知道发生了什么”的假设。这里没有实施警告、起诉或逮捕的正式流程。“判例”是从村里长者或者毛拉那里“听说”的（当然，所有这些词都非常可能产生歧义）。非正式的“陪审团”由村中与受害者和罪犯双方都经常联系或有关系的人组成。“法官们”通常目不识丁，即使他们识字，也几乎很少有人熟悉具体的法律条款。他们所执行的是一个融合了伊斯兰教法和阿富汗部落习俗的杂糅规则。不同派系的人，或者某个单个群体中的不同毛拉可能在犯罪事实和惩罚上达不成一致。

外国人直到弄明白阿富汗的乡村政府是如何运转之前，都认为它是不可接受的。从 2002 到 2012 年，每年都有一个新的战略替代上一个。为了在阿富汗建立一种“法治规则”，上亿的资金被花掉了。我的一个朋友在某法治建设项目中被雇为法律顾问，他估算一年的花销总额有一百五十万美元之多，这包括他自己、他的单身同事的膳宿，以及他们的后援和安保队伍。除此之外，在超过十年内，花费了数以亿计的美元用于让国际社会去培训律师，带着阿富汗法官去美国中西部会见州法院法官。他们举办研讨会，重新出版阿富汗法律文本，介绍新的规范和管理规则。他们还建造监狱，培训警察。

但是，法治建设方案在相当程度上失败了。在这一时期结束时，国际社会支持的阿富汗官方司法系统仍旧毫无用处。腐败横行，阿富汗人一点儿也不指望它。一位阿富汗高级法官在 2009 年承认，所有那些来到他工作所在的赫尔曼德省法庭的人，唯一的目的都是领取一张护照申请表。十年后，我曾经拜访过的那些人，甚至那些在树下裁决诉讼的年轻的塔利班军官，他们所提供的裁决也都被一致认为比国家提供的——国际社会对推动国家进步已经投入了许多时间与金钱——

更公正，也更有效率。越来越多的阿富汗人说："至少在塔利班的统治下有安全和公正。"纵观整个国家，有百分之八十五的阿富汗人实际上正继续依靠着我徒步穿越这个国家时遇到的那个非正式的法律体系。

在其他案例中，针对阿富汗的国际方案被证明不仅仅简单无效，而且实际上是有害的。例子之一是，他们对民兵组织的武装和解除武装的方案。在徒步行走结束两年半后，我回到古尔，站在贾姆宣礼塔旁，看到一些美国士兵带领一队阿富汗军队"解除武装，遣散并重新融入"—— 一个来自后冲突重建过程中很好的国际词汇。这场景再一次把我带回到《寻路阿富汗》里众多的人物关系中——与赫拉特的省长伊斯梅尔汗的交往，他批准了我这次旅行；与哈吉·穆赫辛汗的交往，他为我在卡门集提供住宿； 与小领主莱依斯·萨拉姆汗之子的交往；以及我在巴拉·郝耐第一次听说的一个军阀割掉人们耳朵的故事。像在这一地区的许多人一样，司令官莫加比，他是当前美国军事行动的目标，曾经在 1980 年代接受美国、沙特阿拉伯和巴基斯坦的武装援助与苏联作战。2002 年，当我徒步穿过他的地盘时，他已是国际社会的同盟，与国际社会一起对抗塔利班，他的民兵组织已经被授予阿富汗正式军队身份，称作第 41 师。如今，2004 年，国际社会准备再一次解除他的武装。

他们的辩护词是国家建设——但这是一个转弯抹角的、扭曲的说法。莫加比曾被设定为打击目标，因为他是赫拉特省长伊斯梅尔汗的同盟，两年后他们从朋友变成了敌人。为了攻击伊斯梅尔汗，国际部队与另一个民兵组织结盟，这个组织里也有莱依斯·萨拉姆汗（即我在 2002 年遇到的小领主的父亲，哈吉·穆赫辛的姐夫）。按照我在巴拉·郝耐所了解的，他就是割掉别人耳朵的人。他的主要收入来自于对中部鸦片交易路线的把控。他一直支持省长易卜拉欣·马里克扎达，但人权观察组织错误地认为他是伊斯梅尔汗的同盟，联合国刚刚被说服把他从监狱里释放出来。

我见过美国士兵们在秋日午后躺在路边的斜坡上休息。尤其注意到一个金发男子正在对着一条大型斑点狗拍照；还有一位年轻漂亮的姑娘，在一顶圆帐篷边擦洗餐锅。三个小时后，这一美国纵队遭到伏击，两名士兵在交火中受伤，美国空军部署了一架外号“疣猪”的A-10坦克攻击机来掩护撤退（其口径三十毫米的机炮一分钟能发射三千九百发贫铀弹）。村民估计说至少有二十个阿富汗人被打死。一位联合国发言人在一次演讲中，将这场混乱表述为一次“是为了讨论多个议题，包括与原阿富汗军41师中的一派协商可能的解除武装计划”的行动。

在接下来的一个月，部分是因为受到国际社会的鼓舞，莱依斯·萨拉姆汗——也就是那个割人耳朵的人——袭击了赫拉特的伊斯梅尔汗，然后接任成为恰赫恰兰的领导人。省长伊斯梅尔汗辞职，他的支持者走上街头，焚烧了联合国办公室。有七人在冲突中丧生。一个阿富汗政府的高级军官告诉我，这一切都是“一个良性循环，从不合法的封建领主制走向一个合法的中央政权，和一个安全、平稳、自由、繁荣和民主的阿富汗”（莱依斯·萨拉姆汗最终在2009年11月巴拉·郝耐附近的一次伏击中被杀身亡，杀他的人也许就是2002年那些在巴拉·郝耐拿我取乐的人的朋友）。

在他们家乡的徒步旅行，与他们中一些人的相识，都让我意识到，“解除武装，遣散和重新融入”的口号已经演变成帝国主义的“分而治之”政策，很愚蠢，道义上也令人不安。我见到过如何利用它来对付一支之前被国际社会所武装和支持的队伍。在偏远的古尔省，这一政策借助当地不稳定的世仇宿怨系统进行暴力干涉，也扰动了赫拉特周围地区，而这里是整个国家当时最稳定、繁荣的省份。在与军阀撇清关系的名义下，国际社会事实上与甚至更不得人心、更残忍的那些人形成公开的联盟，为他们的合法性——且最终（因为这些人许多曾经是塔利班司令官）为了他们的安全，而付出了极大的代价。比如，在几年时间内，国际社会重新武装了莫加比的民兵组织。这是因为他们已经对阿富汗安全部队保护村庄的能力丧失了信心。这些重新武装的组织被称作“地方防御武装”。而国际社会在一年后又试图再一次解除他们的武装。

但这样的疯狂与北约的决策所掀起的巨浪相比，简直不值一提。2005 年我回到阿富汗时（先在伊拉克待了一段时间，又在哈佛大学短期停留后），听说英国政府准备向赫尔曼德派遣三千士兵。在伊拉克的所有经历告诉我[1]，这会引发一个大范围的暴乱，而军方需要更多的军队，然后会被拖入更深的泥潭。所以我开始撰文并发表公开演讲以反对这一政策。我认为目前需要的不是增加军队，而是减少为少量但长期驻扎。

我当然不是个专家。这里有学者、男女政客、记者和在这片土地上推行各种项目的人，他们对阿富汗的历史和政治有着更为详细的了解。那些将军们、大使们、发展计划负责人们远远知道更多的军事战略、务实外交以及发展理论。三千万阿富汗人对阿富汗有更多更直观的了解。我的徒步旅行仅限于阿富汗北方和中部——我只去过赫尔曼德省一次。

但是我在巴尔干半岛的经历——徒步旅行以及之后在伊拉克的经历，已经让我意识到，我们——外国政府及其合作伙伴——所了解

[1] 见《占领的危害》。

的、所能做的，一直比想象中的要少得多。我确信国际社会低估了阿富汗乡村生活的现实：没有充分意识到阿富汗是多么贫穷、动荡，所受的心理创伤有多么深，一如没有充分意识到乡民们是多么保守，对外国人是多么排斥。我们的机构又过于天性乐观，流动性过大，与阿富汗人的生活现实和他们所关注的问题相隔甚远，太迷恋于意识形态上的“国家”和“法规”等抽象概念，因而从未成功过——或未曾意识到我们并未成功。

2008年末，我搬回美国，在哈佛大学肯尼迪学院教书，并负责一个研究中心。之所以这么做，部分原因是意识到这是我说服国际组织停止增派军队的最佳机会。我招募了一些人来帮助我，他们和我不一样，是真正的阿富汗专家。迈克尔·森普尔是其中之一，我第一次见到他时，他是联合国的政治官员，在恰赫恰兰的雪中正从一架飞机上走下来。 这些官员负责从农业、部落到镇压暴乱等所有问题；他们能说一口流利的阿富汗当地语言。他们如今也在自己忙碌的行程安排中，通过每一个可能的途径和媒介，一再申告，反对目前这个增派军事人员的战略，而支持一种更清晰、更温和的方式。我们相互简短交换了对几乎所有主要的国际政策制定者、外交官、将军和外交部部长的看法。

一开始，我充满希望。新的行政机构正在对阿富汗策略进行“基础性考察”。有高层人士也开始表达对增兵的质疑。霍尔布鲁克向我保证，他已经从越南战争中认识到那些总是以为只需要有更多兵力、更新战术和更多时间的将军的危险。奥巴马总统深深明白他在阿富汗问题上的处境与布什在伊拉克问题上的状态是一样的。但在2009年3月，还是增派了一万七千人的部队。我们加倍努力，以确保这是最后一次增兵，也确保行政机构会开始采取不同策略。2009年10月——我反对增兵四年后——奥巴马又向阿富汗派遣了三万四千名士兵。

我在行政上的失败，有如回声，呼应着我们在课堂上的失败。六十名学生注册了关于干预阿富汗的课程。有六位专家，每人都根据他们在阿富汗经年累月的工作经验发表了具体论点，讨论到底是什么让选举或者乡村发展或者对毒品的打击失去效用。学生们很有经验，思想也很开放。但是他们几乎没有人同意我的观点，即认为击败塔利班或是建立一个阿富汗人的国家不仅困难，而且不可能。

我的挫败让我确信，未来阻止类似事件的唯一办法就是我自己站出来参加选举，成为一名政治家。我离开哈佛大学后，成为英国议会的议员，此时，赫尔曼德省外国军队的人数从 2005 年的两百人上升至三万四千人。我的两名助教，一直忠心耿耿地支持我去解释在阿富汗大增兵力是多么徒劳，他们后来搬去阿富汗有重兵把守的辖区，为美国国际开发署工作，在那里实施治理计划。我在阿富汗的经历让我认识到了现代战争超现实的、不可遏止的势头。这让我对国际社会的主张保持警觉。我也清楚自己在与人争论中耗费了多少精力以及失败得又有多彻底。

到了 2014 年，随着美英从阿富汗撤军，国际社会不再提及奥巴马总统“打击塔利班”和“建立一个平稳、有效、法制的阿富汗人的国家”这两个目标。取而代之的是，他们开始赞美军队的勇敢和牺牲，强调女性教育和电信基础设施的改善，强调 2014 年阿富汗大选期间暴力行为的减少。然而，几乎没有人讨论所有这一切在更少的军队、更少的投资下是否有可能达成，是否更能维持。但即使政治家、将军和大使们不愿意承认失败，公众也已看到了足够多的现象，总体上对国际干涉已深深存疑。这造就了西方在 2012 年对利比亚、2013 年对叙利亚、2014 年对乌克兰的策略。

然而，我希望这本书和军事干涉等政治活动的关联仅仅只是暂时的。我写这本书的目的是为了仔细记下2001至2002年间冬季，我在穿越阿富汗过程中的迷茫、乐趣、失望和幸运。对我来说，这是独自徒步十八个月穿越亚洲的尾声，也是我与阿富汗十二年交集的开端。我的所有讨论都是针对国际社会的，这本书的焦点则是阿富汗人。我也希望，有关战争的滔滔宏论逐渐消逝之后，这本书作为在塔利班和国际社会冲突之时，对阿富汗中部乡村生活的记录依然不失其价值。与政治学意义相比，我更重视它的人类学意义。

我在徒步旅行中爱上了阿富汗，这也是为什么我在2005年又回到这里的原因。我在喀布尔住下，创立了绿松石山基金会：用来修复阿富汗建筑，为一个阿富汗社群及其匠人提供支持。我用了三年时间，与几千名阿富汗人和几十个外国志愿者并肩工作，修复了一百座建筑，建立了一所小学和一个诊所，创立了一家用来训练新一代阿富汗书法家、细密画画家、陶瓷工匠、珠宝匠及木匠的机构。我们能保护一部分旧城不被拆毁。我们如今制造出了一些在世界上任何地方都堪称最美丽的传统工艺样品。在我的生命中，没有什么像我在阿富汗徒步旅行和之后在阿富汗的工作那样能让我这么有成就感。也正是在阿富汗，我遇到了我的妻子。因此，我希望这本书流传于世，并不是因为它内含的国际和政治隐喻，而是被当作一种经历的记录，发现它在最地方性的、最个人性的方面的深层意涵。

致 谢

这本书是在我位于珀斯郡的家里完成的。我很幸运有许多朋友在草稿阶段就读过它。我要向帕特里克·玛基、史蒂芬·布朗、爱德华·司基德尔司基、米娜·加文帕和里察德·阿斯帕登致以特别的感谢，感谢他们使本书更有活力，文字更清晰。

感谢克莱尔·亚历山大的想象力和能量；感谢玛丽-凯·威尔美尔斯第一次帮我出版；感谢加森·库珀理解这次旅行并提供了专业的编辑；并且感谢彼得·斯特和安德鲁·基德在编辑工作上提供的支持。对于美国版本的许多改进，我要向菲利普·布罗菲、斯塔西娅·德克和翠贝卡·莎乐丹表达最诚挚的谢意。

我受恩于J D–B，他为我做过的事情多到数不胜数，彼得·加瓦纳，感谢他的鼓励，还有迪亚纳·里文西、费利克斯·马丁、纳西姆·阿色菲、安德鲁·格里斯托克、路克·旁特、帕拉诗·戴维、托马斯欧·尼里、帕瑞格瑞·贺德森、奥娜尔·弗拉斯尔、尼可·史渥兹、玛尼·博尼、尼克·克瑞尼、菲欧娜、安妮、黑斯、哥登、吉尔和里查德，在我的旅行和写作中他们与我结下友谊并提供了许多建议。

在整个徒步过程中，我深受穆罕默德·欧拉斯的勇气和决心的激励，他曾和我并肩三个月穿越伊朗，我曾希望和他一起完成这段旅行。2003年9月，他在加舒尔布鲁木I峰的山顶因为雪崩而丧命，这是他攀爬的第六座八千米山峰。

最后，我要感谢我的双亲，不仅在这件事，还有其他很多事情上，我亏欠他们最多。